Sexo no Capitólio

Jessica Cutler

Sexo no Capitólio

Tradução de
MARIA CLÁUDIA DE OLIVEIRA

EDITORA RECORD
RIO DE JANEIRO • SÃO PAULO
2008

CIP-Brasil. Catalogação-na-fonte
Sindicato Nacional dos Editores de Livros, RJ.

C993s Cutler, Jessica, 1978-
Sexo no capitólio / Jessica Cutler; tradução de Maria Cláudia de Oliveira. — Rio de Janeiro: Record, 2008.

Tradução de: The washingtonienne
ISBN 978-85-01-07811-7

1. Romance americano. I. Oliveira, Maria Cláudia de. II. Título.

08-3274
CDD – 813
CDU – 821.111(73)-3

Título original norte-americano:
THE WASHINGTONIENNE

Copyright © Jessica Cutler, 2005

Foto da capa: Getty Image/Emma Thaler

Todos os direitos reservados. Proibida a reprodução, no todo ou em parte, através de quaisquer meios.

Direitos exclusivos de publicação em língua portuguesa somente para o Brasil adquiridos pela
EDITORA RECORD LTDA.
Rua Argentina 171 – Rio de Janeiro, RJ – 20921-380 – Tel.: 2585-2000
que se reserva a propriedade literária desta tradução

Impresso no Brasil

ISBN 978-85-01-07811-7

PEDIDOS PELO REEMBOLSO POSTAL
Caixa Postal 23.052
Rio de Janeiro, RJ – 20922-970

EDITORA AFILIADA

Para Alethea

Capítulo 1

Apenas entre nós, meninas, Washington, DC, é um lugar fácil para se conseguir transar com alguém. Não que eu fosse a garota mais bonita da cidade nem nada. Normalmente não era nem a garota mais bonita da *sala*. Mas posso lhes dizer com certeza que não era minha personalidade que trazia todos os caras até mim.

Era uma simples questão de economia: oferta e procura. Washington não tem aquelas indústrias que atraem Gente Bonita, como entretenimento e moda. Em vez disso, tem o *governo*, também conhecido como a "Hollywood dos Feios". E sem a população de modelos-atrizes para competir, minha cotação cresceu rapidamente quando me mudei para a capital.

Não era preciso muito para fazer as cabeças se virarem por lá. Todo mundo estava a fim e tornava isso bem óbvio.

Washington era uma cidade cheia de jovens solteiros e casados entediados, todos desesperados para se ligar a, bem, qualquer pessoa. Tudo o que você tinha de fazer era dizer oi a alguém, e eles eram seus. Se quisesse, você podia ir para casa com um homem diferente a cada noite da semana. Tantos homens, tão pouco tempo. Como eu poderia perder isso?

O lado ruim era que quase todo mundo em Washington era nerd e inseguro. Até os de melhor aparência tinham aqueles esqueletos de nerds nos armários. Isso era especialmente verdade quando se tratava de alguém que trabalhava com política. Só um nerd ficaria atraído pelo poder *legislativo*, entre todas as coisas. Os nerds amam a idéia de criar regras para as pessoas, não amam? Eles verdadeiramente acreditam que deveriam tomar todas as decisões por nós, só porque fizeram pós-graduação. Quer dizer, você consegue citar o nome de pelo menos *uma* pessoa legal na política? Simplesmente não há nenhuma. Se qualquer um de nós fosse verdadeiramente legal, estaríamos morando em Nova York.

CHEGUEI A WASHINGTON via Manhattan, e tinha construído uma boa vidinha para mim por lá antes de estragar tudo. Em Nova York, quer dizer. E, sim, acho que isso aconteceu em Washington também, porém foi mais tarde. Nova York veio primeiro.

Todos nós crescemos com grandes sonhos de nos mudar para Nova York e viver a Vida Glamourosa, mas eu estava presa a uma bolsa de estudo de quatro anos na Syracuse University, enquanto minhas amigas foram para a New York University, Columbia ou uma das muitas escolas de "arte e design" de Nova York. Nos intervalos das aulas na Syracuse, eu andava com dificuldade pela neve suja para conferir meus e-mails em uma das unidades de informática do campus. A lama marrom em minhas botas práticas e razoavelmente caras da L.L. Bean se transformava numa poça sob meus pés enquanto eu lia sobre os clubes e as situações loucas que minhas amigas estavam vivendo em Nova York. Estavam todas lá, divertindo-se e vivendo coisas fabulosas sem mim, enquanto eu padecia em festas de barris de chope e lutava para cumprir meus prazos no jornal da universidade.

Nunca poderia superar a sensação de que estava perdendo alguma coisa: eu tinha de sair de Syracuse o mais rápido possível, antes que ficasse louca de tédio.

Apenas pelo mérito de meu currículo, consegui uma entrevista na editora Condé Nast, em Nova York. Eu tinha ganhado de incontáveis aspirantes (que incluíam muitos de meus colegas de classe em Syracuse) a chance altamente invejada de me tornar uma *Condé Nastie*.

Essas eram as Grandes Garotas: *Vogue*, *Glamour* e, naqueles tempos, *Mademoiselle*, a revista que contratou minha melhor amiga, Naomi, logo que ela saiu da escola de jornalismo de Columbia. Eu conhecia Naomi desde o segundo ano, quando ainda vestíamos roupas pouco femininas da OshKosh B'Gosh e grudávamos meleca nas outras crianças quando elas não estavam olhando. Não seria fantástico se nós *duas* acabássemos trabalhando na Condé Nast? Telefonei para contar a novidade a ela, que me parabenizou por conseguir uma entrevista, mas me alertou que, se eu não "mostrasse posição", o RH me mandaria para casa sem nada, a não ser uma pilha de revistas como brinde.

— Certifique-se de estar com uma boa aparência, Jacqueline! — disse ela. — Faça uma boa refeição e consiga uma manicure antes de vir. E você pode malhar um pouco também.

Eu sabia que as garotas em Nova York pareciam modelos, mas esta era uma *entrevista de emprego*, não um quadro de avisos num spa. No entanto, eu tinha um currículo excelente e uma personalidade agradável. Como eles poderiam *não* me contratar?

Obviamente, eu tinha muito o que aprender.

— ENTÃO, COMO FOI? — perguntou Naomi. Nós nos encontramos do lado de fora para fumar um cigarro depois da minha entrevista. Eu não fumava, mas gostava de fingir que sim. Fumar parecia tão bem em mim. Além do mais, aquilo me dava algo para fazer sempre que eu me sentia preguiçosa e com vontade de ficar do lado de fora.

Abri a bolsa L.L. Bean Boat and Tote que eu usava, percebendo que ela não combinava muito com o pesado terninho de gabardine que eu estava vestindo em junho. Era o único terno que tinha na época — e estava todo errado.

Tudo em mim estava errado: eu tinha prendido os cabelos num rabo-de-cavalo bagunçado, pois estava suando com toda aquela roupa de lã, e meus deselegantes sapatos Nine West precisavam ser engraxados; mas por que se preocupar com sapatos brilhantes de U$40? Sem maquiagem, sem bronzeado, sem manicure: *errado, errado, errado.*

Mostrei a Naomi a pilha de revistas de brinde que a gerente do RH tinha me dado antes de apontar a saída.

— Eles teriam lhe dado um *emprego* — Naomi disse —, se você tivesse se arrumado do jeito que falei.

Naomi estava usando um vestido com estampa de girafa de Tracy Feith, sandálias douradas de saltos finos e grandes pulseiras de ouro nos braços. Isso era o que as funcionárias de nível subalterno usavam nos escritórios da Condé Nast. Ela parecia estar na *Vogue*, parecia estar na *Mademoiselle*. Naomi mostrava posição. Então percebi como eu parecia grosseira em comparação a ela. Precisava de uma transformação radical o mais rápido possível.

— Eles fizeram você se sentar numa das Cadeiras Magrelas? — Naomi perguntou, mas eu não tinha certeza do que ela estava falando. — Elas têm essas cadeiras lá — explicou. — Se sua bunda sai pelas beiradas quando você se senta, não contratam você.

Ela olhou para o meu traseiro.

— Acho que você não se encaixou — concluiu.

— Muita pizza e cerveja lá em Syracuse — expliquei, envergonhada por ser grande demais para ser uma das Grandes Garotas da Condé Nast.

Naomi pareceu horrorizada.

— Garotas de Nova York não comem — ela disse. — Aprenda isso. Viva isso.

Capítulo 2

Se o segredinho sujo de Washington era o sexo, o de Nova York era a epidemia de distúrbios alimentares. *Todo mundo* tinha algum. Era obrigatório. Era apenas uma parte da transformação da Grande Cidade pela qual toda garota passava quando chegava a Nova York e percebia que precisava aumentar suas apostas. Você começa fazendo escova no cabelo e pintando as unhas, depois compra uma bolsa Kate Spade e um guarda-roupa inteiro novo manequim 36 na liquidação da Tocca. Quando você termina as compras, não tem mais dinheiro para comprar comida, então é melhor assim.

Não que eu estivesse pagando por mais nada. Agora que eu era magra e bonita, Nova York era a cidade mais amigável do mundo: homens seguravam as portas para mim, eu não tinha mais de ficar na fila para *nada* e parecia que sempre havia homens ricos procurando uma sem-teto faminta que precisava de um benfeitor.

Por que eles seriam tão generosos com uma garota que mal conheciam? Porque, ao contrário de suas esposas ingratas e amantes mimadas, eu mostrava a esses homens alguma *consideração*. E quanto mais legal eu era com eles, mais legais eles eram comigo. Era ganho mútuo.

Eu considerava tudo isso uma experiência de aprendizado. Não importava que besteira sobre o poder da mulher você leia na revista *Sassy* ou o que seus professores inatingíveis de estudos sobre a mulher na universidade tentem dizer a você, este mundo não é baseado no mérito. Ele gira em torno de aparência e dinheiro. Ponto. Quando eu estava em Nova York, era a época da Britney Spears e da revista *Maxim*. Você podia perder toda a diversão ou podia tirar o máximo do fato de que as pessoas eram malditamente superficiais e tomá-las por tudo o que elas valiam. Talvez você pudesse até fazê-las enxergar o erro de seus caminhos, se quisesse ser moralista a respeito.

Então eu estava saindo *toda* noite e, sim, estava usando drogas e tendo casos de uma noite e toda aquela "coisa doida" que as pessoas jovens e bonitas fazem. Eu estava desempregada, morando na cidade que nunca dorme, então por que não sair e me divertir? Eu quase não *queria* estar empregada. Não queria ser uma daquelas pessoas sombrias que tinham de sair da cama às 8h da manhã para ir a algum trabalho chato todos os dias.

No entanto, mais uma vez senti que estava perdendo alguma coisa. Quer dizer, toda vez que você conhece alguém, a primeira pergunta que sempre fazem é: "O que você faz?"

Eu só podia ser uma "garota festeira" por enquanto. Depois que fiz 22 anos, aquilo simplesmente parecia triste. Eu precisava de uma carreira, nem que fosse apenas pela aparência.

Minha amiga Diane me contratou para um cargo bem-pago de revisão numa empresa de internet que algum cara rico a tinha colocado para dirigir. Claro, eles trepavam, então ela podia fazer o que quisesse, e *eu* podia fazer o que quisesse porque era amiga da minha chefe.

Diane conheceu Naomi e eu quando éramos estagiárias na MTV no verão anterior ao meu segundo ano da faculdade. Diane foi quem nos levou à Twilo pela primeira vez. Naomi e eu ainda não estávamos familiarizadas com as boates na época. Não entendíamos de que se tratava todo aquele sucesso. A Twilo era apenas um grande salão escuro com um globo espelhado, cheio de pessoas suadas ouvindo trance music. Se você estivesse sóbrio, era um inferno. Então Diane nos deu nossos primeiros comprimidos de ecstasy, e nós entendemos *tudo*. Cerca de meia hora depois, a Twilo subitamente se tornou o Paraíso na Terra, e Diane, nossa nova melhor amiga.

Naomi finalmente deixou seu emprego malpago na *Mademoiselle* para se juntar a Diane e eu na ponto-com, de modo que éramos nós três, trabalhando e saindo juntas novamente. Recebíamos grandes salários para cuidar da ressaca uma da outra de manhã e para comprar roupas para festas na Century 21 à tarde. E mantínhamos um site, quando não estávamos muito ocupadas.

Durante a era ponto-com, havia festas de abertura de capital toda noite da semana em Wall Street. Finalmente conheci meu noivo em uma dessas festas. Ele achou que eu era garçonete, porque estava carregando uma bandeja cheia de drinques, mas na verdade eu estava me abastecendo, antes que a boca-livre acabasse. Dei a ele um coquetel gimlet da minha bandeja, e ele me deu uma gorjeta de vinte dólares, o que achei muito legal. Devolvi os vinte a ele, enfiando-os em sua calça. Ele me convidou para sua mesa, e nós nos demos bem de cara.

Mike era um cara de Woodside, Queens, filho de um policial que havia se dado bem em Wall Street. Com seus grandes olhos azuis, eu o achei absolutamente adorável, e ele não era babaca nem pervertido, como a maior parte dos caras de Wall Street que eu conhecia. Eu me senti muito sortuda por encontrar um cara normal em Nova York e acreditava que Mike era o homem com quem ia me casar. Ele era um grande partido.

A ponto-com de Diane inevitavelmente foi à falência e o cara rico a demitiu. Nós perdemos nossos empregos tranqüilos, dando fim a toda a diversão que tínhamos. A festa havia terminado e nós tivemos de conseguir empregos de verdade, no mundo de verdade. Mas eu fui capaz de desistir para sempre de minha busca por emprego quando Mike me convidou para morar com ele. Ele pagava todas as contas e me dava uma mesada para as compras, o que criava a pergunta: por que trabalhar quando posso ser uma dona de casa rica?

Eu tinha muito tempo livre para trabalhar minha caligrafia, ler todos os livros de Harry Potter à venda e experimentar as receitas da *New York Times Magazine*. Mike cuidava muito bem de mim. Era meu prêmio por ser bonita, sorrir o tempo todo e cooperar na cama.

Eu estava pronta para me casar jovem e me retirar daquela vida leviana. Já havia tido a típica experiência "quando-eu-era-jovem-e-louca-e-morava-em-Nova-York" que incluía uso excessivo de drogas, sexo grupal, namorados malucos e muitas noitadas de dança. A essa altura da minha vida, cozinhar macarrão no jantar e alugar filmes com Mike todo sábado à noite parecia *bom*, como se eu estivesse em reabilitação ou algo assim. Eu não estava mais lutando com ressacas todo dia nem acordando em lugares estranhos — e tinha pena de minhas amigas solteiras que ainda passavam seus sábados à noite esperando 4 horas na fila para entrar na Twilo.

Mas, conforme os meses se passavam, comecei a me sentir uma doente mental, assistindo à TV e lendo revistas o dia inteiro. Naomi e Diane haviam se firmado com suas próprias carreiras e pseudomaridos, então eu não tinha mais ninguém para sair. Pedi a Mike para sair comigo, mas ele odiava a noite em boates. Dançava muito mal e as drogas o assustavam. Minha vida noturna estava arruinada e era tudo culpa de Mike. Ele obviamente estava me roubando toda a diversão que eu merecia ter como mulher jovem e bonita em Manhattan, de modo que parei de representar: parei de fazer a limpeza e o apartamento ficou imundo; parei de cozinhar e insistia em comer fora todas as noites; eu o fazia assistir a ...*E o Vento Levou* em vez do torneio de futebol americano Super Bowl.

Acho que eu sabia que podia me safar com tudo isso porque Mike me amava muito, mas eu não estava realmente em posição de bancar nenhuma briga com ele. Não tinha dinheiro nenhum que fosse meu, não tinha projetos, e havia uma enorme lacuna de emprego em meu currículo. Eu não teria segurança até que tornássemos aquilo legal. Portanto, eu tinha de fazê-lo casar-se comigo.

E *que* ano era aquele? Eu não podia conseguir um emprego? Claro que sim, mas simplesmente não queria. Lembre-se, meu desejo era me tornar uma dona de casa rica. Desde que começamos a morar juntos, todo mundo ficava me perguntando quando seria o "Grande Dia". Aparentemente, quando você é mulher, o dia de seu casamento é o grande momento ao qual sua vida inteira está levando. Então esperei Mike fazer o pedido.

Esperei e esperei. Finalmente ele pediu, quando estávamos de férias nas Ilhas Virgens. (Onde ele podia comprar meu anel de noivado sem pagar impostos.) Mas eu não tinha esperado aquele tempo todo para ficar *noiva*. Eu queria me *casar*: correr até a prefeitura da cidade, preencher os formulários e seguir em frente com nossas vidas. Mas não, nós tínhamos que planejar um casamento, o meu Grande Dia. Mas para mim um noivado era apenas uma maneira de protelar as coisas, e o anel de quatro quilates em meu dedo era apenas o jeito de Mike ganhar mais tempo: tempo para desistir de mim, tempo para mudar de idéia. Eu me retorci de ressentimento por ele me fazer esperar.

Enquanto estava ocupada digerindo minha raiva, a vida estava me deixando de lado. Eu não ia à Twilo havia meses. Depois a boate fechou de repente, num sábado à noite. Ouvi na rádio 1010 WINS na manhã seguinte, enquanto fazia o café-da-manhã de Mike. Era o fim de uma era, o fim oficial de minha juventude. A melhor megaboate que Nova York jamais havia visto estava fechada para sempre, e eu jamais iria tomar ecstasy embaixo do seu grande globo espelhado novamente. De agora em diante eu passaria minhas noites de sábado assistindo a DVDs, indo para a cama antes da meia-noite e fazendo sexo sem graça com a mesma pessoa. Era a isso que toda a minha vida tinha me levado?

Os meses se passaram, e eu ainda não estava casada, nem empregada. Sentia que estava ficando velha, minha juventude e beleza sumindo. Estava com 25 anos e não tinha construído nada. Devia haver mais que isso, ou eu ia terminar me matando quando fizesse 30 anos.

Então, quando Kevin, um ex-namorado da universidade, me ligou inesperadamente, concordei em encontrá-lo, por causa da depressão causada pela nostalgia.

Kevin e eu tínhamos uma paquera via e-mail desde a formatura, que estava culminando com esta visita. Kevin ia voar meio país só para me ver novamente. Era a coisa mais excitante que me acontecia em meses.

Naquela tarde, eu disse a Mike que ia ao cinema com uma amiga e depois escapuli para encontrar Kevin no Bemelmans Bar, no hotel Carlyle.

Depois de algumas doses de uísque, parecia que nunca tínhamos terminado. O pianista forneceu a evocativa música de fundo habitual ("As Time Goes By"), e eu esqueci totalmente o babaca que Kevin havia sido na faculdade.

Depois ele me disse que tinha um quarto lá em cima com uma grande vista de Manhattan.

— Eu adoraria conhecê-lo — disse a ele, e esqueci Mike totalmente.

Capítulo 3

Acordei às 6h da manhã seguinte, nua e enrolada nos lençóis Frette do Carlyle's, com ressaca e desorientada.
Onde estou?
Merda.
Que horas são?
Merda!
Vesti-me rapidamente e corri na direção do metrô da rua 77 na Lexington Avenue. Eu tinha "convenientemente" deixado meu celular em casa, para que Mike não conseguisse me contatar enquanto eu estava com Kevin. Mas agora eu não podia ligar para Mike nem para mais ninguém a tempo de consertar as coisas.

Consertar as coisas? Quer dizer, mentir até dizer chega sobre onde eu estivera a noite toda.

Peguei o trem Downtown 6, imediatamente fiquei enjoada pelo movimento e vomitei no assento ao meu lado. Por sorte o vagão estava vazio e ninguém viu, ou algum *babaca* certamente teria apertado o freio de emergência.

Isso seria uma desculpa perfeita, percebi. Eu diria a Mike que tinha passado mal no trem (o que era verdade) e que havia dormido numa cama da administradora do Metrô em algum lugar.

Quando cheguei ao prédio de Mike, fiquei muito aliviada ao ver que meus pertences não haviam sido jogados pela janela. Imaginei os sem-teto se enrolando em meus vestidos Diane von Furstenberg e fechando o zíper de meus moletons da Juicy Couture.

Pude sentir o cheiro de cigarros através da porta do apartamento enquanto procurava as chaves. Se Mike tinha ficado acordado a noite toda fumando, aquilo era um péssimo sinal. (Ele supostamente havia parado de fumar quando começamos a namorar porque ele me amava muito.)

— Por que está fedendo tanto aqui? — perguntei quando entrei, como se *eu* merecesse alguma explicação.

Ele ignorou minha pergunta.

— Onde você andou a noite toda? — quis saber.

Eu contei a minha história de passar mal no trem, mas ele me interrompeu.

— Jackie, por favor, pare de mentir para mim. Eu liguei para a polícia e preenchi um registro de pessoas desaparecidas. Eles conferiram na administração do Metrô.

Fiquei horrorizada que minha transa de uma noite com Kevin tivesse agora um registro policial oficial.

— *Um registro de pessoas desaparecidas?* Eu não tinha que estar morta há três dias antes que você pudesse fazer isso?

— Eu não sabia onde você estava! — gritou Mike de volta. — Achei que você estivesse morta!

— Você não acha que está exagerando?

— *Exagerando?* Não sei. Por que você não me diz onde dormiu?

Mas era simplesmente horrível demais. Eu não conseguia dizer uma única palavra e não precisava mais dizer mesmo: ele já sabia. A polícia havia conferido nossos registros de telefonemas e ligara para o quarto de Kevin no Carlyle. Kevin deve ter ficado morrendo de medo, pois virou dedo-duro e contou a eles a história toda.

— Como você pôde fazer isso comigo? — Mike perguntou, lutando contra as lágrimas.

Nunca me senti pior com relação a nada na vida do que fazer Mike chorar. Mas parte de mim queria dizer a ele que se ele tivesse se casado mais cedo comigo, tudo isso poderia ter sido evitado.

Apesar do que havia feito com Kevin, eu realmente amava Mike. Pelo menos eu amava a *idéia* dele: ele era o cara bom e normal, que queria se estabelecer e cuidar de mim.

— Desculpe — eu disse, tentando consolá-lo.

Andei até ele, esperando uma reconciliação.

— Não toque em mim! — ele gritou, afastando-se como se eu fosse um espírito maligno.

A garota adorável por quem ele havia se apaixonado estava morta a seus olhos. Eu sabia que ele jamais poderia me olhar da mesma maneira novamente. Estava tudo acabado.

Ele bateu a porta quando saiu do apartamento.

Chocada, me sentei e acariciei o grande diamante em meu dedo anular esquerdo. Nós ainda estávamos noivos, certo? Tínhamos o tipo de relacionamento que poderia resistir a esse tipo de coisa, não tínhamos?

Mike ligou uns 10 minutos depois.

— Acho que você devia se mudar — ele me disse.

Eu não podia acreditar no que estava ouvindo.

— Vou para a casa do meu irmão no fim de semana — ele continuou. — Quero você fora do apartamento quando voltar. Você tem dois dias. Acho que é tempo suficiente.

Depois ele desligou.

Eu me sentei e coloquei a mão sobre o peito para ter certeza de que meu coração ainda estava batendo. Forcei-me a respirar fundo, visto que não havia respirado nenhuma vez enquanto falava ao telefone. Eu não tinha dinheiro, não tinha emprego, não tinha um lugar para morar e o amor da minha vida estava me dando um pé na bunda. Meu mundo estava destruído, mas não havia tempo para desmoronar: eu tinha de construir uma nova vida nas próximas 48 horas.

Desesperada, peguei meu celular e disquei o primeiro número da agenda.

— Para onde eu vou? O que vou fazer? — gritei para April, minha amiga da faculdade. Ela morava em Washington, onde trabalhava para algum senador que estava concorrendo à presidência.

— Você deveria se mudar para Washington! — ela sugeriu com empolgação. — Você pode ficar na minha casa!

Tom está trabalhando na campanha, então ele não está por perto. Jackie, seria tão divertido!

Tom era o namorado meio sério de April que trabalhava no mesmo escritório que ela. Eles não moravam oficialmente juntos, mas acho que April estava se sentindo sozinha sem ele — ou não estaria me pedindo para morar com ela.

Ponderei isso na minha mente. Eu não tinha emprego, não tinha dinheiro, apartamento nem namorado e a Twilo estava fechada. Não tinha mais nenhuma razão para ficar em Nova York.

— Que tipo de trabalho eu faria aí? — perguntei a ela. — Agora meu currículo é um nada.

— Você pode conseguir um emprego no Congresso — ela me disse. — Eles estão sempre contratando, como no McDonald's.

Sem nada melhor a fazer, aceitei a oferta de April. Mandei pelo correio todos os meus pertences (quatro caixas de roupas e sapatos) para o apartamento dela no Capitólio naquele mesmo dia e peguei o trem Acela para DC naquela noite.

Tentei ligar para meus pais durante a viagem. Não houve resposta; portanto, deixei uma mensagem breve e improvisada:

— Oi, mãe. Oi, pai. Aqui é Jacqueline. Estou deixando Nova York e indo para Washington. O casamento acabou. Agora vocês não vão ter que pagar pela festa!

Eu realmente tinha ferrado com tudo em Nova York, não tinha? Talvez essas coisas aconteçam por uma razão. Suponha que eu *tivesse* de me mudar para Washington. Talvez fosse meu destino.

Tudo o que eu sabia era que jamais deixaria isso acontecer comigo novamente. Da próxima vez que alguém me dissesse "eu te amo", eu riria na cara do idiota.

E eu sabia que era muito sortuda por ter uma amiga como April, uma garota solteira e divertida que conhecia Washington e podia me ajudar a conseguir um emprego no Capitólio.

Capítulo 4

Esse era o plano, embora eu não soubesse porcaria nenhuma sobre governo ou política. Eu havia tido algumas aulas de ciência política na faculdade, mas tinha esquecido aquilo tudo quando saí de Syracuse. Tinha coisas mais importantes para pensar, como encontrar as calças perfeitas para patinar no Roxy. Política era para pessoas chatas sem nada fabuloso acontecendo em suas vidas, que acordavam cedo aos domingos para assistir ao programa *Meet the Press*.

Mas se eu ia começar uma nova vida na capital, teria de aproveitar a oportunidade para aprender algo novo. Eu estava ávida por um novo começo depois de meu triste fracasso em Nova York. Desta vez eu não ia desperdiçar meu futuro com propostas de casamento: ia ter uma carreira fazendo algo importante, e o que era mais importante do que o governo do país?

Além do mais, existe um prestígio em trabalhar no Capitólio que eu achava altamente atraente. Quer dizer, mesmo que eu terminasse odiando meu emprego, aquilo não pareceria ótimo no meu currículo?

April sugeriu que eu fizesse um estágio em seu escritório enquanto procurava uma posição remunerada no Congresso. Assim eu poderia enfiar o nome de um senador em meu currículo, usar os computadores do escritório para escrever minhas cartas de apresentação e começar a abrir uma "rede de comunicação" para empregos. April tinha falado de mim para Gloria, a coordenadora de estagiários no escritório. Apesar da alta recomendação de April (e do fato de que eu era mais do que qualificada para um estágio modesto e sem remuneração), Gloria insistiu em que eu fosse lá para uma entrevista antes de garantir minha entrada nos salões santificados do Congresso.

— QUE TIPO DE COISA devo dizer na entrevista? — perguntei a April enquanto desempacotava as roupas e os sapatos que havia mandado para o apartamento dela.

— Ah, é só se comportar como se fosse uma entrevista normal de recém-formado — ela me disse, examinando cada item que eu tirava das caixas. — Onde está o outro? — ela perguntou segurando um único sapato amarelo Christian Louboutin.

Eu podia ver exatamente onde ele estava na minha memória: embaixo da cama de Mike lá em Nova York.

— Já era — respondi, pegando o sapato e enfiando-o num saco de lixo.

— Você tem roupas bonitas, Jackie — April disse, admirando um vestido vermelho Miu Miu de três ou quatro estações atrás.

— Itens de liquidação — expliquei.

Depois me ocorreu que vendas de liquidação seriam uma coisa do passado de agora em diante. Mais uma coisa que eu amava e que tinha deixado para trás em Nova York. Onde eu iria conseguir todas as minhas roupas a partir de agora? No shopping?

— Posso usar este hoje à noite? — April perguntou, segurando o vestido vermelho contra o corpo. Ela ficava bem de vermelho, com sua pele cor de oliva e os longos cabelos escuros. Eu quase quis dizer não, para ela não ganhar os meus louros.

— Pode usar, se quiser — eu disse —, mas não tenho certeza se eu deveria sair hoje à noite. Tenho essa entrevista amanhã.

— Mas nós temos de sair! — April argumentou. — É sua primeira noite em Washington. Temos de comemorar. E não se preocupe com a entrevista. Gloria é muito legal. — Ela sorriu. — Além do mais, você vai conhecer Dan, meu paquera do trabalho.

— April! — censurei. — E Tom?

— Tom não está aqui — ela disse sem interesse. — Está em New Hampshire para as eleições primárias, provavelmente transando com as voluntárias para se aquecer. Você sabe como são essas garotas de campanha.

Eu não sabia, mas concordei que April devia manter suas opções em aberto. Você nunca sabe o que o outro pode estar fazendo pelas suas costas.

— Acho que eu sempre presumo o pior sobre as pessoas — April explicou. — Além do mais, Tom fugiu de mim para trabalhar na campanha. De qualquer maneira, ele obviamente não está me levando tão a sério.

— Talvez ele ache que seu senador vai ganhar — sugeri.

— Provavelmente ele está fazendo isso apenas para puxar o saco do chefe e conseguir um bom emprego na Casa Branca.

— Ah, por favor! Todo mundo sabe que o senador não vai ganhar em New Hampshire. Esse é só o jeito de Tom de sabotar nosso relacionamento, do jeito que você fez quando traiu Mike.

— *Como é que é?* — reagi. — Para sua informação, eu amava muito Mike. Eu queria passar o resto da minha vida com ele! Foi ele quem quis terminar tudo, não eu.

— Então por que você foi transar logo com o Kevin? Você *odiava* o Kevin depois que ele dispensou você na faculdade, lembra?

— Isso não tinha nada a ver com Mike. Foi apenas um engano.

— Um engano? Cai na real, Jackie. Você não estava pronta para se casar.

— Não estava? Acho que estava pronta, sim. Quer dizer, Mike era o cara perfeito, e eu dei a ele alguns dos melhores anos de minha vida. Mas mesmo se eu *não* estivesse pronta para o casamento, o quão ruim ele possivelmente poderia ter sido?

— Ah, Jackie! Você nunca leu *Madame Bovary*?

Eu revirei os olhos.

— Você está brincando? — perguntei. — Só leio aqueles guias de referência rápida para estudantes, os Cliff Notes.

— Você tem sorte de isso ter acontecido enquanto você ainda é jovem e gostosa o suficiente para esquecer essa merda — explicou April. — Temos o resto da vida para nos casar e ficar sentadas em casa, de qualquer maneira. Precisamos nos divertir enquanto isso. Vamos sair hoje à noite e agarrar uns desconhecidos!

April não estava brincando. Ela colocou meu vestido Miu Miu sobre um fio dental vermelho e um sutiã para levantar os seios combinando. Eu terminei de desempacotar as coisas e dobrei as caixas de papelão que havia usado para enviar meu guarda-roupas de Nova York para Washington. Precisaria delas novamente quando empacotasse tudo de novo e me mudasse para meu próprio apartamento, logo que pudesse pagar um. Coloquei as caixas embaixo do sofá-cama onde eu dormiria enquanto isso. Esperei que tudo entrasse logo nos eixos: o emprego, o apartamento e os desconhecidos que eu tinha de transformar em namorados.

Capítulo 5

April e eu nos encontramos com Laura, uma assistente administrativa do escritório dela. Beber até cair e transar com caras desconhecidos provavelmente não era a melhor forma de causar uma boa primeira impressão a uma futura colega de trabalho, mas eu sabia que podia me manter sob controle: se havia aprendido alguma coisa em Syracuse, era alcoolismo funcional. E, além do mais, April me assegurou que Laura era "bacana".

Ela era uma loura bonitinha, magra e anoréxica, que combinava perfeitamente com as garotas que estavam no Smith Point: suéter de tricô Ralph Lauren, pérolas e uma bolsa Longchamps. Como não tinha a aparência insossa o suficiente para ser uma genuína garota branca, rica, protestante e anglo-saxônica da Nova Inglaterra, presumi que ela provavelmente era de algum lugar no Sul.

— Somos as garotas mais bonitas daqui — declarou Laura quando nos juntamos a ela assim que entramos.

Nós *realmente* formávamos um belo trio. Eu podia nos ver saindo juntas sempre, aparecendo e mantendo a capital bonita.

— Isso não quer dizer muito — April bufou. — As garotas aqui não são *nada*.

Eu olhei em volta. A maioria das mulheres tinha o corpo cheinho, com corações de prata da Tiffany pendurados em seus pulsos. Elas agarravam garrafas de cerveja Miller Lite e cantavam "Stronger" de Britney Spears.

Aquelas garotas faziam seus casacos Black Label parecerem da Polo Sport. Garotas bebendo *cerveja*? Na *garrafa*? E que mulher com respeito próprio acima de 16 anos usava aqueles horríveis braceletes de prata? Quando eu *realmente* usei a pulseira de corações de prata *charm* da Tiffany, era de ouro, muito foda, obrigada. (Um presente que Mike tinha comprado para mim no Dia dos Namorados um ano desses.)

Pedi licença e fui até o bar, ignorando os garotos vestidos de Abercrombie & Fitch que tentaram falar comigo enquanto eu passava.

Se algum dia seu noivo a mandar embora de seu apartamento, recomendo com muita convicção que você se mude para a capital dos EUA. Os caras aqui eram tão *amigáveis* que era quase triste, como se ninguém os tivesse ensinado a ser bacanas. Como eu disse, Washington era cheia de nerds.

Mas eu não daria atenção àqueles babacas na Smith Point durante o dia, muito menos durante a *noite*. Eu já havia transado com um número suficiente de caras desse tipo no tempo da faculdade. Agora eu era uma mulher e não ia voltar para algum dormitório enorme para transar num beliche.

— Argh, vamos sair daqui. — Dei meia-volta sem fazer nenhum pedido. — Este lugar é um lixo. E acho que somos velhas demais. Todo mundo aqui deve ter uns 12 anos.

— Sentada! — ordenou April, puxando uma banqueta do bar. — Este lugar é tido como fabuloso. Laura vem aqui o tempo todo.

— Desculpe por este lugar não chegar aos pés de nenhum dos bares de *Nova York* — Laura disse secamente.

A garota já me odiava. Eu não tinha certeza se tinha gostado muito dela também, mas era amiga de April e minha futura colega de trabalho, de modo que eu tinha de fazer um esforço para agradar.

Paguei a rodada de bebidas seguinte.

— Garotas como nós jamais deveriam ter de comprar os próprios drinques — Laura se indignou. — Vamos mostrar *a atração*.

Laura cruzou as pernas, ajeitou os cabelos e olhou para o único cara do bar que estava usando terno. Achei que ela parecia ridícula, mas pareceu funcionar: ele imediatamente largou uma mocinha imunda com quem estava conversando e começou a se aproximar de nós.

— Oh, um jovem advogado — conjeturou April. — Bom trabalho, L.

— Pode ficar com ele — Laura ofereceu —, mas certifique-se de que ele pagará a bebida das três.

— Mas hoje é *domingo* — lembrei. — Não confio em caras que usam terno nos finais de semana.

— Jackie, não seja tão escrota — April disse, endireitando a postura e empinando o peito.

Laura usou a estratégia de liquidação para depois vender mais caro: apresentou o sujeito de terno para April e imediatamente pediu desculpas para ir ao banheiro, levando-me com ela.

Voltamos para a mesa alguns minutos mais tarde, para não perdermos o pedido das bebidas.

O cara sentado à nossa mesa era atraente, mas não devastadoramente. Você poderia pegar ou largar, falando sério.

— O que você faz? — foi a primeira coisa que perguntei a ele.

— Estou fazendo pós-graduação — ele respondeu.

— Pós-graduação? Então você tem de usar terno para ir à aula ou algo assim?

— Não, só estou usando para me divertir.

— *Para se divertir?* — Laura repetiu. — Você usa terno *para se divertir?*

Nós todas trocamos um olhar que dizia, *que porra é essa?*

— Então você vai pagar os drinques ou o quê? — April finalmente perguntou.

— Ah, não sei.

A pergunta pareceu fazê-lo sentir-se desconfortável.

— Acho que você devia nos pagar alguns drinques — disse Laura, jogando contra ele.

— Por que eu deveria? — ousou perguntar o cara.

Novamente, *que porra é essa?*

April havia convidado aquele fracassado para se sentar conosco, as garotas mais bonitas do Smith Point, e nós merecíamos bebida grátis por perder nosso tempo.

— *Como assim?* — Laura estava ultrajada. — Porque você está sentado conosco, por isso! Outra pessoa poderia estar sentada aqui, nos pagando bebidas agora! Acho que você devia ir embora.

Ele foi embora da mesa com suas roupas estranhas, nos xingando.

— Garotas, nós somos *tão* más! — gargalhei.

— Que seja — Laura desdenhou. — Quem esse cara pensa que é, vindo aqui de terno?

Ela agarrou meu coquetel de Malibu e abacaxi, precisando de um refresco de emergência.

— Eu não fui muito grosseira, fui? — perguntou.

— Absolutamente não! — assegurei a ela. — Às vezes você tem de ser cruel para ser boa, Laura. Você fez um *favor* a esse cara.

— Você ensinou uma boa lição a ele — April concordou. — Se você quer que as garotas sejam legais com você, pague bebida para elas. Ou volte para o seu dormitório sozinho!

Nós olhamos em torno procurando outros caras para conversar.

— Poucas escolhas — observei, enquanto um cara usando um colar havaiano passava.

— Estou com saudades do meu namorado — April gemeu.

— Eu também — suspirei.

— Vamos sair daqui — Laura finalmente disse, desgostosa.

Ela foi embora num táxi, amaldiçoando os bares de Georgetown para sempre ("desta vez é sério!"), mas April ainda não estava pronta para ir dormir.

— Só mais um drinque! Eu pago — ela ofereceu, o que era tudo o que eu precisava ouvir, mas todos os bares na M Street pareciam vazios.

— Que porra é essa? São apenas 22 horas — reclamei.

— É domingo — April explicou.

— E daí? Ainda é cedo. Onde estão todas as pessoas?

— Provavelmente já estão na cama.

— Na cama às 22 horas? Incrível.

Alcançamos o final da M Street.

— Estamos totalmente sem bares! — April reclamou.

— Não, não estamos. — Eu me virei na direção de um grande prédio de tijolos que parecia mais uma escola pública do que um hotel de luxo. — Estamos bem diante do Four Seasons. Vamos simplesmente entrar aí.

— Não é aí que vão as prostitutas? — April perguntou.

— Não se preocupe. Nós obviamente *não* somos prostitutas.

A verdade é que o Four Seasons *era* o lugar favorito das mulheres que procuravam homens ricos em Washington. Eu não tinha certeza se elas eram prostitutas, caçadoras de maridos ou apenas hóspedes, mas elas vinham ao Four Seasons para serem *pegas* do mesmo jeito. Já que April e eu obviamente não éramos nenhuma das opções anteriores, me senti perfeitamente confortável entrando no Garden Terrace Lounge desacompanhada.

— Posso ajudá-las? — a bonita *hostess* perguntou, olhando para nós com suspeita.

Ela era a única mulher à vista, e o *lounge* estava cheio de homens sozinhos.

— Só estamos indo até o bar, obrigada — eu disse, tentando da melhor maneira possível não parecer uma prostituta. (O que quer que isso signifique.)

— Esse é tipo o melhor lugar para encontrar caras! — April sussurrou. — Olhe para eles, sentados sozinhos!

O Four Seasons num domingo à noite. Quem sabe?

— Mas onde estão todas as prostitutas? — perguntou April. — Queria ver como elas são.

— Talvez elas não trabalhem aos domingos — presumi.

Nós duas nos sentamos no bar e em alguns minutos tínhamos companhia: um investidor de capitais à direita de April e o gerente de uma agência do governo à minha esquerda.

O gerente do governo parecia Kenneth Branagh. Ele disse oi e me contou que seu nome era Fred.

— Meu nome é Jacqueline — eu disse, jogando um claro e significativo olhar para ele. (Talvez o cara pudesse me conseguir um emprego em algum lugar, não?)

Fred prontamente me pagou um drinque, o que automaticamente lhe garantiu permissão para continuar conversando comigo.

— Então, o que você faz? — ele perguntou.

— Sou nova na cidade — expliquei. — Vou estagiar no Congresso até encontrar um emprego de verdade.

— Ah, você é uma *estagiária*.

A maneira que Fred disse a palavra *estagiária* sugeria uma definição sexualizada da palavra, como se ela fosse sinônimo de boquetes ou algo assim.

Ele me pagou um segundo copo de uísque antes que eu pudesse terminar o primeiro. Eu estava de volta à Dieta da Pobreza, então estava bebendo de estômago vazio. Comecei a me sentir muito relaxada e amigável (leia-se: bêbada), enquanto continuamos a conversar.

— Então, onde você estudou? — ele me perguntou.
— Syracuse. E você?
— Estudei em Nova Jersey.
— Jersey? Então você foi para Rutgers?
— Não, na verdade, não. Princeton.
— Ah, sim. Princeton! Claro. (Que embaraçoso.)

Eu olhei para April. Ela já estava dividindo um prato de caviar com o investidor de capitais.

— Adoro seu vestido — o ouvi dizendo.

Era o *meu* vestido que ela estava usando. Ciúmes!

Eu me virei para Fred.

— Então, onde você trabalha mesmo? — perguntei, batendo os cílios e cruzando as pernas na direção dele.

Ele me olhou, percebendo o que eu estava jogando ali.

— Posso mostrar a você — sugeriu. — Você gostaria de conhecer meu escritório? Podemos ir até lá agora.

— Seu escritório? Por que eu iria querer conhecer o seu escritório? — perguntei timidamente.

Eu podia imaginar por que Fred iria querer me levar para um escritório vazio no meio da noite e não sabia se estava muito a fim de qualquer satisfação de desejos tipo "Salão Oval" que ele tinha em mente.

Ele me disse que seu escritório tinha uma bela vista do Mall.

— Eu adoraria ver isso — eu disse, seguindo-o através do lobby enquanto a equipe do hotel nos via sair.

Ah, as coisas que eles devem ter visto acontecer ali. Cada um deles provavelmente podia parar de trabalhar e viver de todo o material de chantagem que tinham. Mas eu não ligava se alguém me via saindo do bar com um estranho. Não era problema de ninguém, a não ser nosso, certo?

Capítulo 6

Enquanto entrava na caminhonete Volvo de Fred, notei algo no banco de trás. Uma cadeirinha. De bebê.
Oh.
Oficialmente, ele estava apenas me levando ao seu escritório para me mostrar uma bela vista do Mall; portanto, ainda não havia necessidade de perguntar sobre a cadeirinha. De qualquer maneira, eu estava muito bêbada para ter essa conversa. Assim, me afivelei no assento do passageiro e sorri para ele quando ligou o carro.

O prédio do escritório estava vazio, a não ser pelo entediado guarda de segurança, que acenou para Fred enquanto entrávamos apressados, e imaginei com quanta freqüência ele levava garotas para o escritório no meio da noite.

Nós brincamos do jogo "tour pelo escritório" por alguns minutos. Ele me levou de uma sala a outra e eu fingi estar interessada. Mas eu realmente não fiquei impressionada com coisa nenhuma ali: o trabalho de Fred parecia meio chato. Além do mais, eu estava muito ocupada pensando em quando ele planejava partir pra cima de mim.

Ele concluiu o tour abrindo duas portas duplas de uma sala de reunião que era maior que o apartamento de April.

Havia a vista. O Capitólio. O Monumento de Washington. O Memorial Lincoln. Brilhando amarelos no escuro abaixo de nós.

Fred ficou bem perto de mim.

Eu me afastei dele, e ele deu outro passo para mais perto, me empurrando de costas na mesa de reunião de oito metros no meio da sala. Ele se inclinou e eu pude sentir sua ereção contra mim.

Levantei os olhos, inclinando o rosto na direção dele. Ele me beijou, me deslizando para cima da mesa. Eu sabia o que estava prestes a acontecer e não sentia vontade de parar. Ele tirou toda a minha roupa, mas ficou com a dele. Apenas abriu o zíper. Nós trepamos bem na mesa de reunião, como algo saído do *Penthouse Forum*. Eu estava bêbada demais para ter um orgasmo de verdade, mas fiz bastante ruído — como sempre fazia. Quando abri os olhos, percebi que havíamos trepado em toda a extensão da mesa, de uma extremidade à outra.

Nada mau para minha primeira noite em Washington.

Eu me sentei e olhei novamente para a vista. O Capitólio. O Monumento de Washington. O Memorial Lincoln. Ainda ali, brilhando amarelos na noite, não menos bonito.

Eram três da manhã quando Fred me levou para casa.

Imaginei sua mulher de pé na porta da frente, esperando por ele com um rolo de pastel. Na verdade, não, ela não seria o tipo rolo de pastel, seria? Ela provavelmente estaria virando um copo de uísque nas mãos, franzindo a testa e pensando como poderia voltar com ele. Talvez outra jornada de compras na Saks? Ou talvez ela não ligasse se seu marido ficasse fora a noite toda desse jeito. Realmente não era da minha conta de qualquer maneira.

— Você não trabalha amanhã? — perguntei.

Ele olhou nervosamente por sobre o ombro para o assento de bebê.

O bebê. Eu tinha esquecido completamente daquilo. E ele também, aparentemente. E era a porcaria do bebê *dele*! O casamento *dele*. O bebê *dele*. Não o meu.

— Quando vou vê-la novamente? — perguntou.

— Não sei — respondi. — Você é o casado. Você é quem sabe.

— Então você sabe que sou casado?

— Bem, *dã*.

Fred riu, tirando sua aliança de casamento do bolso da calça. Ele a colocou de volta no dedo e sorriu para mim.

— Então me diga, que tipo de garota transa com um homem casado? — perguntou.

— Que tipo de homem trai a mulher? — retorqui, sorrindo para ele.

— Me empreste seu celular.

— Você não vai ligar para sua mulher, vai? — perguntei, desconfiada.

— Apenas me dê o telefone, por favor.

Eu o observei enquanto ele discava um número e apertava o botão *Ligar*. Depois escutei um segundo toque de telefone de algum lugar dentro do carro. Obviamente, Fred havia apenas ligado para si mesmo do meu celular.

— Aí está — ele disse. — Agora nós temos o número um do outro.

Esses caras mais velhos conhecem todas as manhas, não? Mas eu não esperava ouvir falar de Fred nunca mais. Ele certamente iria para casa, pensaria sobre o que havíamos feito e perceberia que fora um erro.

ELE LIGOU NA MANHÃ SEGUINTE.

Eu atendi, de ressaca e estreitando os olhos com a luz do dia.

— Vamos nos encontrar para almoçar qualquer dia desta semana — ele disse naquele tom apressado que as pessoas usam quando estão no trabalho. — Que tal quinta-feira à uma e meia? Encontro você em sua casa.

Eu meio que tinha acreditado que Fred seria um caso de uma noite, mas agora parecia que ia se transformar num *caso*.

Um caso com um burocrata de Washington casado. Hilário!

Eu me arrastei para fora do sofá-cama e olhei pelo apartamento em busca de April. Estava claro que ela não havia vindo para casa na noite anterior. Talvez aquele investidor de capitais que ela havia conhecido a tivesse levado para sua mansão.

Eu me lembrei que minha entrevista para o estágio era ao meio-dia. Já eram dez e meia. Eu precisava me recompor para minha estréia no Congresso.

Minha pele estava ressecada por causa da bebedeira da noite anterior, e meu cabelo estava cheio de nós de tanto trepar. Eu tinha bastante trabalho a fazer.

Coloquei meu cabelo em rolos jumbo de velcro e escolhi o traje perfeito para uma entrevista de emprego: saia cinza de lã *stretch* e camisa com mangas três-quartos combinando, meias de seda preta (nada de pernas nuas numa entrevista de emprego), sapatos Manolo de crocodilo preto da liquidação do ano passado e minhas pérolas da formatura.

Nada de maquiagem — muito chamativo. Mas fazer as sobrancelhas é necessário. Morenas devem usar um lápis para *louras*. (Aprendi isso numa entrevista de Cyndy Crawford à revista *Harper's Bazaar*). Eu precisava de blush, especialmente quando estava de ressaca. "Orgasmo", da NARS, era o melhor. E não podia sair de casa sem o rímel Lancôme's Définicils. Preciso passar rímel nos cílios para me livrar de qualquer imperfeição.

Mas era isso. *Sem maquiagem*.

Minhas unhas estavam curtas, limpas e lixadas, com uma camada de esmalte transparente. Aqui as manicures não eram necessárias como em Nova York, nem tampouco sprays de bronzeado ou cabelos quimicamente esticados. Agora que eu morava em Washington, poderia finalmente relaxar.

Tirei os rolos. Cabelo totalmente cerimonioso, a menos que eu o repartisse de lado, para uma aparência mais profissional.

Profissional.
Eu não sabia o significado desta palavra.

CONFORME EU ANDAVA até os prédios de escritórios do Senado, imaginei a nova vida que se estendia à minha frente. Toda manhã, eu passaria pelo Capitólio, exatamente como estava fazendo agora. Mas eu não era uma turista — eu *morava* nesta bela cidade cheia de coisas bonitas que nossos impostos pagavam: prédios de mármore bonitos, estátuas bonitas, monumentos bonitos em homenagem a esta grande nação.

Eu podia me ver em meu terninho cinza, me apressando sob o Capitol Dome. Fazendo exatamente *o que*, eu não sabia. April nunca me contava muito sobre o *trabalho* que as pessoas faziam no Congresso. Escutando-a falar, você pensaria que tudo eram happy hours e namoros com colegas, como um episódio do seriado *Ally McBeal* ou algo assim. E a impressão que eu tinha ao assistir ao canal a cabo do Congresso era que todo mundo era pago para colocar um terno e observar uns aos outros fazendo discursos o dia inteiro. *Eu podia fazer aquilo*, pensei.

Queria um trabalho fácil no governo, que eu pudesse começar a admitir como certo o mais rápido possível. Devo ter parecido muito *esperançosa* em meu capote Marc Jacobs, com o cabelo perfeitamente repartido de lado, em meu caminho para conseguir um estágio no Senado dos Estados Unidos. Eu não parecia o tipo de garota que trepava com homens casados desconhecidos em mesas de reunião às 3h da madrugada.

Encontrei o edifício Hart do Senado e entrei na fila para a checagem da segurança. Enquanto esperava cada pessoa à minha frente ser aprovada, me perguntei se teria de ficar na fila assim todo dia. Talvez fosse a influência do sul ou do meio-oeste aqui, mas as pessoas eram tão irritantemente *vagarosas*. E ninguém estava gritando ou reclamando daquilo. Acho que hão havia pressa para chegar ao trabalho.

Joguei minha bolsa de pele preta Kate Spade na esteira de raio-X e dei um passo para dentro do detector de metais.

Beeep!

— Provavelmente são seus sapatos, dona — disse um dos guardas de segurança.

Dona? Ele estava falando comigo?

— Você vai ter de tirar seus sapatos, dona, e colocá-los na máquina de raios-X.

— Sério? — eu empaquei enquanto uma garota de aparência simples, usando sapatos baixos, resmungou na fila atrás de mim.

Que coisa mais sem glamour. Demais para meu *debut* no Congresso. Olhar de desdém.

Preciso me lembrar: Você nunca pode usar sapatos Manolo enquanto trabalhar aqui.

Ou eu poderia usá-los de qualquer maneira e usar a checagem da segurança como desculpa para chegar atrasada ao trabalho no futuro! Fabuloso.

Voltei pelo detector de metais, recoloquei minhas sandálias e imediatamente me senti melhor. Eu desprezava aquela sensação de "um patamar abaixo" que tinha sempre que tirava meus saltos altos.

Fui batendo os saltos pelo chão de mármore, levantando os olhos para ver a *Mountains and Clouds*, a colossal escultura de Alexander Calder no átrio. A gigantesca montanha de aço e as nuvens negras de metal suspensas tinham uma aparência muito sinistra. Eu nunca havia visto nada como aquilo antes.

Meu telefone subitamente tocou, a música "Push It" do grupo de hip hop Salt-N-Pepa ecoando pelo saguão de mármore. Era April ligando para ter certeza de que eu estava a caminho do escritório.

— Onde você está? — ela perguntou.

— Estou de pé perto da coisa preta e grande — eu disse.

— Sempre odiei essa coisa. É tão grande e tão assustadora, que parece algo saído de um pesadelo.

— Exatamente! É fabuloso.

— Estou me sentindo horrível — ela gemeu.

— Ressaca?

— Em grande estilo. E ainda estou usando seu vestido. Por sinal, as pessoas estão adorando! O senador estava no escritório hoje de manhã me secando!

— Talvez ele a convide para sair.

Eu estava brincando, mas essas coisas não acontecem de vez em quando? Pelo menos era engraçado pensar que aconteciam.

— Estou me sentindo nojenta — April continuou. — Tive de comprar uma escova de dentes na loja de conveniências do Senado quando cheguei esta manhã.

— O Senado tem uma loja de conveniências? Onde?

— É no edifício Dirksen. E não é engraçado que eles vendam *escovas de dentes* por lá? É como se eles soubessem que estamos todos tendo casos de uma noite ou algo assim!

— Eles vendem preservativos? — perguntei. — Porque, se não vendem, provavelmente deveriam.
— Preservativos? Ah, por favor. Ninguém se deixaria pegar comprando preservativos aqui!
— Por que não? Os senadores contratam apenas virgens ou algo assim? É de se imaginar que eles queiram pessoas com *experiência de vida* trabalhando para eles, e que queiram mantê-las livres de doenças.
— Merda, tenho uma ligação na outra linha. Essas porras desses eleitores! — April grunhiu. — Vejo você aqui daqui a pouco. Traga café!

Olhei em torno. Não vi um Starbucks em lugar nenhum, então perguntei a um guarda onde eu deveria ir.

— Dois lugares: Dirksen ou Russel — ele disse, referindo-se aos outros dois prédios do Senado. — O café bom fica no Russell.

Ele me explicou a localização de um Starbucks chamado Cups. Para ir do edifício Hart até lá, tive de pegar o elevador para o nível térreo, de onde atravessei para o edifício Dirksen. Uma vez lá dentro, desci um lance de escadas para o subsolo, onde contornei a cafeteria e cheguei ao corredor que ligava o edifício Dirksen ao edifício Russel, onde ficava o Cups, no final do corredor.

Levei mais ou menos meia hora para encontrar o lugar, e meu telefone não funcionava nos túneis subterrâneos que ligavam os prédios. Mas eu tinha chegado longe demais para sair dali de mãos vazias; portanto, pedi dois cafés com leite espumantes triplos antes de voltar para o edifício Hart, o que levou outros 15 minutos. Não espanta que o governo fosse tão ineficiente: levei 45 minutos para conseguir uma xícara de café decente!

A espera por um elevador durou *séculos*, o que não fazia sentido, já que o prédio só tinha nove andares. Finalmente, um deles chegou. Dois homens de terno saíram. Todo mundo os encarou, mas ninguém se moveu para entrar no elevador. Uma placa sobre as portas que se fechavam dizia APENAS SENADORES. Então, acho que os caras eram senadores ou algo assim. Mas eles não *pareciam* importantes. Tudo o que eu vi foram dois velhos.

Um elevador para nós, pessoas normais, chegou, e todos entramos. Quando as portas se fecharam, pude ver que alguém tinha arranhado a palavra *FODA-SE* do lado de dentro das portas. Imaginei que tipo de desajustados faria uma coisa dessas num prédio do Senado e se eles ainda trabalhavam aqui.

Era o tipo de coisa que eu mesma poderia fazer quando estava doidona, mas teria de me manter sob controle de agora em diante, especialmente se acabasse trabalhando para algum congressista ultraconservador ou algo do gênero. Eu havia ouvido dizer que o pessoal do Congresso podia ser demitido por praticamente qualquer razão inventada: havia sempre algo imperceptível escrito no código de conduta do empregador que dava aos escritórios do Congresso esse tipo de poder arbitrário. Normalmente era algo do tipo "qualquer conduta imprópria que se reflita no escritório do Senado".

Claro, todo mundo conhecia o velho ditado "Não cague onde você come". Mas se você trabalhava no Congresso, não poderia cagar em *lugar nenhum*. Se eu estava levando a sério a idéia de fazer carreira aqui, teria de me controlar de agora em diante.

APRIL COLOCOU O TELEFONE NA ESPERA quando cheguei com seu café. — Estou com uma ressaca forte demais para lidar com essas pessoas loucas — ela gemeu. — Estou repassando todas as minhas ligações para a caixa postal pelo resto do dia! April e Laura eram as duas "Assistentes da Recepção". Elas acolhiam os visitantes e atendiam telefonemas de pessoas loucas o dia inteiro, então basicamente elas eram recepcionistas com nível superior.

— Então, o que aconteceu com você na noite passada? — perguntei a April.

— Cara, você me insultou — ela disse. — Você me deixou sozinha com aquele nojento no bar!

Ela explicou que estava sem dinheiro, de modo que não podia pegar um táxi para casa, e o metrô tinha parado à meia-noite. O homem que ela conhecera no bar era hóspede do hotel, estava na cidade a trabalho vindo de Los Angeles.

— Eu não tinha escolha, a não ser ir para o quarto com ele — ela disse. — Acabei trepando com ele só porque não tinha carona para casa!

— Shhh! Fale baixo! — Laura alertou da mesa do outro lado da sala. — E se alguém ouvir?

— Ah, ninguém está ouvindo — April disse. — E se estiverem, precisam encontrar trabalho de verdade para fazer.

Laura tirou o microfone do telefone e sacudiu os cabelos.

— Se você não está atendendo ao telefone, eu também não atendo — ela disse, apertando o botão *Call Fwd* no aparelho. — Não acredito que vocês duas foram para o Four Seasons sem mim. O que você acabou fazendo na noite passada, Jackie?

— Jackie trepou com o cara com quem ela saiu do bar — April disse, de propósito.
— Como você sabe? — perguntei.
— Você estava sozinha no apartamento, então presumi que ia tirar vantagem disso. Espero que ele não tenha gozado no meu sofá.
— April! — chiei. — Para sua informação, nós transamos numa mesa de reunião no escritório dele.
— *O quê?*
— Falamos sobre isso mais tarde — eu disse às garotas. — Então, onde está Dan? — perguntei. — Quero ver como é esse seu paquera do trabalho.
— Vou apresentá-lo a você — April disse —, mas não ouse dizer nada, nem uma única brincadeira! Eu tenho namorado!
— E o cara no Four Seasons na noite passada? — Laura perguntou.
— Ele não conta — April disse. — Trabalha fora do Congresso.
— Mas tome cuidado. Diversão é diversão, mas você não ia querer que o Tom descobrisse. Ele ficaria totalmente fora de si. E depois você teria de parar de trabalhar aqui.
— É exatamente por isso que eu só saio com caras que trabalham *fora* do Congresso. E se você fosse esperta, faria a mesma coisa, Laura.
— Mas eu só transo com caras que trabalham no lado da Assembléia!
— Laura é uma piranha bipartidária — April me informou.
— Jackie, não escute o que ela diz — Laura disse. — Ela está apenas com inveja de eu transar mais do que ela porque sou loura.

Já que April não podia sair de sua mesa, ela ligou para Dan e disse a ele para me fazer companhia enquanto eu esperava pela entrevista.

— Certifique-se de enxugar a mesa de reunião quando você tiver terminado lá — Laura brincou.

April e eu reviramos os olhos.

DAN ME LEMBRAVA UM jovem James Spader: meio insípido, mas estranhamente atraente, apesar de tudo. Ele não fazia meu tipo — em geral não gosto de caras que usam óculos —, mas provavelmente era o cara mais bonito do escritório. Pelos padrões do Congresso, isso não quer dizer muito, mas eu podia entender que April o paquerasse estando tão entediada com seu trabalho como estava.

Na sala de reunião conversamos um pouco. Eu sentia que ele estava olhando e sorrindo demais para mim. Mas, por outro lado, eu piscava e sorria para ele mais que uma concorrente de concurso de beleza. Estava me preparando para minha entrevista; portanto, tentava ser o mais charmosa possível. Não podia fazer nada se Dan era suscetível a meus truques femininos.

— Você é de Nova York — ele disse. — Então o que a traz a DC?

Desejei ter uma resposta mais fácil para essa pergunta. Então, inventei uma.

— Tenho um namorado aqui — disse a ele.

— Tem?

Assenti.

— Mas eu achei... você não está morando com a April? — ele perguntou.

— Ainda não estou pronta para morar com ele — menti. — Mas, sim, estou morando com a April por enquanto.

O que ele estava tentando dizer sobre meu relacionamento falso com meu namorado imaginário? Que não era sério?

Ele foi em frente.

— Então, em que assuntos você está interessada? — perguntou. — No que você gostaria de trabalhar?

Ensaiei uma pose pensativa, mas fui incapaz de produzir uma resposta. Será que eu dou a mínima para qualquer coisa além de meu próprio guarda-roupa e bem-estar? Não necessariamente.

— O que você sabe sobre verbas? — perguntou Dan. — Sempre precisamos de ajuda com nossos pedidos de verba.

Verbas. Apenas a palavra me fazia ficar entediada até as lágrimas.

— Isso seria ótimo — eu disse, ajeitando o cabelo.

— Ótimo — ele concordou. — Vou conferir para ver se Gloria já está pronta para ver você.

Eu venci a entrevista; começaria no dia seguinte como estagiária. Outro dia, outro dia sem um dólar. Mas agora eu poderia colocar aquilo no meu currículo e começar a procurar um emprego de verdade.

TENTEI LIGAR PARA CASA, para dar à família uma notícia, mas novamente não houve resposta. Assim, liguei para minha irmã, Lee, que estava na faculdade.

— Mike terminou comigo! — anunciei quando ela pegou o telefone. — O casamento acabou e agora estou em Washington, dormindo no sofá da minha amiga!

— O que você fez? — ela perguntou, sabendo que aquilo só poderia ser culpa minha.

— Eu ferrei com tudo — admiti, depois contei a ela a história inteira, à qual ela reagiu com sua sinceridade usual.

— Mike não era certo para você de qualquer maneira — ela disse. — Ele era bom demais.

— Mas é por isso que eu devia ficar com ele — suspirei. — Ele foi o melhor cara que já conheci.

— E depois dispensou você! Se ele amasse você, já estaria casado agora. E se *você* o amasse, não teria transado com Kevin. Você provavelmente *queria* ser pega traindo, porque subconscientemente você queria uma escapatória.

(Lee era mestre em psicologia.)

— Eu não queria que nada disso acontecesse! — argumentei. — Arruinei tudo. Mas não posso fazer nada agora. Mike me odeia, e não tenho o direito de incomodá-lo de novo nunca mais. Acabou.

— Então o que você vai fazer, agora que tem sua liberdade? — Lee perguntou. — Está gostando da vida de solteira?

— Bem, agora tenho que conseguir um emprego, mas estou estagiando no Congresso enquanto isso.

— Você não é velha demais para ser estagiária? É um pouco tipo o filme *Strangers with Candy*.

— É, mas não sei o que mais fazer comigo.

— Quanto eles pagam pelo estágio?

— Não pagam.

— Que droga! Então como você vai fazer com o dinheiro? Mamãe e papai estão ajudando você?

— Na verdade, não tenho tido notícias deles ultimamente. Tentei ligar para casa várias vezes, mas eles nunca atendem.

— É, eu também — Lee disse. — Não faz o tipo deles evitar nossas ligações.

— Você estava ligando para casa para pedir dinheiro de novo?

Minha irmã estava *sempre* pedindo dinheiro a meus pais. E eles realmente o davam a ela, o que me enfurecia. Quando *eu* estava na faculdade, trabalhava como garçonete, o que me transformou na misantropa de má índole que sou hoje. Eu era orgulhosa demais para implorar esmolas a meus pais. Mas não Lee.

— Posso pegar algum dinheiro emprestado com você? — ela perguntou. — Vou pagar tudo de volta.

Suspirei, sabendo que ela jamais me pagaria de volta.

— Estou falida, mas vou colocar um cheque no correio esta tarde — falei. — Se você tiver notícias de papai e mamãe, diga a eles para me ligarem. Estou começando a ficar preocupada.

— Eu também. Eles se esqueceram de pagar a conta do meu cartão de crédito Visa.

— Ah, arranje um emprego, Lee.

— Não seja cachorra, Jackie. Só me mande o cheque. E tente se divertir agora que está solteira de novo. Você precisa conseguir um outro cara tipo banco de reserva pra você esquecer o Mike para sempre.

Eu contei a Lee sobre Fred, e concordamos que ele definitivamente era um cara banco de reserva: o máximo que eu podia esperar dele era algum sexo selvagem e mais nada.

Mas eu não queria nada tipo banco de reserva. Eu queria *fazer cesta*.

— Eu odeio estar solteira de novo — disse a Lee.

— Bem, você sabe o que dizem: você pode ser solteira e solitária ou casada e entediada — ela lembrou.

— Obrigada por me consolar, Lee.

Eu desliguei o telefone e fui para a cama. Ou, no meu caso, para o sofá.

Capítulo 7

April matou a aula de ginástica de manhã para que pudéssemos caminhar juntas para o escritório em meu primeiro dia de trabalho. Apreciei o gesto bacana, mas ficamos entrando uma na frente da outra, tentando ajeitar os cabelos e a maquiagem na frente do mesmo espelho. Imaginei até quando eu seria bem recebida ali.

— Talvez você possa conseguir um emprego como garçonete por enquanto — April sugeriu, inspecionando minha metade do armário, a procura de algo para vestir. —Você poderia trabalhar no Hooters ou algo assim.

Eu fiquei horrorizada com a sugestão.

— Eu *não* sou garçonete—falei indignada. —Meus seios não são grandes o suficiente.

Eu me olhei no espelho enquanto colocava um suéter sobre os ombros. Não, eles definitivamente não eram grandes o suficiente, mesmo que estivesse tomando pílulas anticoncepcionais extras para dar mais volume àquela parte do meu corpo.

Eu era uma pessoa magra gorda: uma esquelética manequim 36 cujo corpo consistia em ossos e excesso de gordura, mas nada de músculos. April também era manequim 36, mas ela tinha um daqueles corpos "sarados", esculpidos por ginástica diária na Gold's. (Eles davam um generoso desconto aos sócios que trabalhavam no Congresso.)

Ela sacudiu a cabeça para mim enquanto eu colocava o casaco de mink que tinha pego emprestado de minha mãe.

— O que foi? Está frio lá fora! — falei na defensiva.

— É, mas *estagiárias* normalmente não andam pelos escritórios do Senado usando peles, — ela bufou.

— Não vou andar pelo *escritório* usando peles, April. Além do mais, quem se importa com o que alguma estagiária está usando?

— Você não quer dar às pessoas uma razão para não gostarem de você no primeiro dia, quer?

— Ah, por favor. É a porra do Senado americano. Tenho certeza de que as pessoas têm coisa melhor a fazer do que se preocupar *comigo*.

— Mas e se alguém jogar tinta ou algo assim?

— A segurança realmente deixaria alguém entrar no prédio com uma lata de tinta vermelha? Até parece.

Além do mais, mesmo que alguém jogasse tinta em mim, eu sou o tipo de pessoa que usaria minhas peles *com* as manchas de tinta, só para mostrar a eles que eu não ligo.

Agora *isso* seria uma expressão da moda. Eu teria ficado surpresa se Alexander McQueen ou outra pessoa já não estivesse vendendo casacos de pele com manchas de tinta.

GLORIA ME DEU alguns formulários para preencher quando cheguei ao escritório, os quais incluíam um compromisso de confidencialidade. Eu imaginei que tipo de coisa acontecia ali que eu precisaria manter em segredo. Esse lugar não era honesto e respeitável?

Depois Gloria levou a mim e aos outros estagiários lá embaixo, ao escritório de identificações do Senado, para tirar fotos para nossos crachás.

— Sexy! — Dan disse mais tarde, quando mostrei a ele minha foto finalizada. — Você parece a Catherine Zeta-Jones.

Fiquei surpresa que Dan tivesse usado a palavra *sexy*. Parecia meio inadequado, mas eu *realmente* parecia a CZJ naquela foto. Pessoalmente, eu parecia mais o personagem de Jessica Lovejoy daquele episódio de *Os Simpsons*. Mas eu sabia algo a respeito de posar para fotos: assistia ao programa *America's Next Top Model* toda semana e tinha *Zoolander* em DVD.

No caminho de volta à sala de correspondência com os outros estagiários, fui interceptada por Kate, a organizadora dos horários do senador. Kate, uma mulher de meia-idade que mantinha potes de balas em todo o seu escritório, me informou que eu iria ajudá-la com as "desculpas" a partir de agora.

Peguei meu casaco e minha bolsa no armário antes de sair da sala com ela.

— Isso é pele de verdade? — ela perguntou.
— É de minha mãe — respondi.
Ela levantou as sobrancelhas, mas não disse nada mais a respeito do tema. Sentamos em seu escritório e ela explicou que o senador não poderia comparecer a nenhum evento em Washington enquanto estivesse concorrendo à presidência. Então meu trabalho era responder a todos esses convites e enviar as desculpas. Fácil assim.

Eu teria preferido não chamar a atenção, separando as cartas e fazendo bagunça com os outros estagiários na sala de correspondência, mas mesmo assim fiquei lisonjeada por Kate ter me escolhido. Ganhei meu próprio cubículo bem do lado de fora do escritório do senador! Planejei comprar um vaso de fores para minha mesa exatamente como Mary Tyler Moore.

Notei que muitas pessoas no escritório mantinham um "Quadro Eu" em seus cubículos, essas pequenas galerias de fotos delas de pé ao lado do congressista Tal e Tal, do senador Qual é a Cara Dele e do governador Quem Quer Que Seja. Como se aquilo fosse impressionar alguém. Tipo: "Uau! Você está de pé perto de alguma pessoa irreconhecível que é meio que mais importante do que você! Isso é impressionante! Me desculpe enquanto eu gozo e espalho esperma por toda parte."

Kate colocou um pacote de convites sobre a minha mesa.
— Se você vir alguma coisa que pareça interessante, pode perguntar se o convite é transferível — ela me disse. — Eu vou a eventos em nome do senador o tempo todo.

Aquilo parecia divertido, mas fiquei bem desapontada quando vi os convites. Senadores são convidados para muitas festas chatas, como recepções em honra de helicópteros e bailes de caridade para doenças nojentas que eu nunca havia ouvido falar (Síndrome da Fralda Azul?). Ser um congressista deve realmente encher o saco às vezes. Eu teria me matado se tivesse de comparecer a todas aquelas coisas idiotas, mesmo com toda a boca-livre.

Então eu estava dando telefonemas, arrumando minha mesa e digitando algumas cartas para empregos aos quais estava me candidatando, cuidando de minha própria vida. Aí Dan parou em meu cubículo.

— E aí? — ele perguntou. — O que você está fazendo aqui?

— Nada demais — respondi, minimizando a carta na qual eu estava trabalhando. — Só estou ajudando Kate.

— Fazendo o quê?

— Ligando para as pessoas e dizendo a elas que o senador não pode ir às festas delas.

Dan pareceu surpreso.

— Achei que você ia trabalhar com verbas — ele disse.

— É, eu também. O que aconteceu? — perguntei a ele, sorrindo.

— Jacqueline, *meu doce*! — chamou Kate de seu escritório. — Posso vê-la, por favor?

Pedi desculpas para ver o que ela queria.

— Feche a porta — ela sussurrou.

Eu bati a porta, curiosa para saber por que precisávamos de privacidade.

— Você terminou aquela pilha de desculpas que eu dei a você? — ela perguntou.

— Estou quase terminando — respondi.

— Jacqueline — ela começou —, você é uma jovem muito atraente, e há muitos rapazes solteiros neste escritório.
Ah, não.
— Mas não posso deixar você *entretê-los* em seu cubículo.
O quê?
— Você não deveria encorajar nenhum deles a falar com você enquanto está trabalhando — continuou ela. — Olhe, eu sei como são esses caras. Eles vão ficar aí e conversar com você o dia inteiro se você deixar. Se você está interessada em algum dos caras do escritório, você deve correr atrás, mas não quero que eles interfiram no seu trabalho.
Correr atrás?
— Não se preocupe, Kate — disse a ela antes de voltar para a minha mesa. — Não vim aqui para encontrar homens.
Sério, eu não tinha vindo.
Nunca fiquei tentada a namorar no trabalho, especialmente no Congresso. Não apenas por razões profissionais, mas porque os caras aqui realmente não fazem meu tipo. Eu sempre odiei aqueles atrevidos veteranos de ciência política na universidade, que se candidatavam ao grêmio estudantil e tentavam me passar a conversa para que eu escrevesse o trabalho deles sobre a caridade da fraternidade estudantil no jornal da escola.

Pegue um desses oportunistas, coloque-os na universidade, venda-lhe um terno barato, e você tem seu típico homem do Capitólio. De acordo com April e Laura, esses caras se observavam a si mesmos na TV a cabo oficial do governo quando iam para casa à noite, entediavam suas namoradas com anedotas sobre os congressistas com os quais trabalhavam e tinham fotos emolduradas deles mesmos com pessoas como Dan Quayle. Eles usavam seus Black-Berries *e celulares* presos no cinto, e alguns deles até usavam *gravatas-borboleta*. Mas o pior de tudo é que eles ganhavam salários com menos de seis dígitos, o que não era nada sexy.

Capítulo 8

Eu estava aguardando ansiosamente meu encontro com Fred na hora do almoço, principalmente porque não comia uma refeição decente desde Nova York. Estava faminta na hora em que Fred chegou à casa de April na quinta-feira à tarde.

Ele deu uma olhada no apartamento, que era decorado com o gosto dela: paredes azul-celeste e móveis da loja Ikea brilhantemente coloridos, com muito lixo da Crate & Barrel jogado ali. Ele se sentou no sofá de espuma vermelho sem dizer uma palavra.

— Espero que você não esteja esperando que eu cozinhe alguma coisa — eu disse, quebrando o silêncio.— Não podemos usar o forno porque estou guardando minhas roupas de verão lá dentro.

Eu me sentei perto dele.

— Então, aonde você vai me levar? — perguntei.
— Nós não podemos sair para almoçar — ele me disse.
Esperei mais explicações.
— Temos de ser discretos, e não posso me arriscar a ser visto com alguém como você.

Alguém como eu? Parte de mim quis ligar para o escritório dele e dizer a todos que as pessoas sentadas na mesa de reunião naquele exato instante deviam saber que ela estava manchada com fluidos corporais.

Do que ele tinha tanto medo? Todo respeitável homem casado não mantinha uma amante? Eu o deixaria terminar de falar o que quer que tivesse a dizer. Depois, correria até ele e lhe daria um chute no saco.

— Já que não posso levar você a lugar nenhum nem lhe oferecer qualquer tipo de futuro — ele continuou —, eu me sentiria culpado continuar com nossos encontros se não a compensasse de alguma maneira.

Compensar?

— Quer dizer, tipo, com dinheiro? — perguntei.

— Gostaria de dar a você uma pensão e qualquer assistência financeira de que você precise — ele explicou. — Sei que você está estagiando e que provavelmente precisa de dinheiro. É justo.

Eu queria saber quanto, mas achei que seria deselegante perguntar.

— Claro — eu disse. — Isso faz sentido.

Pelo menos eu sabia onde pisava com ele. Nada de namoro, nada de futuro. Apenas Fred e eu, e alguma ajuda com as contas. Esse provavelmente era o relacionamento mais honesto que eu jamais teria em toda a minha vida.

Ele terminou rapidamente, e eu me perguntei quanto valiam 5 minutos de ação missionária para ele. Mas ele não se levantou da cama para sair. Deitou-se perto de mim, me apertando em seus braços.

Ficar aninhada a Fred parecia pouco natural. Ele ainda era um estranho para mim, e eu ainda não tinha sentimentos "aninháveis" em relação a ele. Isso era falsa intimidade, e eu não gostava. Era quase ofensivo, da mesma maneira que um mau mentiroso insultava sua inteligência.

Mas — se ele se sentia confortável assim comigo — talvez eu pudesse suportar me abrir para ele também. Coloquei minha cabeça em seu ombro e escutei-o falar. Ele estava basicamente reclamando do trabalho, do casamento, de todas as coisas que ele detestava em Washington.

Eu tive a sensação de que Fred não tinha mais ninguém com quem conversar. O que ele realmente queria era alguém que o escutasse. (E o fizesse gozar regularmente, mas isso parecia secundário agora.)

Perguntei por que ele morava em Washington se odiava tanto a cidade. Era meu esforço para participar da "conversa", que estava rapidamente se tornando um monólogo de 1 hora de duração.

Fred sorriu para mim e disse:

— Quando o presidente lhe oferece um emprego, você não recusa.

Olhei para ele em dúvida. Ele não estava brincando.

— Você conhece o *presidente*? — perguntei, incrédula.

— Você é, tipo, *amigo* dele?

Eu não sabia se estava mais impressionada com Fred ou comigo mesma. Eu estava a apenas um nível de distância do presidente dos Estados Unidos! Diabos, Washington era uma cidade pequena.

— Foi assim que consegui esse emprego confortável — ele explicou. — Nem todo mundo consegue esses almoços longos sempre que quiser.

Olhei para o relógio. Estávamos ali havia apenas 1 hora, sem contar o tempo de viagem.

Ele ficou de pé e colocou o terno novamente. Procurando no bolso, puxou um envelope fechado.

— Isso é para você — falou.

O dinheiro.

Agradeci enquanto enfiava o envelope em minha bolsa. A visão do dinheiro me fez sentir muito desconfortável por alguma razão. Eu achava que sabia que havia algo inerentemente errado em aceitar um envelope cheio de grana. Mas, por outro lado, o que fazia isso diferente de deixar que Fred me pagasse o almoço? De qualquer forma, ele tinha de pagar. "Porque eu mereço" — como a L'Oreal diria.

Assim que Fred saiu do apartamento, rasguei o envelope e contei o dinheiro lá dentro.

Quatrocentos dólares. Por 1 hora de meu tempo.

Que país.

Por que quatrocentos dólares? Eu nunca saberia. Nós nunca falamos sobre dinheiro, e eu nunca fiz nenhuma pergunta; apenas aceitava os envelopes e dizia "obrigada", como a garota educada e bem criada que era.

NAQUELA NOITE, recebi outro telefonema de minha irmã.

— O cheque voltou? — perguntei a ela.

— Sim, mas não é por isso que estou ligando. — Ela fungou no telefone.

Eu podia dizer que Lee andara chorando.

— Posso mandar outro cheque — ofereci. — E prometo que não vai voltar desta vez.

— Escute! — ela disse. — Mamãe e papai vão se divorciar.

Fiquei totalmente abalada. Meus pais sempre pareceram ter uma parceria muito confortável, do tipo que eu queria para mim algum dia. Agora parecia que eles haviam vivido uma mentira.

— De onde vem isso? — perguntei, incrédula. — O que aconteceu?

— Não sei — soluçou Lee. — Nenhum deles quis falar sobre isso. Papai só ligou perguntando se eu queria que mandasse minhas coisas para a minha fraternidade. Ele ainda não ligou para você?

— Não, eu não falei com nenhum dos dois — comentei, me perguntando por que eles tinham me deixado fora da jogada. — Por que papai está mandando todas as suas coisas para o campus?

— Ele está colocando a casa à venda! Por que mais ele a estaria limpando?

— *Ele está vendendo a casa?* Não posso acreditar que isso esteja acontecendo! Para onde mamãe vai?

— E nós, Jackie? Nós somos, tipo, *sem-teto*! Para onde vamos? O que vamos fazer?

— Vou pensar em alguma coisa. Enquanto isso, vou te mandar algum dinheiro.

Desliguei o telefone e assinei um cheque para Lee. Ela estava certa. Nós éramos realmente sem-teto. Não poderíamos simplesmente ir para a casa de nossos pais se a vida ficasse difícil demais. Não havia mais rede de segurança — agora tudo dependia de mim.

Depois assinei um cheque para April. Ela ficou muito satisfeita de saber que eu poderia pagar minha metade do aluguel. Primeiro, não disse a ela de onde vinha o dinheiro, nem ela pareceu interessada em saber. Dinheiro era dinheiro, afinal de contas. Ela provavelmente apenas presumiu que eu estava tendo ajuda de meus pais, como todo mundo mais que estagiava no Congresso. Era muito embaraçoso admitir que eu tinha um "preço padrão". Era tipo sair por aí todos os dias com uma etiqueta de preço pendurada em seu vestido.

Capítulo 9

Fred me oferecia sua "ajuda financeira" cerca de duas ou três vezes por semana. A quatrocentos dólares por visita, eu ganhava duas vezes o que April trazia para casa em seu contracheque. Mas eu ainda precisava encontrar um emprego de verdade. Não podia contar com Fred para ficar me dando envelopes de dinheiro pelo resto da vida. Esse tipo de coisa sempre acabava.

April e Laura me ajudaram a montar um currículo e algumas amostras de textos e me deram alguns conselhos profissionais valorosos durante a happy hour.

— Você basicamente só precisa puxar o saco de todo mundo para que eles escrevam uma boa carta de recomendação para suas inscrições na pós-graduação — Laura me disse, tirando a azeitona de seu copo de martíni.

— Não quero fazer pós-graduação — expliquei. — Só quero conseguir um emprego de verdade.

— Estou procurando um emprego de verdade há meses. Só estou ganhando tempo no Congresso até conseguir ir para o setor privado. Tenho algumas entrevistas marcadas na K Street.

Laura enumerou algumas empresas de lobby e relações públicas das quais eu não tinha ouvido falar, mas April pareceu muito impressionada.

— Espero que você me ajude a conseguir um emprego assim que você for contratada em um desses lugares — disse ela a Laura. — Estou farta de nunca ter dinheiro.

— Vocês não gostam de trabalhar no Congresso? — perguntei a elas. — Quer dizer, vocês não vieram aqui para ficar ricas, vieram?

— É um ótimo trabalho para quem sai da universidade — Laura explicou —, e adoro o nosso escritório, mas estou apenas meio de saco cheio disso.

— Não tenho certeza de que esperam que fiquemos para sempre no Congresso — April tentou explicar. — Quer dizer, eles não podem promover *todo mundo*, então alguém tem de sair de vez em quando. Eles sabem que vamos ficar cansadas de ganhar menos de trinta mil por ano, e vamos sair para ganhar mais dinheiro no setor privado depois de alguns anos. Aí nosso escritório vai promover quem ainda estiver por lá.

— Estou convencida de que é apenas uma maneira sistematizada de repor garotas novas no escritório — disse Laura, fazendo um gesto na minha direção. — Exatamente como nosso programa de estágio.

Onde é que eu estava me metendo? Talvez eu devesse ter voltado para a faculdade em vez de vir para cá.

— Falar com pessoas loucas no telefone pode *parecer* engraçado, como se fosse um grande episódio do programa infantil *Crank Yankers*, mas, acredite em mim, fica chato rápido! — disse April.

Era realmente para aquilo que April e Laura eram pagas? Aconselhar psicopatas pelo telefone?

— Recebemos telefonemas de doentes mentais com privilégios de telefone o tempo todo — April confirmou. — Às vezes eles fazem ameaças de morte contra o senador, e então você tem de envolver a polícia do Capitólio. É *tão* chato.

— E também recebemos telefonemas de velhos solitários que só querem reclamar sobre *qualquer coisa* durante horas — Laura disse. — Alguns deles ligam todos os dias.

— Vocês não podem dizer a eles para pararem de ligar? — perguntei.

— Não podemos repreendê-los; do contrário, teremos problemas — April explicou. — A regra é: "Não diga nada para um eleitor que você não iria querer que o senador ouvisse."

— Por quê? Ele faz escuta nas ligações? — perguntei.

— Não, ele é ocupado demais para lidar com os eleitores a este nível! Isso só quer dizer que temos de ser superlegais com todos que ligam para o gabinete, mesmo que sejam completamente loucos. No dia das eleições, os votos deles contam tanto quanto os de qualquer pessoa.

Imaginei cabines de votação colocadas nos hospícios, com pacientes de trajes azuis enfileirados para votar no senador para o qual April e Laura trabalhavam. Um frio subiu pela minha espinha.

April não tinha notícias de seu namorado, Tom, já havia uma semana. Nenhum de seus telefonemas havia sido retornado, bem como os e-mails e as mensagens instantâneas que ela havia mandado para ele durante os últimos dias.

— Sei que ele está muito ocupado com a campanha e tudo, mas ele não pode estar tão ocupado *assim* — April disse. — Quer dizer, ele tem uma porra de um BlackBerry! Simplesmente não há desculpas para isso. Ele poderia ter tido ao menos a cortesia de terminar comigo via e-mail, mas acho que até isso é pedir demais hoje em dia!

— Sei que o senador não vai ganhar a nomeação para a candidatura, mas e se ele for escolhido para vice-presidente? — Laura colocou a pergunta. — Poderíamos todas estar trabalhando na Casa Branca ano que vem!

— É por isso que estou segurando a procura de emprego — April disse. — Só para o caso de algo assim acontecer.

April e Laura na Casa Branca? Era possível. De tempos em tempos, empregos e espaços no escritório entravam num fluxo e havia ganhadores e perdedores. Acho que isso explicava a atmosfera de veneração no escritório do senador.

Era como se cada escritório tivesse seu próprio congressista para cultuar, que era tanto amado quanto odiado por sua própria equipe. Como forasteira, eu tinha de imaginar que necessidade aquilo preenchia para essas pessoas. Eu não podia imaginar que o trabalho por si era muito satisfatório. Parecia que todo mundo apenas corria em círculos, sem realizar nada, do estagiário mais incompetente ao próprio senador.

Supus que todo mundo estava ali para trabalhar e aprender, exatamente como eu. Só que eu não tinha vindo para trabalhar *para* ninguém em particular. Eu estava ali por minhas próprias razões, como uma mercenária. Mas talvez eu encontrasse uma causa à qual pudesse apoiar, exatamente como Han Solo finalmente fez em *Star Wars*. (Como eu disse antes, Washington era cheia de nerds, e obviamente eu não era uma exceção.)

Capítulo 10

No dia seguinte, April me encaminhou o release de imprensa anunciando que o senador estava abandonando a corrida. Ela escreveu:

> Tom acaba de ligar! Ele está voltando para Washington! Então, suma neste fim de semana — precisamos trepar!

Eu realmente não tinha nenhum lugar para ir quando April e Tom tomaram conta do apartamento. Tom dividia um quarto com outro funcionário do Congresso em uma daquelas horríveis repúblicas, tipo o programa *Real World*, de modo que eles não podiam ir para a casa dele. Agora que Tom estava de volta à cena, achei que eu passaria todos os finais de semana andando sem destino por Washington, sozinha.

Eu tinha o envelope com dinheiro de Fred queimando em minha carteira, então fui a Georgetown para uma tarde de compras. Estava voltando para a estação de metrô Foggy Bottom/George Washington University, carregada de bolsas de compras, quando um reluzente Mercedes-Benz preto parou no meio-fio.

Um atraente homem mais velho, que parecia o onipresente modelo grisalho do catálogo da Brooks Brothers, baixou o vidro da janela do motorista e me perguntou se eu precisava de uma carona.

Que diabos ele pensava que estava fazendo, pegando garotas na rua? Certamente ele não pensava que eu era uma prostituta. Eu parecia mais uma carregadora de bolsas.

— Essas bolsas parecem pesadas — ele disse. — Deixe-me lhe dar uma carona. Está gelado aí fora.

Contra meus melhores princípios, coloquei minhas bolsas na mala e entrei no carro. Acho que estava desesperada para que algo excitante me acontecesse. Se ele se revelasse um assassino ou algo assim, eu iria golpeá-lo no rosto com um de meus saltos stilleto. Pelo menos teria uma história interessante para contar às minhas amigas. Além do mais, eu odiava transporte público.

— Meu nome é Phillip — ele disse, apertando minha mão. — E o seu?

— Jacqueline — respondi, sem muita certeza se deveria dizer meu nome verdadeiro.

— Aonde você está indo?

— Capitólio.

— Você trabalha para um congressista?

— No momento, estou estagiando. Mas estou procurando um emprego.

Phillip me disse que ele era bastante amigo de alguns congressistas e que poderia me ajudar a conseguir um emprego em algum de seus escritórios.

— Obrigada, mas você nem me conhece. Eu poderia ser uma idiota totalmente incompetente! — eu ri.

— Mas tenho certeza de que não é — ele disse. — Você obviamente é uma jovem mulher inteligente.

Os homens sempre faziam isso: dizer a uma garota inteligente que ela é bonita, dizer a uma garota bonita que ela é inteligente.

— Por que você não me manda seu currículo? Eu vou me certificar de que ele caia nas mãos certas. — disse Phillip, me dando seu cartão.

Eu o guiei até o apartamento de April e olhei para o carro em busca de assentos para bebês ou qualquer outro sinal revelador de uma vida familiar. O carro estava limpo. Também não havia nenhuma aliança.

— Você realmente não tem de me ajudar — eu disse a ele enquanto ele me ajudava a carregar as bolsas para a porta.

— Sou a melhor coisa que já aconteceu a você — ele disse, beijando minha mão.

Eu revirei os olhos, mas não pude evitar lhe sorrir enquanto ele voltava para o carro. Ele era simplesmente a pessoa mais ridícula que eu já havia conhecido. Perguntei a mim mesma, se era assim que ele passava os sábados: pegando garotas no carro e prometendo ajudá-las. Acho que isso não era muito diferente de pegá-las num bar.

Abri a porta do apartamento de April, na esperança de não estar interrompendo nada. Pude ouvi-la fingir um orgasmo através da porta de seu quarto e torci para que eu não soasse assim quando fingia os meus.

Eu realmente precisava ter minha própria casa. Talvez devesse mesmo ligar para esse tal de Phillip.

APRIL E EU PENSAMOS NO ASSUNTO na cafeteria durante nosso horário de almoço. Localizada no subsolo do Edifício Dirksen, a cafeteria do Senado não tinha janelas, mas era cheia de luzes verdes fluorescentes que faziam todo mundo parecer especialmente feio. Telefones celulares não funcionavam ali, a menos que você tivesse um telefone Verizon (para o qual todos nós intencionávamos trocar assim que nossos planos atuais expirassem), e havia uma grande variedade de comida de segunda para escolher.

Era um lugar horrível para passar nossa hora de almoço, mas *todo mundo* estava ali. Você pelo menos fazia uma caminhada, mesmo que já tivesse almoçado em sua mesa ou em um dos restaurantes próximos "fora do campus". Gostasse ou não, aquele era o lugar para ver e ser visto durante o dia de trabalho.

Alguns dos jornais locais até mandavam repórteres para a cafeteria para ficar escutando as conversas dos funcionários, de modo que a etiqueta mandava jamais criticar ninguém pelo nome. Você sempre se referia ao seu chefe como "o senador" e tinha de cuidar do que falava sobre qualquer outra pessoa, para o caso de eles estarem sentados atrás de você. (E sempre estavam!)

— É tudo um pouco *Uma linda mulher* demais — disse April, quando contei a ela sobre Phillip. — Eu não acreditaria nesse cara. E o que você estava pensando quando entrou no carro de um estranho? Você ficou maluca?

Eu concordei.

— E também estava entediada — acrescentei.

— Você devia ter ligado para a Laura — April disse. — Ela teria adorado fazer compras com você.

— Tá, tudo bem — bufei. — Laura gosta de mim por acaso?

— Por que você pergunta?

— Bem, você sabe como são as mulheres.

— O quê? Que todas nós odiamos muito umas às outras?

— Então Laura me *odeia*?

— Eu não diria isso. Ela só acha que você é um pouco arrogante.

— *Arrogante?* — protestei. — Não sou arrogante! Só tenho uma auto-estima muito alta!

— Não fique com raiva, Jackie. Ela provavelmente só está com ciúmes. Você sabe, Laura realmente vem das classes baixas da Virginia. Ela cagaria nas calças se alguém descobrisse.

— Por que isso é um segredo tão grande? Eu posso ver, pela maneira como ela se veste, que ela está tentando compensar *alguma coisa*. Laura parece exatamente um diagrama "Curso Pessoal" do livro de etiqueta *The Official Preppy Handbook*.

Exatamente aí Laura entrou no salão do restaurante, usando um suéter Fair Isle e pérolas. Ela nos viu e se encaminhou para nossa mesa.

— Se nós duas estamos aqui embaixo, quem está no escritório da entrada? — April perguntou a ela.

— Nesse exato instante, tenho duas estagiárias vigiando nossas mesas — Laura respondeu. — Jackie, você não deveria estar de volta ao escritório agora?

— Sim, acho que sim — eu disse, me levantando da mesa.

— Ótimo! Você pode atender os telefonemas até que voltemos. — Laura deu um sorriso falso. — Diga às outras estagiárias para voltarem para a sala de correspondência quando você chegar lá.

Eu me ressenti com Laura por mandar em mim assim, mas não estava com vontade de ficar mais ali, de qualquer maneira. Não com ela.

E fiquei meio com raiva por April não ter me defendido na hora. Eu precisava de algumas novas amigas, mas como uma piranha como eu ia encontrar alguma? As únicas pessoas que queriam conversar comigo eram caras com tesão.

Podia ser pior, pensei. Quem ia querer sair com um monte de garotas, de qualquer maneira?

QUANDO VOLTEI AO ESCRITÓRIO, me sentei à mesa de Laura e deletei seu papel de parede do computador, uma insípida foto dela mesma de pé perto do senador. Era uma coisa pequena e imatura de se fazer, mas eu era uma pessoa pequena e imatura.

Eu estava buscando no site pornográfico Rotten.com uma boa foto da "Trepada do Mês" para colocar como novo pano de fundo de Laura quando um monte de homens vestidos com trajes da Equipe de Reação Bioquímica entrou no escritório.

— Ah, posso ajudá-los? — perguntei a eles.

— Fique onde está — um deles instruiu quando Dan entrou na sala, de volta de seu almoço.

— O que está acontecendo aqui? — ele me perguntou.

— Você chamou esses caras?

Sacudi a cabeça para dizer que não.

— Vocês dois precisam ficar nesta sala até ordenarmos o contrário — um dos caras de roupas espaciais nos disse. — Alguém em sua sala de correspondência encontrou uma substância branca em pó numa das mesas. Seu escritório está sob quarentena até segunda ordem.

Pó branco? Você sabe o que eu estava pensando: *sniff, sniff.* Mas, obviamente, não eram drogas — ou quem quer que tivesse encontrado não teria ligado para a Polícia do Capitólio. *Preciso me lembrar: nunca traga seu pó para o escritório. Alguém pode pensar que é antrax e chamar a Equipe de Reação Bioquímica.*

Eles trancaram as portas e foram para os outros escritórios. Horrorizada, olhei para Dan, tentando me assegurar de que não íamos morrer.

— Isso acontece o tempo todo — ele explicou. — Desde que o senador começou a concorrer para presidente, ele recebe mais ameaças de morte do que nunca. Provavelmente não é nada.

— Isso é uma merda — eu disse. — Os pobres e não pagos estagiários na sala de correspondência estão arriscando suas *vidas* pelo senador, que não poderia ligar menos. Você pensaria que a segurança de sua equipe deveria importar mais para ele.

— Bem, o que ele deveria fazer? Parar de receber correspondência dos eleitores?

— Sim, acho que sim. Ele não lê nenhuma dessas cartas mesmo. As pessoas deveriam saber que escrever para seu congressista não faz absolutamente nenhuma diferença. Talvez assim colocassem seu tempo e sua energia em algo mais efetivo.

— Mas aí o senador teria de demitir metade da equipe — Dan argumentou. — Centenas de CLs* perderiam seus empregos.

— O senador não gostaria de economizar um pouco de dinheiro dos contribuintes? — argumentei. — Ele está pagando a uma dúzia de pessoas trinta mil por ano para escrever cartas para pessoas loucas. É um desperdício e tanto!

Mas o que eu sabia? Na verdade, eu estava tentando conseguir um desses empregos de CL; portanto, eu era apenas uma grande hipócrita.

Ele se sentou na cadeira de Laura.

— O que é isso que você está vendo? — perguntou, fazendo um gesto na direção do monitor do computador na mesa dela.

Oh, merda.

Eu tinha deixado o site da Rotten.com aberto na tela. Agora ele ia saber que psicopata eu realmente era.

— *Trepada do Mês* — leu Dan. — O que é isso?

— Ah, nada! Não sei como isso apareceu aqui — menti.

— Ah, certo. — Dan riu, rolando a tela para ver a foto de uma mulher com uma moita de pentelhos gigantescos. — Argh! Isso é horrível. Espero que você não seja peluda assim!

---
*Correspondentes Legislativos, para aqueles que não sabem.

— Não, eu me depilo todos os meses — eu disse na defensiva.

— Mesmo? — ele perguntou, baixando os olhos para o meu colo.

Aquele era o ponto em que eu tinha de tomar uma decisão: deveria colocar um fim ao olhar atravessado de Dan ou deveria encorajá-lo?

April já tinha um namorado, mas ela ficaria com raiva se soubesse que eu estava paquerando o paquera dela. Você sabe como são as mulheres: como ela mesma disse, nós todas meio que odiamos umas às outras.

Revirei os olhos e me afastei dele. Jogar duro para conseguir algo era sempre a melhor aposta.

Ele se levantou da mesa e andou até onde eu estava.

— Me mostra? — ele pediu, tentando levantar minha saia.

— Sai fora! — Eu ri, correndo para me afastar dele. — Vou contar ao senador!

Bem nessa hora a porta foi aberta e o Reações Bioquímicas nos fez o sinal de tudo limpo. Depois que todo mundo estava tão excitado, imaginando se haveria antrax ali ou não, revelou-se que o tal pó branco era açúcar de alguns biscoitos que a chefe da equipe havia assado para uma festa no escritório. April e Laura entraram afobadas no escritório com xícaras de café nas mãos.

— Eles não nos deixaram entrar no escritório, então fomos ao Dubliner e fizemos o bartender "batizar" nossos cafés — disse Laura.

— Oi, Dan — April arrulhou. — O que você está fazendo aqui? Me esperando?

Dan olhou para mim nervosamente e pediu licença para voltar para sua mesa.

— Ai. Meu. Deus. Vocês não vão acreditar no que aconteceu agora — eu disse às garotas depois que ele saiu da sala. — April, aquele cara que você gosta é um total pervertido.

Achei que elas iriam apreciar minha história suja sobre Dan, mas elas ficaram com nojo.

— Você gosta dele, não gosta? — April me acusou. — Por que mais você diria a ele que você é *depilada*?

— E o que você estava fazendo olhando pra essa merda no *meu* computador? — Laura quis saber. — Você podia me fazer ser demitida por causa disso!

— É realmente sério assim? — perguntei. — Quem vai saber? Eu assumo a responsabilidade se alguém disser alguma coisa sobre isso: sou estagiária; não posso ser demitida.

Fiquei surpresa que April e Laura viessem para cima de mim com tanta força. Talvez fosse o álcool que as estivesse deixando tão sensíveis, ou talvez eu estivesse apenas esgotando minhas boas-vindas ali.

— Acho que você devia voltar para sua mesa — April disse. — Falamos sobre isso mais tarde.

— Hoje à noite no apartamento? — perguntei.

— Provavelmente não — ela respondeu. — Tom vai para lá.

Revirei os olhos e voltei para minha mesa. Nesse instante Kate me chamou em seu escritório.

— *Docinho*, eu poderia vê-la um instante?

Eu já conhecia o tom da voz de Kate. Ela sempre tinha algum trabalho nojento para eu fazer, tipo contar o número de garfos e facas no armário de suprimentos para festas ou comprar pilhas novas para o controle remoto do senador. E eu odiava o jeito dela me chamar de *"docinho"*. (Acredite, ela tinha um certo tom.)

Hoje, eu tive de usar a Autopen em cem cópias do novo livro dele. A Autopen era uma máquina com um braço robótico que podia imitar perfeitamente a assinatura do senador. Eu mandei cartões de Dia dos Namorados para todos os meus amigos assinados por "O Senador" e até deixei pequenos bilhetes no apartamento para April:

> Cara!
> Estamos sem absorventes.
> Pode pegar alguns na farmácia? Te dou $ depois.
> Brigada,
> "O Senador"

Às vezes você precisava se divertir no trabalho.

Depois de assinar os livros, voltei para minha mesa e conferi meus recados. Uma semana depois de começar a mandar meus currículos, eu não tinha recebido nem um único telefonema de retorno. Finalmente tive um ataque e liguei para Phillip, o cara que me prometera ajudar a arranjar um emprego.

— Que bom ouvir você — ele disse. — Mande seu currículo por e-mail para mim, e vou passá-lo para meus amigos no Congresso. Vamos ter de sair para jantar e celebrar assim que você for contratada.

Eu sabia como essas coisas funcionavam: se Phillip me conseguisse um emprego, eu teria de sair para jantar com ele e, no mínimo, pagar um boquete ou algo assim depois.

Cerca de 1 hora depois de mandar meu currículo para Phillip, recebi um telefonema de um assistente da equipe de um senador republicano. Eu nunca tinha ouvido falar no cara, mas, por outro lado, eu não conhecia a maior parte dos congressistas, a não ser aqueles realmente glamourosos, tipo o senador Clinton. Se as pessoas importantes no Congresso fossem mais bonitas, poderia ser mais fácil — e mais excitante — reconhecê-las.

— *Docinho!* — Kate chamou novamente de seu escritório.

Ela me solicitou para uma tarefa fora do escritório, que exigia que eu andasse todo o caminho até a Assembléia.

— Estou usando saltos — eu disse a ela. — Vou pedir a um dos estagiários da sala de correspondência para fazer isso.

— *Docinho* — Kate disse —, talvez você não devesse mais usar sapatos assim no escritório.

— Mas eu sou baixa. Tenho de usar saltos.

— *Docinho*, quando eu pedir a você para fazer algo, faça.

— Certo — eu disse, chutando meus sapatos Gucci com tanta força que eles foram voando bater na parede. — Estou indo!

Saí descalça do escritório dela. Quando voltei para minha mesa, meus sapatos estavam em cima dela com um Post-it colado nelas.

VENHA ME VER, ele dizia, na letra de Kate.

Sim, certo. Eu não ia voltar ao escritório dela, para tomar um esporro. Coloquei meus sapatos e saí do escritório. Foda-se Kate e foda-se este estágio. Eu tinha uma entrevista para um emprego de verdade no dia seguinte, de qualquer maneira. E ainda tinha Fred.

FUI PARA O HOTEL George, perto dali, onde ele tinha um quarto reservado para nós naquele dia. Tínhamos começado a nos encontrar lá em vez de no apartamento de April porque ele tinha medo de ela chegar e nos encontrar.

Peguei minha chave no balcão e tirei a roupa enquanto entrava no quarto. Fred já estava lá, trabalhando em seu laptop.

Ele me perguntou o que havia de novo em minha vida, e eu contei a ele sobre minha entrevista de emprego no dia seguinte.

— Parabéns — ele disse. — Vamos ter de comemorar. Vou pedir uma garrafa de champanhe quando terminarmos.

Trepar sempre vinha em primeiro lugar.

Eu nem gostava de champanhe, mas era um gesto tão adorável que não tive coragem de dizer a ele que apenas o cheiro daquilo me deixava nauseada. (Muitas ressacas de Dom Perignon durante a era ponto-com.)

— Aqui está, por seu novo emprego — ele disse, colocando uma taça de Veuve Clicquot na minha mão.

Eu o enfiei goela abaixo e pedi mais. (Sim, eu enfiei *champanhe* goela abaixo. Quão mimada eu era?)

— Jacqueline — ele disse, reclinando-se na cama perto de mim. — Há algo que quero dizer a você.

Eu me sentei, intrigada.

— Posso confiar em você? — ele perguntou, enchendo novamente minha taça.

Para sua informação: Se você precisava fazer essa pergunta, a resposta obviamente era não, mas eu disse que sim de qualquer forma. Eu tinha a sensação de que estava prestes a alcançar sucesso financeiro.

Ele começou a me contar que sua mulher não trepava mais com ele, o que o frustrava e feria seus sentimentos. Típica coisa de cara casado, certo?

Mas veja isso: Até alguns meses atrás, Fred tinha uma amante. Alguma espécie de secretária que ele tinha pego no The Prime Rib. Assim, eles estavam tendo um caso secreto. Fred até considerava se separar da esposa por essa outra mulher, de tão apaixonado que estava por ela.

Então, um dia Fred recebeu um telefonema de sua amante. Ela exigia cinqüenta mil dólares em dinheiro — ou então ia contar à sua esposa sobre o caso que tinham. Ele ficou com o coração partido porque a mulher por quem ele tinha se apaixonado estava tentando extorquir dinheiro dele, mas em vez de pagar a ela, Fred contou tudo para a esposa.

Era uma grande história, mas por que ele estava me contando aquilo? Eu devia me sentir mal por ele?

— Minha mulher está me fazendo ir à terapia — ele explicou —, e não tenho certeza de que meu terapeuta aprovaria este relacionamento.

Terapia? Achei que Fred falasse de todos os seus problemas comigo. Por que ele precisava de um terapeuta?

— Você contou a ele sobre nós? — perguntei.

— Ainda não — ele respondeu. — Eu não tinha certeza de que deveria.

— Você *quer* parar de se encontrar comigo?

— Não, realmente não quero. Mas ele diz que eu penso nas mulheres como objetos, e acho que este relacionamento pode ser sintomático deste problema.

— Ah, Fred. Todos os homens pensam nas mulheres como objetos. Isso não é um *problema*. É só o que os homens *fazem*.

Subi nele.

— Talvez você devesse parar de ver esse sujeito — eu disse. — Sua terapia obviamente não está levando a lugar nenhum.

Eu não queria que Fred pensasse melhor sobre nosso trato até que eu tivesse outra fonte de renda. Eu me esfreguei contra ele no estilo dança do colo, e ele ficou duro imediatamente.

— Isso não é bom? — sussurrei em seu ouvido. — Não há nada de errado com o que fazemos, e *eu nunca vou contar*.

Era assustador como um homem esquece rápido sua mulher e suas crianças, todas as suas responsabilidades e tudo o que seu terapeuta diz a ele, só por um pouco de sexo.

O terapeuta de Fred diria que ele "objetificava" a mim, mas havia mais naquilo. Fred obviamente estava tendo uma crise de meia-idade. Ele estava infeliz da mesma maneira que eu estava infeliz com Mike: estava entediado e queria paixão em sua vida. Era uma síndrome clássica. Lembre-se de *Madame Bovary*.

E Fred deveria ter aprendido a lição. Ele tinha sido ferido por trair antes, mas não conseguia se controlar quando via uma coisinha bonita sentada perto dele no Four Seasons. Ele não conseguia deixar de ligar para ela, de encontrá-la em quartos de hotel, de trepar com ela. Tinha todas as oportunidades para se conter, mas não queria.

Ele nunca nem mesmo havia me perguntado sobre controle de natalidade. (Eu tomava pílula, mas por sua experiência, eu poderia estar carregando seu amado filho).

Fred tinha tudo a perder, mas talvez ele *quisesse* perder tudo. Era possível ser suicida sem realmente querer se matar. Você apenas ficava tão enjoado e cansado de sua vida que causava sua própria autodestruição na esperança de começar tudo novamente.

Eu entendia porque eu mesma já tinha passado por aquilo. E, como Fred, queria acreditar que era possível fazer a vida melhor assim. Eu tinha de acreditar nisso — ou então por que seguir em frente?

Quando chegou a hora de Fred ir para casa, ele me deu meu envelope e me enfiou na cama. Ele podia confiar em mim? Talvez sim, talvez não. Mas eu não era do tipo que extorquia ninguém.

Depois que ele saiu, pedi uma garrafa de $300 de vinho Left Bank Bordeaux da carta de vinhos e bebi até não conseguir mais me mover. Vomitei uma gosma roxa nas moitas a caminho da minha entrevista na manhã seguinte, mas mesmo assim cheguei a tempo, parecendo quase perfeita.

É assustador como as pessoas podem se recompor tão bem apesar de suas vidas pessoais estarem totalmente bagunçadas.

Capítulo 11

Minha entrevista foi com Janet, a gerente do escritório. Ela não era moleza. Ficava me interrompendo e batendo o lápis impacientemente em sua prancheta enquanto eu falava, como se mal pudesse esperar para se livrar de mim.

Portanto, fui pega de surpresa quando ela me ofereceu o emprego imediatamente. Eu devia começar na próxima segunda-feira.

Acho que Phillip deve ter falado bem de mim, de modo que ela não precisava checar minhas referências nem nada. Mas também eu não precisava de um diploma de nível superior para abrir as cartas e atender o telefone.

Era um trabalhinho de merda de sala de correspondência, mas um passo na direção certa. Pude ligar para casa e dizer a papai que ele tinha menos uma coisa para se preocupar.

Não houve resposta, então deixei recado. Eu tinha certeza de que meus pais ficariam felizes, possivelmente até orgulhosos, por eu estar trabalhando para um senador, embora fosse alguém de quem eles provavelmente jamais tinham ouvido falar. Mas ninguém ligou de volta. Esqueci tudo sobre isso quando April me levou ao Saki naquela noite para comemorar.

QUARTA-FEIRA ERA MINHA NOITE favorita da semana para sair. Você pode achar que ninguém em Washington iria querer se divertir loucamente numa noite durante a semana, mas sempre havia uma fila para entrar no Saki às quartas-feiras. Não apareciam muitas pessoas do Congresso, o que era uma coisa boa: nós podíamos enlouquecer e não nos preocupar de alguém do trabalho ficar sabendo. As pessoas eram uma boa mistura de garotos ricos que não tinham de trabalhar para viver e pessoas festeiras que estavam se lixando para seu trabalho e planejavam telefonar dizendo que estavam doentes no dia seguinte.

Laura nos encontrou bem na hora da música "White Lines (Don't Do It)". O DJ tocava a música do Grandmaster Flash and Melle Mel aproximadamente na mesma hora todas as noites. Era uma boa música para se contorcer e parecer sexy.

Um garoto que parecia Adam Horovitz, o Ad-Rock dos Beastie Boys por volta de 1985, colocou um copo em minha mão e encheu-o de vodca Grey Goose. Ele e seus amigos tinham várias garrafas numa mesa próxima, então nós gravitamos naquela direção.

Segundos mais tarde cada uma de nós tinha um drinque nas mãos e um colo de rapaz para se sentar. Eu realmente tinha ido lá apenas para dançar, mas o garoto Ad-Rock ficou me fazendo perguntas tipo "De onde você é?" e "O que você faz?". As pessoas e as músicas estavam muito altas para que se conseguisse conversar, de modo que fui forçada a me inclinar para perto dele para poder ouvir o que ele estava dizendo. Então senti o cheiro do seu hálito, pulei e comecei a dançar longe da mesa.

Que sorte a minha. Descobri o cara mais gato da boate, e ele cheirava como se tivesse fumado maconha e comido Doritos o dia todo. Droga.

Laura me seguiu para o banheiro, enquanto April se agarrava com um dos amigos do Ad-Rock, algum cara de terno que tinha um guarda-costas.

— Que horas são? — Laura perguntou, enxugando o suor do rosto.

— Quase 3h da manhã — eu disse a ela, conferindo meu telefone para ver se havia mensagens.

— Você recebeu alguma ligação?

Neguei com a cabeça.

— Fracassada — ela disse, cheirando uma carreira do espelho de seu estojo de pó compacto Chanel.

Ela tinha arrancado o pó compacto que vinha dentro do estojo para este único propósito.

— Você vai ao escritório amanhã? — perguntei.

— Merda, não — ela disse, batendo uma carreira pra mim com seu cartão de débito do Senado. — Você acha que alguém aqui vai trabalhar amanhã?

Aparentemente, a abertura do Saki tinha provocado uma grande queda na produtividade da força de trabalho de vinte e poucos anos em Washington.

— Você tem mais? — perguntei quando terminei minha carreira. — Não posso cheirar uma e parar assim.

— *Alguém tem alguma coisa aí?* — Laura gritou para as pessoas nos outros cubículos.

— *Não!* — Todas gritaram de volta.

— Mentirosas de uma figa — Laura murmurou.

— É tipo *impossível* conseguir drogas nessa cidade — reclamei. — April e eu fomos forçadas a tomar xarope para tosse semana passada.

— Uma garrafa de xarope Robitussin custa quanto, oito dólares? Eu devia parar de cheirar toda essa cocaína e começar a tomar xarope para economizar.

Subitamente ouvimos a voz de April no banheiro.

— Jackie? Laura? Onde vocês estão?

Abri a porta do nosso cubículo e saímos para encontrá-la.

— Será que devo ir para casa com aquele cara que eu estava pegando? — perguntou ela. — Ele é vice-presidente de um banco ou algo assim.

— Você sabe quantos vice-presidentes você vai conhecer? — perguntei a ela.

Ela sacudiu a cabeça, dizendo que não.

— Tantos que você não vai saber o que fazer com eles.

— E Tom? — perguntou Laura.

— Até que eu ganhe uma aliança — April disse, sacudindo o dedo anular da mão esquerda, — posso fazer qualquer porra que quiser.

April estava obviamente bêbada, mas merecia uma noite divertida também.

Ouvimos o DJ colocar "Relax", de Frankie Goes to Hollywood, e todas corremos de volta para a pista de dança. April e Laura desapareceram, então comecei a dançar com algum idiota que estava usando um smoking.

Subitamente Laura me agarrou pelo braço e me puxou para o bar. Ela estava com um cara.

— Sean tem pó na casa dele! — ela me disse, excitada.

Àquela altura já eram três da manhã, e o Saki estava quase fechando.

— Pausa para conferência, Laura — puxei-a de lado. — Quem é Sean, porra?

— Não sei. — ela deu de ombros. — Isso importa? Ele é um cara que tem pó!

Laura e eu seguimos nosso novo melhor amigo, Sean, escadas acima para a saída. Vimos April entrar numa limusine com o vice-presidente que ela havia conhecido.

— Mil pontos para April — Laura gritou para ela. — Deixando a boate na porra de uma limusine!

— Quem diabos pega uma limusine para ir ao *Saki*? — perguntei, enquanto o carro partia para algum lugar fabuloso.

Sean levou Laura e eu para seu duplex nas imediações da Euclid Street. Ele tinha uma grande mesa de centro de vidro na sala de estar, perfeita para cheirar cocaína. Nós ficamos em volta dela, observando Sean bater umas carreiras grandes e grossas para nós.

— Cara, nós já gostamos de você — Laura disse, sentando-se perto dele num sofá de couro preto.

— *Quanto* vocês gostam de mim? — Sean perguntou sugestivamente. — Porque eu tenho mais umas coisas lá em cima, se vocês quiserem.

Laura e eu nos entreolhamos, sem ter certeza se deveríamos nos sentir ofendidas ou excitadas.

A cocaína estava nos fazendo ficar safadas, então ela me perguntou:

— Ei, Jackie, você *quer*?

Eu assenti.

— E *você*?

Nós começamos a rir enquanto seguíamos Sean escadas acima.

TÃO TÍPICO. Ele nos fez cheirar a cocaína no seu pau. Eu sempre me sentia meio idiota fazendo isso, mas decidi que valia a pena: nunca é ruim fazer amizade com alguém que tem muitas drogas.

— Então, o que você faz, Sean? — perguntei, enquanto Laura cheirava uma carreira.

— Tipo, conte alguma coisa sobre você — ela disse, levantando a cabeça para respirar.

Sean subiu em mim enquanto eu assumia a posição.

— Vou contar assim que terminar... Sou mensageiro de bicicleta — ele disse cerca de 2 minutos mais tarde.

Não é de espantar ele não quisesse nos contar antes. Garotas como Laura torciam o nariz para caras como Sean. Mas eu *adorava* mensageiros de bicicleta. Eles pareciam estrelas de rock para nós, garotas trancadas no escritório o dia todo, com aquelas grandes correntes em torno dos ombros e uma das pernas da calça enrolada. Eu ficava toda molhada sempre que um deles passava por mim na rua. Os mensageiros de bicicleta de Washington eram tudo de bom.

Infelizmente, sexo com cocaína não era. Era rápido e vigoroso, mas a técnica ia pela janela quando você estava doidona. E quanto mais gente envolvida, mais medíocre ficava. Laura ficava me empurrando para o lado e subindo em Sean, forçando toda a atenção dele para ela.

Por que as garotas tinham de fazer tudo criar uma competição como essa? Presumi que era apenas a cocaína que a fazia agir de maneira tão mesquinha, mas poucas pessoas estavam se divertindo mais que a gente naquela noite, nuas na cama com um cara gato com uma bunda dura e muito doidonas.

Depois o sol nasceu.

— Quero sair fora daqui — Laura sussurrou quando Sean saiu do quarto para fazer pipi. — Onde está meu sutiã?

— Não sei — respondi, protegendo meus olhos da luz do dia com o sutiã que ela estava procurando.

— Eles deviam fazer um filme mulherzinha chamado *Cara, Cadê Meu Sutiã?* — disse eu, rindo.

Laura arrancou seu sutiã de mim, e eu puxei o lençol da cama sobre minha cabeça.

— Estou falando sério. Quero sair fora daqui — ela disse, lutando para se levantar. — Você vem ou não?

— Não — resmunguei.

Eu não tinha de estar em lugar nenhum até segunda-feira. Assim, me virei na cama e dei as costas para ela.

Laura se arrastou para fora do quarto e desceu antes que Sean saísse do banheiro.

— Sua amiga foi para casa? — ele perguntou, baixando as persianas para bloquear a luz do sol.
— Foi. — respondi, me sentando.
— Não se levante, garota bonita — ele disse, voltando para a cama. — Quero que você fique.
De novo, o sexo não foi muito bom, mas seu corpo valia a pena. O cara tinha *traseiro* por andar de bicicleta o dia todo. E tinha tatuagens nos braços, no pescoço e nas panturrilhas. Eu não trepava com um cara tatuado havia anos, mas era divertido de vez em quando.
— Sabe, você era meu interesse principal — ele me disse depois. — Eu realmente não gostei tanto assim da sua amiga.
Claro que ele gostava mais de mim do que da minha amiga: era isso que os caras deviam dizer para a garota que acabava ficando depois que o *ménage à trois* tinha acabado.
Dei a ele meu telefone e ele prometeu ligar, mas que seja: me ligue, não me ligue. Sean era gostoso, mas eu nunca poderia levá-lo para casa para apresentá-lo a mamãe.

TENTEI LIGAR PARA CASA de novo quando voltei para meu apartamento. Novamente, sem resposta. Eu estava começando a me sentir negligenciada, o que era ridículo, eu era uma mulher madura. Mas o único homem com quem uma garota pode contar neste mundo é seu pai, e se até *ele* estava evitando minhas ligações, eu sabia que algo estava muito errado em casa. Eu não tinha jeito de descobrir até que alguém tivesse disposição para pegar o telefone e me contar o que estava rolando.
Enquanto isso, eu tinha muitas maneiras de me manter distraída.

April chegou em casa pouco depois de mim, os cabelos despenteados e o rímel borrado.

— Por que minha maquiagem sempre parece melhor na manhã *seguinte* à que eu a coloco? — ela perguntou, passando uma bola de algodão com meu óleo de amêndoas Caswell-Massey Sweet. — Você sabe se Laura vai trabalhar hoje?

— Duvido — respondi.

— Merda! Isso quer dizer que é a minha vez de ir para o escritório.

— Você vai trabalhar hoje?

— Bem, nós *duas* não podemos dizer que estamos doentes no mesmo dia, e eu já disse isso na *última* quinta-feira.

— Você precisa de algo assim? — perguntei, mostrando a ela o ótimo presente de despedida que Sean tinha me dado: frasco de coca, preço de rua a $300.

— Onde você conseguiu isso? — quis saber April.

— Laura e eu fizemos um *ménage à trois* com um traficante de drogas — mensageiro de bicicleta.

Os olhos verdes de April se abriram.

— Sério? — perguntou ela. — Ela chupou você?

— Não! Não fizemos nada uma com a outra — expliquei. — Laura é realmente muito ruim em *ménages à trois*, mas não diga a ela que eu falei isso.

— Não se preocupe, não direi — April disse, cheirando um pouco de pó em seu dedo.

— Então, o que aconteceu com o vice-presidente? — perguntei.

Aconteceu que o cara com quem April saiu da boate era o vice-presidente de um pequeno *país*, não de um banco — o que explicava a limusine e o segurança.

— Ele era muito doido. Sabe o que ele queria fazer? — ela perguntou. — Estou avisando, é totalmente doente.

Claro que eu queria saber. Eu vivia para isso.

— Ele queria colocar pastilhas de chocolate M&M na minha bunda — ela sussurrou, embora estivesse me contando aquilo dentro do quarto de dormir.

— *O quê?*

— E depois ele queria comê-las!

— Eca!

Eu caí no chão, rindo.

— Das lisas ou tipo amendoim? — perguntei.

— Ele tinha das lisas.

— Ele as mantém numa caixa de balas perto da cama?

— Ah, cale a boca, Jackie! Com toda a certeza isso foi a coisa mais assustadora que já aconteceu comigo. Eu não conseguia entender metade do que ele dizia, mas ele deixou implícito que podia fazer o que quisesse comigo porque tinha imunidade diplomática ou algo assim.

— Mas isso não dá a ele o direito de fazer de você seu depósito humano de pastilhas Pez! Você não deixou, deixou?

Ela não respondeu.

— Rá! — Eu ri. — Você nunca mais pode me contar nada!

— Eu estava assustada, tá legal? — April admitiu. — Pelo que eu sei, o cara podia ter me seqüestrado, me entupido de drogas e jogado meu corpo no mar de um helicóptero quando se cansasse de me estuprar. E ele sairia limpo disso porque é um VIP.

— Não sei, April. Isso parece muito ilógico.

— Ah, que seja! Você uma vez não disse que tinha um namorado que gostava de estrangular você durante o sexo? — ela me lembrou. — Há um monte de gente esquisita por aí.

— Realmente é muito comum. Eu pensava que eu era a única que fazia essas coisas doidas, como se houvesse algo errado comigo, que eu atraía todos esses doentes. Mas com quanto mais gente você fala, mais percebe que *todo mundo* tem histórias como essas.

April sacudiu a cabeça.

— Não, isso não é verdade — ela disse depois de cheirar mais uma. — Muita gente tem vidas verdadeiramente chatas. Eu realmente penso que temos uma tendência a atrair esquisitões.

— Não — eu argumentei. — Nós só temos uma tendência esquisita de encontrar jeitos estranhos de nos divertir.

Tirei o minivestido Heatherette Hello Kitty que tinha usado na noite anterior. Meus olhos doíam e eu podia sentir a dor de cabeça chegando.

— Acho que estou ficando de ressaca — falei, puxando meu colete Donovan McNabb por sobre a cabeça.

— Então vou sair — April disse, jogando sua bolsa Coach sobre o ombro. — Se eu falar com Laura, depois te conto o que ela tinha a dizer sobre a noite passada. Espero que as coisas não fiquem estranhas entre vocês duas.

Em seu caminho porta afora, eu não queria afligir April com a verdade lamentável de que era tarde demais.

Laura passou no apartamento naquela tarde para conversar.

— Acho que precisamos bater um papo — ela disse, com os óculos escuros grudados no rosto.

Estávamos as duas lutando contra a ressaca de coca, e eu não estava com disposição.

— Não há nada para falar — disse eu. — Nós duas estávamos bêbadas como gambás e fomos levadas. Não é grande coisa.

— Fale por si mesma — Laura disse. — Não quero que você fique com uma idéia errada a meu respeito. Realmente não sou do tipo que faz *ménages à trois*.

— Bem, e quem é? — eu ri. — Todo mundo faz pelo menos *um ménage à trois* em algum momento da vida.

— Talvez de onde você vem, façam — ela bufou — mas de onde eu venho, as pessoas não fazem coisas assim.

— Mentira! Você jamais assistiu a Jerry Springer? Aparentemente, a classe pobre faz *ménages à trois* o tempo todo.

Eu sabia que aquilo era uma coisa má para se dizer, mas alguém precisava tirar Laura de sua atitude arrogante. Não espanta que eu não tivesse muitas amigas mulheres: as garotas eram sempre umas cachorras.

— Como você ousa se colocar como a inocente Bela do Sul? — eu disse. — Em que isso me transforma? Na piranha da cidade grande? Dá um tempo! Nós duas sabemos o que aconteceu na noite passada, então pára com essa merda.

Laura deu um sorriso forçado.

— Bem, fico feliz que finalmente tenhamos conseguido colocar tudo às claras — ela disse. — Agora posso ir para casa e dormir um pouco.

— Bom para você — retruquei. — Agora saia daqui e leve essa sua bolsa Vera Bradley horrível com você.

Ela andou na direção da porta, depois se virou.

— Jackie, eu realmente gostaria que fôssemos amigas — ela disse, tirando os óculos escuros. — Espero que possamos manter em segredo o que aconteceu.

— Realmente não dou a mínima se as pessoas souberem coisas a meu respeito e espero que você não ache que fazer um *ménage à trois* é alguma coisa da qual se envergonhar, porque se você acha, então não devia ter feito. Além do mais, eu já contei para a April.

— Imaginei que você contaria. Nós, garotas, adoramos dividir segredos. Apenas não conte para todo mundo, certo?

Seus olhos imploravam cheios de lágrimas, e eu não pude deixar de me sentir mal pela garota: chorar na frente de uma cachorra como eu não era engraçado. Por mais que eu quisesse, não era feita de pedra.

— Eu também gostaria de ser sua amiga — admiti. — Prometo não contar a mais ninguém.

Trocamos um beijo de despedida (na bochecha), mas havia algo naquela garota que eu não confiava. Apesar de qualquer rótulo que colocássemos em nosso relacionamento, ela não era minha amiga. Como eu tinha dito, mal a conhecia e não devia nada a ela. Eu podia sair e me embebedar com ela, mas era só isso. Tal era a natureza da maior parte dos relacionamentos em Washington, eu supunha.

Capítulo 12

Meu novo escritório era no Edifício Russell, o mais velho dos três prédios de escritórios do Senado. Ao contrário dos escritórios mais modernos no Hart e no Dirksen, os escritórios no Russel tinham uma horrível e velha planta baixa. A equipe era dividida em sete salas separadas ao longo do mesmo lado de um corredor. Mover-se de uma sala para a outra era como mudar de salas na escola.

Minha mesa ficava no "Vestiário", um escritório cheio de funcionários do sexo masculino. Infelizmente, nenhum, era interessante. (Gordos e/ou barbudos e/ou carecas.)

Em meu primeiro dia, eles foram ouvidos (por mim) discutindo que clube de striptease tinha o melhor bufê de almoço em Washington.

Se meus companheiros de escritório gostavam de esporrar dentro das calças durante a hora do almoço, era problema deles. Quer dizer, às vezes eu fazia sexo de verdade durante a *minha* hora de almoço, mas ninguém queria ouvir falar naquilo, queria?

— Talvez vocês devessem trocar mensagens instantâneas um com o outro sobre esse tipo de coisa — sugeri.

— Não temos que fazer isso só porque *você* está aqui — disse-me um deles (gordo, barbudo). — O que acontece no Vestiário fica no Vestiário!

Desde quando um escritório do Senado havia se tornado a nova Las Vegas?

Acho que nada acontece por aqui.

Depois do almoço, Janet me puxou da sala de correspondência para conhecer meu novo chefe, o senador. Tivemos de pegá-lo no corredor entre um compromisso e outro porque ele não parava para falar com ninguém de fora do estado. (Eu não tinha nenhum voto atrás de mim.)

Portanto, essa era a minha única chance de causar uma boa impressão. Janet me apresentou, fazendo para ele um breve resumo do meu trabalho.

Ele olhou para os meus seios o tempo todo.

Mesmo quando apertamos as mãos, ele olhou para eles, e eles nem eram tão grandes nem nada.

— Desculpe por isso — Janet sussurrou enquanto ele ia embora. — O senador é um cara tarado.

Voltei para minha mesa e mandei a história por e-mail para minhas amigas ali perto.

April escreveu de volta:

> Você devia mandar isso para o Blogette!

Blogette.com era nosso site de fofocas favorito de Washington, escrito por alguma garota bacana que fazia graça de todo mundo. Esse era exatamente o tipo de material que ela estava postando no momento, mas eu não queria arriscar meu emprego e embaraçar meu escritório apenas para dar à Blogette material para algumas novas piadas baratas.

CONTEI A HISTÓRIA PARA Phillip durante o jantar no fim daquela semana. Talvez ele dissesse a seu amigo para mostrar algum comedimento. Tarado ou não, ele não podia se controlar durante aqueles poucos segundos? Ele era um *senador*, para falar bem claro.

— Perdi todo o respeito por ele depois disso — eu disse a Phillip. — Não que eu tivesse algum, para começar. Você sabia que ele é contra o aborto e essas besteiras?

— Lembre-se de se comportar naquele escritório! Eu recomendei você a eles — Phillip me lembrou. — Não quero ouvir nenhuma reclamação sobre você.

Entornei o martíni que ele tinha pedido para mim. Ele estava tentando me deixar bêbada, gesticulando para o garçom trazer outra rodada, e estava funcionando.

Era minha primeira vez no The Prime Rib, um restaurante de gente rica na K Street que era popular entre os lobistas com grandes contas de gastos. Se não fosse pelo teto cheio de infiltrações horríveis, seria um lugar muito bonito, com suas paredes escuras chiques e tapetes com estampas de leopardo.

Garotas bonitas dos escritórios sentavam-se ao bar, esperando caras ricos para lhes pagar drinques. Algumas delas atiravam o cabelo para trás e cruzavam as pernas, tentando capturar a atenção de Phillip. Ele parecia muito bonito com seu terno listrado, os punhos dobrados à francesa, e abotoaduras da Tiffany. Tudo nele dizia: "Tenho cagalhões de dinheiro... venham pegá-lo!"

Supus que ele estava chegando aos sessenta, o que o tornava o homem mais velho com quem eu já havia saído. Na idade em que estava, ele sabia algumas coisas sobre as mulheres. Pelo menos sabia o que elas gostavam de ouvir.

— Há alguma coisa que você queira que eu compre para você? — ele perguntou.

— Claro, muitas coisas — respondi. — Estou ganhando apenas 25 mil dólares por ano, você sabe.

— Eu coloquei algumas de minhas namoradas na faculdade de direito e comprei um apartamento para a última — ele se gabou. — Qualquer coisa que você queira, é só falar. Jóias? Um carro?

— Quanta generosidade — eu disse, revirando os olhos. — Você é tão exagerado.

Aquilo era tudo papo-furado até que ele provasse o contrário. Mesmo bêbada, eu conhecia as regras. Você devia trepar com o cara *depois* que conseguisse fazê-lo comprar o apartamento ou o que quer que fosse. Mas eu nunca fazia assim. O sexo vinha primeiro, e se ele gostasse de mim, iria se render. Se não gostasse, então pelo menos eu havia tentado.

Não era a maneira mais lucrativa de operar, mas se eu quisesse ser pragmática, teria simplesmente trabalhado como garota de programa.

CLARO, PHILLIP TINHA uma casa em Georgetown, com os candelabros de cristal, tapetes orientais e móveis de mogno que todas as casas dos "caras ricos" deviam ter. Era uma aparência genérica, como num set de filmagens.

Ele me serviu um coquetel de gosto horrível, que só melhorou depois de várias doses.

— Isso é de verdade? — ele perguntou, apalpando meus seios.

— Como você ousa? — eu ri, contendo seus avanços. — Você é de verdade?

Despejei meu drinque goela abaixo o mais rápido que pude. Assim, poderia dizer a mim mesma — *Não sou uma piranha, só estava bêbada* — quando me olhasse no espelho na manhã seguinte.

Tirei meu vestido e me sentei. Ele ficou de pé na minha frente e botou para fora o maior pau que eu já tinha visto na vida. Graças a Deus eu estava bêbada, porque aquilo ia doer.

Por sorte eu não tinha ânsia de vômito quando estava bêbada, de modo que pude engolir a coisa toda facilmente.

Era assim que você fazia um homem com um pau enorme se apaixonar por você. Você tinha de dar a eles aquilo pelo que haviam esperado por toda a sua vida: um *verdadeiro* boquete. Eles não queriam nem precisavam que você usasse as mãos. Você tinha de usar a cabeça. (Mas não para pensar.) Na verdade, quanto menos você pensasse, melhor. E se algum dia ele desejasse que eu voltasse a fazer aquilo por ele, iria me comprar qualquer coisa que eu quisesse.

Então aquele foi meu primeiro encontro com Phillip. Ele me conseguiu um emprego, e em troca eu fiz um serviço para ele. Duas mamatas.

MEU TRABALHO ERA LER e separar a correspondência do eleitor. A princípio achei as cartas divertidas. Algumas delas eram tão hilárias que pensei que podiam dar um bom livro de mesa de centro um dia. Mas logo eu queria apenas poupar a todos do problema e jogá-las todas no lixo.

Provavelmente eu devia ter largado esse emprego e dado minha vaga para alguém que ligasse um pouco para toda essa glória, mas eu não podia abandonar April. Ela precisava de ajuda para pagar as contas. Além do mais, eu estava sempre com ressaca demais para tomar uma decisão.

Abri a primeira carta da pilha que havia sobre minha mesa. Era de fora do estado, então a joguei fora. As próximas três eram cartas-modelo, de modo que também joguei as três fora.

Tentei mais uma.

Caro Senador,
    Estou ULTRAJADA com a performance de Janet Jackson no intervalo do Super Bowl...

Outra dessas. Acrescentei-a à pilha. Acho que as pessoas ficam ultrajadas muito facilmente no Meio-Oeste. Coloquei o nome da pessoa e seu endereço no banco de dados, e cinco semanas mais tarde ela receberia uma carta padrão com a assinatura do senador impressa nela. Nossos dólares de impostos naquele trabalho. Sério, não sabia por que todos nós simplesmente não dávamos um tiro na cabeça.

A única coisa boa de trabalhar ali era que eu ainda podia encontrar April para almoçar na cafeteria todos os dias.

— Apenas tente não ser demitida. E também não peça demissão. Precisamos de renda — ela disse, folheando a seção de classificados na parte de trás da revista *Washingtonian*.

— Por que você está lendo os anúncios pessoais? — perguntei, espiando por cima da mesa.

— Você está brincando? Os pessoais são a parte mais interessante da revista. Escute isso: *Homem branco casado. 55. Em busca de mulher magra, 18 a 25, para relacionamento de benefícios mútuos. Deve ser discreta*. Tem quase uma página inteira cheia de anúncios assim!

— Uau, isso é deprimente. Não acredito que a *Washingtonian* publique essas coisas. Achei que era uma revista para mães e donas de casa ou algo assim.

— Se esses caras casados realmente querem encontrar alguma jovem mulher necessitada, eles deviam anunciar na *Roll Call*. Há muitas delas no Congresso. Talvez eu deva escrever para um desses caras.

— Oh, April, não! Tenho certeza de que são todos *serial killers* com rancores contra mulheres ou algo assim — supus. — Além do mais, se você quer que um homem lhe dê seu dinheiro, tudo o que você precisa fazer é pedir.

— É, certo — bufou April.

— Bem, não é difícil conhecer um cara rico em Washington. Só estou aqui há um tempinho e já tenho Fred e Phillip pagando meu aluguel todos os meses. É o truque mais velho do livro, mas aparentemente ainda funciona.

— É, mas você está *trepando* com eles — April sussurrou. — É dinheiro de puta.

— É uma *ajuda de custo* — eu lembrei a ela. — E não fique com raiva só porque você ainda está dividindo tudo meio a meio com Tom.

April, ofendida, agarrou sua bandeja e levantou-se da mesa. Ela conseguia ser tão dramática às vezes.

— Se você acha que estou com inveja de você, está louca — disse. — Pelo menos eu *tenho* um namorado.

April me deixou sozinha como uma fracassada para terminar de almoçar. Mas eu era muito acanhada para ficar sentada sozinha, então joguei meu almoço fora e me encaminhei de volta para o escritório.

No caminho, esbarrei com Dan. Era a primeira vez que eu o via desde que havia saído do escritório dele.

— Como está o novo trabalho? — ele me perguntou.

— Bom — menti.

(Por que ser desagradável? Ninguém queria ouvir a verdade, de qualquer maneira.)

— Quero saber tudo a respeito — ele disse. — Você quer tomar um drinque depois do trabalho?

— Claro — respondi. — Onde você quer ir?

— Vamos ao Lounge 201. Eu saio às 18h.

— Quando você voltar para o escritório, pergunte a April se ela quer ir também — sugeri antes que nos separássemos.

Apesar de nossa pequena desavença desta tarde, ela certamente estaria louca para tomar uns drinques com Dan. Se ela quisesse, eu podia me mandar de lá e deixar os dois sozinhos e juntos.

O LOUNGE 201 era o bar mais "elegante" do lado do Senado no Congresso. Os drinques eram ligeiramente mais caros lá, para manter estagiários e outras pessoas de baixo nível longe. April e Laura iam ao Lounge 201 freqüentemente para "rede de comunicações", mas era minha primeira vez ali.

Entrei sozinha, ainda usando meu crachá do Senado. Tirei-o imediatamente, notando como todo mundo em volta parecia meio canino, andando por ali com seus crachás de segurança em torno do pescoço. Em Washington, as pessoas pareciam nunca tirar seus crachás. Isso era muito nojento, mas pelo menos dava a todo mundo ali um ponto de referência. Tudo o que você precisava fazer era ler a etiqueta, e você tinha o nome da pessoa e o lugar em que trabalhava. Se um cara saísse da linha, você podia ligar para o escritório dele e envergonhá-lo feito o diabo no dia seguinte.

April e Dan ainda não estavam lá, então me sentei no bar e pedi uma taça de vinho tinto. (Bom para a pele.)

— Você já está bebendo — Dan disse quando chegou. — Esse é meu tipo de garota.

April não estava com ele.

— Ela disse que ia a algum lugar com Tom — Dan me disse. — Desculpe por não conseguir convencê-la a mudar de idéia.

— Não, tudo bem — eu disse. — Vamos nos divertir sem ela.

Dan me contou que ia se encontrar com amigos em algum lugar mais tarde, o que imediatamente me fez relaxar. Ele já estava dando desculpas para me descartar, o que significava que não estava tentando ficar comigo. Éramos apenas dois trabalhadores do Senado tomando um drinque amigável juntos depois do trabalho.

— Como vai Kate? — perguntei.

— Ela ainda está lá — ele disse secamente. — Você gostava de trabalhar com ela?

— Não muito — respondi, lembrando como ela me acusava de "divertir" a equipe masculina na minha baia.

— Kate ficou furiosa com a história do sapato.

Revirei os olhos.

— Ela é uma piranha — ridicularizei.

— Todo mundo odeia Kate — Dan disse. — Mas achei que o que você fez foi espantoso. É tipo uma lenda no escritório.

Eu ri com aquilo.

— Sua ausência é sentida lá — Dan disse. — Especialmente quando você usava aqueles vestidinhos curtos no escritório. Sempre havia muitos, bem, *comentários* entre os homens quando você passava pelas nossas mesas.

— Aqueles eram vestidos tipo *cachecoeur* — salientei. — Sabe, Diane von Furstenberg? São vestidos clássicos.

— Que sejam. Eles realmente exibiam suas formas.

— Isso é demais — eu disse, corando.

Sempre gostei de pessoas que podiam dizer o que estava em sua mente. Sim, Dan era um tarado, mas ele era bonito, então, nele, aquilo era fofo.

Ele foi ao bar para comprar outra rodada, e eu rapidamente reapliquei meu batom NARS.

— Queria que você não tivesse sido demitida do nosso escritório tão rápido — ele disse, colocando nossos drinques na mesa.

Sorrimos um para o outro.

— É uma pena que você tenha um namorado — ele continuou. — Eu queria chamar você para sair. Então, você ainda está com ele?

Lembrei que tinha mentido sobre ter um namorado no dia em que fui contratada. Eu não tinha nenhum namorado agora, bem como não tinha na época. Eu tinha Fred e Phillip, mas nenhum dos dois era meu *namorado* de verdade. Eu nem tinha certeza de como chamá-los.

— Estou saindo por aí — eu disse.

— Saindo por aí? O que isso significa?

Terminei meu drinque de um gole.

— Isso significa que vou para casa com você hoje — eu disse a ele — depois que tomarmos outro drinque.

Dei meu copo vazio a ele.

— Eu sabia que seria divertido sair com você — ele disse, antes de voltar ao bar para pegar outro drinque para mim.

Acho que ele não tinha de sair tão cedo, afinal de contas.

— Então, você quis transar comigo na hora em que nos conhecemos ou o quê? — ele perguntou quando voltou.

Eu quase cuspi meu vinho.

— Oh, *que seja!* Fale por si mesmo!

— Você é tão *vivaz* — ele disse, colocando a mão na minha coxa.

Vivaz? Era uma cantada ruim, mas sim, eu acho que era isso.

— Posso dizer que vou me divertir muito com você — eu disse a ele quando saímos do bar.

Claro, eu ia trepar com ele. Mas de jeito nenhum eu queria *dormir* com ele. Como se eu quisesse me aconchegar a um babaca arrogante que ganhava trinta mil por ano!

Capítulo 13

Era difícil acreditar que Dan tinha 35 anos. Ele morava num estúdio pouco mobiliado que parecia mais um dormitório. (Isso era comum entre homens que passavam muito tempo na universidade.) Havia pilhas de roupas sujas por toda parte e nenhum lugar para se sentar, a não ser a cama. Suspeitei que Dan mantinha aquilo assim para facilitar encontros como aquele.

Uma vez que eu estava na cama, ele apagou as luzes e se sentou perto de mim.

Comecei a tirar minhas roupas, dando fim a qualquer suposição sobre o que estávamos fazendo aqui.

— Estou sonhando com isso há meses — ele disse, deitando em cima de mim. — Estou querendo fazer isso desde que nos conhecemos.

— Mesmo? Eu não tinha a menor idéia — menti.

Trepamos comportadamente por um tempinho, mas aquilo não pareceu satisfazê-lo. Ele me virou na posição cachorrinho, e fizemos assim por alguns minutos. Depois ele fez algo muito interessante: saiu da Porta Número Um e tentou se enfiar na Porta Número Dois.

Certo, a coisa anal: Desde quando aquilo tinha se tornado socialmente esperado? Quer dizer, para nós, heterossexuais? Acho que descobrimos que temos alguma atualização para fazer. Se os gays fazem isso o tempo todo, eu estava determinada a provar que podia levar aquilo como um homem.

— Se você quer fazer *isso*, precisamos de lubrificante — falei.

Eu meio que esperava que ele não tivesse o tal óleo, o que me daria uma desculpa para negar acesso. Mas Dan era um cara solteiro e, claro, ele tinha um frasco de Astroglide. E parecia um frasco novo, como se ele tivesse comprado em antecipação a um evento como aquele. (Mas se ele estava esperando companhia, por que não arrumar um pouco o apartamento?)

Claro, eu tinha reservas sobre deixar alguém do trabalho comer minha bunda, mas se ele estava pronto, eu também estava.

Mas aquilo não foi suficiente para Dan.

— Ei, vamos fazer isso em frente do espelho — sugeriu.

Olhei em torno do quarto.

— Que espelho?

— No banheiro.

A essa altura, por que não? Pelo menos ele mantinha o banheiro limpo.

Diante da pia, me inclinando para a frente, notei que ele usava muitos produtos para o cabelo e a pele, mais ainda do que eu. E do jeito que ele ficava olhando para si mesmo no espelho enquanto me comia, pude perceber que o cara era um narcisista e tanto.

Ele terminou, mas eu não tinha certeza se havia sido *eu* que havia feito aquilo por ele, ou se apenas estava ali para ele ter algo para foder enquanto se admirava no espelho. De qualquer forma, foi tudo muito divertido, e as garotas iam se mijar de rir quando eu contasse a elas no dia seguinte.

O vinho que tomei no 201 me atingiu assim que me deitei. Dan estava me mimando, acariciando meus cabelos, beijando minha nuca. Teria sido muito romântico, se eu não estivesse tão enjoada.

— Eu devia ir embora — falei, tentando me levantar.

— Não vá, não vá — disse Dan, me segurando.

Na hora, essas soaram como as palavras mais bonitas que eu já tinha ouvido.

QUANDO VOLTEI A MIM, Dan estava acordado, ainda na cama comigo. Ele tinha me observado enquanto eu dormia.

Que detestável, pensei.

— Você fica bonita quando dorme — ele disse.

E sou feia quando estou acordada?

— Que seja — respondi.

— Eu sou o primeiro cara do Congresso com quem você transa? — perguntou.

— É — menti. — Por que você está perguntando?

— Com quantos caras você já transou?

— Desde que cheguei aqui ou durante a vida toda?
— Durante a vida toda.
— Não muitos. Tipo uns onze ou doze. E você?
— Seis ou sete.
Comecei a rir.
— *Seis ou sete?* — perguntei. — Espero que você esteja brincando!
— Não, é verdade — ele insistiu. — Eu não saio transando por aí.

Em que mundo ele vivia? Ele realmente queria que eu pensasse que aquilo era *especial* para ele ou algo assim? Ele obviamente me achava uma idiota.

— Desses onze ou doze caras com quem você transou, em que posição eu fico? — ele perguntou. — Entre os cinco primeiros?

— Meu Deus, não sei — respondi. — O que você quer que eu diga? Que você é o melhor que já tive?

Claro, eu sabia que era *exatamente* isso o que Dan queria ouvir. As pessoas faziam sexo por duas razões:

1. Para ter um orgasmo.
2. Para ouvir alguém dizer coisas boas para elas.

Ele se espreguiçou na cama, mostrando a grande ereção matinal que tinha, como se aquilo fosse tão irresistível que eu iria querer pular em cima dele. Pensei em fazer isso, mas resolvi começar a me vestir. Fiquei mais satisfeita em desapontá-lo do que jamais ficaria trepando com ele.

— Por que você está se vestindo? — ele perguntou.

— Tenho que ir — respondi.
— Não tem não — ele disse, me puxando para si.
Olhei dentro dos seus olhos.
Ele não tinha entendido, tinha? Ele realmente achava que eu ia me deixar ser amada por um imbecil como ele?
— Realmente preciso ir — repeti. — Tenho coisas a fazer hoje.
Eu me afastei da cama e terminei de me vestir.
— Vejo você por aí — eu disse, deixando-o sozinho em seu apartamento desarrumado.

APRIL ESTAVA ACORDADA, lavando roupa, quando cheguei em casa. Eu estava secretamente feliz por Tom não estar ali pelo menos uma vez; assim, eu poderia contar a ela toda a sujeira sobre Dan.
Mas ela não se divertiu com minha história.
— Isso é tão pervertido — foi sua resposta indignada.
— Ai, cara, você se importa? — perguntei. — Não me faça sentir culpa por ter te contado.
— Jackie, você realmente precisa parar de transar com pessoas que não ligam para você — ela torceu o nariz.
— Bem, eu também não ligo para ele — respondi, na defensiva. — Eu mal conheço o cara.
— É exatamente esse o ponto. Espero que você saiba que Dan tem uma reputação de ficar saindo com estagiárias em nosso escritório.
— Então sou apenas uma das muitas vagabundas do Capitólio que foram para a cama com Dan — eu disse. — Qual é o grande problema?
— Estou apenas muito desapontada com vocês dois.

April estava agindo com muita arrogância para alguém que deixava estranhos colocarem balas na sua bunda. Obviamente ela estava com ciúmes por eu ter transado com o paquera dela antes que ela o fizesse.

— Eu não fiz nada de propósito para que isso acontecesse — tentei explicar. — Se você tivesse respondido às minhas mensagens ontem à tarde, talvez tivesse cancelado seus planos com Tom e transado você mesma com Dan.

— De que porra você está falando? — April perguntou.

— Eu não tinha planos com Tom.

— Eu disse a Dan para convidar você para beber conosco depois do trabalho, mas ele disse que você já tinha outro compromisso.

— Dan nunca me chamou para beber — April disse. — Aquele babaca! Vou ligar para ele agora mesmo!

— E dizer o quê? Que você está com raiva porque ele transou comigo? Por favor!

Ela me ignorou e discou o número dele.

— Ele não está atendendo — ela disse depois de alguns toques e desligou sem deixar recado.

Então o *meu* telefone tocou. Era Dan. Eu saí para atender, a fim de que April não pudesse ouvir.

— Só liguei para ter certeza de que está tudo bem — ele disse. — April acaba de me ligar. Você contou alguma coisa a ela sobre nós dois?

— Nós moramos juntas — lembrei a ele.

— Veja a coisa dessa forma — disse Dan. — Se você não consegue manter um segredo, o que a faz pensar que qualquer outra pessoa consiga? Eu só não quero problemas no trabalho. Você sabe como as pessoas gostam de falar.

Ele tinha uma certa razão. Mas por que tudo tinha de ser segredo? Se Dan estava preocupado com sua reputação, ele devia ter sido mais cuidadoso com quem levava para sua cama.

Voltei ao apartamento para acertar as coisas com April.

— Você está com raiva de mim? — perguntei. — Espero que não, porque Dan não merece uma briga. Desculpe ter transado com ele.

— Esqueça — ela disse. — Você e Dan podem fazer o que quiserem. Eu tenho namorado e não iria ficar paquerando outros caras, de qualquer maneira. Se você o quer, pode ficar com ele.

— Ah, obrigada — respondi. — Mas realmente também não o quero. Ele acaba de me ligar para falar sobre "vamos manter tudo em segredo". Que babaca.

— É, mas ainda assim você vai ter de encontrá-lo no trabalho — ela me lembrou.

Droga, eu tinha esquecido isso.

— E se eu esbarrar com ele na cafeteria ou no corredor? — me preocupei. — E se ele me vir falando com outros caras?

— E se você o vir falando com outras garotas? — ela perguntou.

Estávamos na escola novamente.

DE VOLTA AO TRABALHO na segunda-feira, mandei por e-mail a história sobre Dan para Naomi e Diane em Nova York. Eu me senti meio esquisita de enfiar aquela merda em suas caixas postais, mas elas me mandaram mensagens de volta com todo tipo de perguntas sobre o que tinha acontecido.

de que tamanho era?
ele te chupou?
seis ou sete? ele é horroroso ou algo assim?

Obviamente, não trabalhei muito. Quando terminamos, já era quase meio-dia. Hora de ir para o hotel encontrar Fred.

Capítulo 14

— Não sei se podemos continuar nos encontrando aqui — ele disse quando entramos no elevador. — Acabo de ver alguém do escritório no lobby. O filho-da-mãe me perguntou o que eu estava fazendo aqui quando me viu fazendo o registro.

— O que *ele* estava fazendo aqui? — perguntei. — Provavelmente a mesma coisa.

— Ele estava almoçando no restaurante lá embaixo, na verdade.

— Então o que você falou para ele?

— Que eu precisava tirar um cochilo.

— Oh, que desculpa horrível. Você devia simplesmente ter dito a verdade, se ele já acha que você está planejando alguma coisa de qualquer maneira. Ele provavelmente ficaria mais impressionado.

Fred destrancou a porta de nosso quarto e me deixou entrar na frente dele.

— Você já pensou em ter seu próprio apartamento? — perguntou. — Seria melhor se pudéssemos nos encontrar em algum lugar mais privado.

Eu queria ter meu próprio apartamento desde que tinha me mudado para Washington, mas nunca conseguia guardar dinheiro. Mesmo com todos os ganhos extras que Fred me dava, eu nunca tinha tido mais que algumas centenas de dólares em minha conta bancária.

Enquanto tirava a roupa, contei a ele sobre minhas desgraças financeiras e minha colega de apartamento má, que estava tornando minha vida um inferno. Depois caí em prantos.

— Encontre um lugar bacana, e eu faço o cheque — ele prometeu.

Aquilo sempre funcionava. Eu nem precisava pedir. Eu o beijei e abracei para mostrar-lhe o quanto estava agradecida, depois ele me carregou para a cama e pegou o que queria em troca.

Porque eu valia a pena.

QUANDO VOLTEI PARA O Vestiário, meus companheiros de escritório reclamaram que meu telefone havia tocado sem parar enquanto eu estava fora. Conferi meus recados, mas havia apenas uma mensagem. Era de Dan, que queria sair para almoçar esta tarde, mas ele estava muito atrasado.

O telefone tocou novamente, mas eu não reconheci o número em meu identificador de chamadas, então não atendi. Seguindo um palpite, olhei o número de Dan no diretório do Senado — e era o mesmo.

Ele ligou de novo mais algumas vezes naquela tarde sem deixar nenhum recado. Acho que não queria parecer desesperado. Que pena ele não saber que eu tinha identificador de chamadas e, portanto, sabia o quanto ele realmente estava louco por mim.

Isso continuou durante toda a semana. (Meus colegas queriam me matar.) Eu não queria atender o telefone porque não sabia como agir com Dan. A princípio, achei que ele só queria me comer, o que estava legal para mim desde que o sentimento fosse mútuo. Quer dizer, todo aquele comportamento desprezível meio que deu o tom.

Mas o que eram todos aqueles telefonemas? Não se espera que transas casuais batalhem tão duro por você. Parecia que Dan podia realmente *gostar* de mim.

EU NÃO TINHA TEMPO DE tentar compreender esse cara, especialmente agora, que estava procurando um apartamento. Encontrei um porão ao estilo inglês, recentemente reformado, perto do Eastern Market, limpo e pintado, ao contrário de todos os outros lugares que eu tinha visto. Estava cansada de ver aqueles estúdios mínimos com chão sujo e armários horríveis na cozinha, de modo que o peguei na hora, mesmo que não houvesse maneira de conseguir arcar com o imóvel por conta própria. Mas aquele quarto-e-sala bonitinho se encaixava muito melhor no estilo de vida que eu imaginava para mim mesma, e eu tinha tanto Fred quanto Phillip na palma da mão.

Claro, eu tinha um crédito terrível, então convenci Phillip a assinar o contrato de aluguel durante uma de nossas horas de coquetel pré-sexo na casa dele. Obviamente ele estava bêbado e com tesão, e provavelmente era errado tirar vantagem dele da maneira que tirei, mas se ele de fato ligava para mim, teria assinado de qualquer maneira, certo?

Mudar era fácil, já que eu não tinha nenhum móvel. Fred realmente escapou de sua mulher por algumas horas para me ajudar a pegar minha nova cama em sua caminhonete. Ele disse a ela que estava jogando golfe em Burning Bush naquela tarde.

Acho que era por isso que muitos homens jogavam golfe: aquilo lhes dava uma desculpa para fugir de suas mulheres e passear com suas namoradas.

April não sabia se ficava feliz por eu finalmente estar saindo da casa dela ou com raiva por eu estar fazendo isso em tão pouco tempo. Mulheres! Não sei como os homens conseguem lidar conosco.

Ah, certo: *sexo*. Não fosse for isso, para que serviríamos?

— Talvez agora que estou saindo de seu apartamento você possa convidar Tom para morar com você — sugeri a April durante o almoço.

— Olha só — ela disse. — Ele disse que vai me pedir em casamento "em algum momento neste outono". Que porra é essa? Eu só quero me casar; quanto mais cedo melhor. Não agüento mais ser pobre. Não agüento mais transar por aí. Só quero fazer tudo rápido.

Sempre era assustador ouvir alguém falando dessa maneira sobre casamento. *Só quero fazer tudo rápido.* É isso que suicidas diriam. Casamento. Suicídio. Mesma coisa. Nos dois caminhos, você pode dizer adeus aos amigos.

— Se você está com pressa de se casar, deveria ficar grávida — sugeri. — E você sabe que Tom não faria você fazer um aborto porque seu senador é contra!

April pensou no assunto.

— Não é incrível que as mulheres tenham tanto poder para destruir totalmente a vida dos homens? — ela se maravilhou. — E que os homens não possam fazer droga nenhuma a respeito?

— Eles podem bater na gente — eu disse. — Eles são maiores do que nós.

— Bem, é para isso que serve a cadeia. Mas não é ilegal ficar grávida e bagunçar a vida de alguém? Isso merecia virar lei.

— April, estamos no lugar certo. Você devia falar sobre isso com seu senador assim que voltar ao escritório!

— Estou falando sério, Jackie!

Dei de ombros.

— A maioria dos homens que conheço é totalmente esquecida. Do contrário, eles seriam mais cuidadosos — falei para April. — Eles dizem e fazem coisas que simplesmente *não se deveria* dizer e fazer com um estranho. Não sei se eles são loucos, solitários ou o quê.

— Eles acham que você não tem nenhum poder — April supôs. — Para eles, você é apenas um objeto.

— Um objeto? — perguntei, me levantando da mesa. — Bem, este é o erro *deles*.

Eu tinha de voltar para minha mesa a tempo de pegar *Law & Order*. Corri escadas acima e entrei no saguão a caminho de meu escritório. Bem aí vi o senador sair de seu escritório a caminho da ginástica, de acordo com sua agenda oficial. (Ele na verdade ia lá apenas para tirar cochilos durante o dia.)

— Oi — eu disse a ele enquanto passávamos um pelo outro no corredor.

Ele me olhou sem expressão e continuou andando em frente.

Ele podia pelo menos ter feito um sinal com a cabeça ou algo assim, mas era óbvio que não fazia idéia de quem eu era. Acho que quando Janet nos apresentou, tudo o que ele viu foi um novo par de seios.

Assisti a *L&O* e trabalhei um pouco até que o escritório fechasse às 18h. A caminho do Edifício Hart, algum cara aleatório de um dos escritórios dos comitês tentou me cantar, mas eu já tinha planos para aquela noite.

Dan estava me esperando embaixo da *Mountains and Clouds* no átrio.

— Onde vamos? — perguntei a ele.

— Vamos à sua casa. Você mora mais perto — ele disse.

Bem, por que não? Eu tinha umas 6 horas entre o momento em que saía do trabalho e o momento em que ia dormir. O que eu ia fazer com todas aquelas horas? Pode me chamar de maluca, mas beber e trepar parecia uma boa forma de passar o tempo.

Paramos no bar a caminho de meu apartamento, para que Dan pudesse me dar bastante álcool para eu entrar no espírito. Sexo era sempre muito mais divertido quando eu estava bêbada. Qualquer coisa maluca que o cara quisesse fazer parecia uma grande idéia — até entrar nos escritórios do Senado para transar na mesa dele.

— Podemos ir lá agora mesmo — Dan disse. — Eu tenho uma chave.

O que havia em fazer sexo no escritório que os homens amavam tanto? Imaginei quantos funcionários estavam se esgueirando para os prédios à noite para fazer isso. Todos nós tínhamos chaves, e havia tantas salas, tantas mesas. Como poderíamos *não* fazer isso?

A Polícia do Capitólio nos deixou entrar no complexo do Senado, embora estivéssemos obviamente sem função. Parei para examinar o documento da segurança que Dan e eu tínhamos assinados com a letra mais ilegível possível. Havia pelo menos uma dúzia de outras pessoas que provavelmente haviam tido a mesma idéia que nós. Algumas ainda estavam em algum lugar dentro dos prédios do Senado, fazendo coisas em lugares em que não deveriam estar, excitadas pelo medo de serem pegas.

Cada som que fazíamos parecia ecoar através do prédio inteiro enquanto entrávamos no escritório de Dan. Ele acendeu as luzes fluorescentes, e subitamente aquilo não pareceu mais uma idéia sexy.

— Droga. A porta do senador está trancada — Dan disse, tentando a maçaneta.

Ele puxou um cartão de crédito de sua carteira.

— Você está arrombando! — eu disse, enquanto ele tentava abrir a fechadura com o cartão.

O efeito do álcool estava passando, e observar Dan tentando desesperadamente entrar no escritório do senador não estava me deixando exatamente excitada.

— Vamos embora — eu disse. — Isso é estúpido.

— Então vamos fazer na minha mesa — Dan sugeriu.

Examinei seu cubículo limitado, e não havia nada de sexy naquilo. Ele tinha um Mural Eu com uma enorme foto dele mesmo sentado perto de Janet Reno.

— É sério? — perguntei. — Vamos simplesmente voltar para minha casa.

— Ah, por favor, Jackie. Você sabe que você quer — ele disse, empurrando minhas costas para a mesa.

Revirei os olhos.

— Não, eu realmente não quero — falei, afastando-o de mim.

— E sou de Touro, então você não pode me fazer mudar de idéia.

Ele me agarrou pela cintura e me jogou sobre sua mesa.

— Dan! Pare! — gritei, batendo aleatoriamente na direção dele. — Você está louco?

— Shhh — ele advertiu. — Você não quer que este incidente termine na primeira página da *Roll Call*, quer?

Parei de lutar.

— Boa garota — ele disse, abrindo as calças.

— Preciso estar bêbada! Preciso de lubrificante! — fiquei dizendo a ele.

— Não, não precisa — ele disse. — Apenas relaxe.

Respirei fundo.

— Mas vai machucar — eu disse, me contorcendo.

— Eu quero que machuque — ele me disse, abrindo os dois lados de meu bumbum. — Quero que você sinta cada *veia*.

Sempre era interessante se dar a um homem e ver o que ele faria com você, ver o quão longe ele podia ir, simplesmente descobrir quanto ele realmente era indecente. Você aprendia muito sobre uma pessoa dessa forma. Eu iria apenas observar os caras fazerem qualquer que fosse a coisa maluca que os fazia gozar e pensaria para mim mesma: *Uau, esta pessoa é totalmente louca*. E meu próximo pensamento seria: *Mal posso esperar para contar tudo às garotas!*

A caminho da saída do prédio, um dos guardas de segurança nos perguntou se tínhamos nos divertido.

Perguntei ao guarda se ele já tinha pego alguém bem na hora em que estavam fazendo.

— Só uma vez — ele nos disse.

— Você os prendeu? — perguntei.

— Oh, não — o guarda respondeu. — Eu apenas disse: "Desculpe-me, senador", e fechei a porta.

Voltei os olhos para Dan quando saímos do prédio.

— Você acredita naquela história? — perguntei a ele enquanto caminhávamos de volta para minha casa. — Um senador seria estúpido o suficiente para fazer algo assim?

— E nós? Somos estúpidos? — Dan perguntou.

— Sim, mas não fomos eleitos funcionários públicos — lembrei a ele.

— Ainda assim poderíamos perder nossos empregos se alguém descobrisse o que fizemos.

— Que tal aquele guarda de segurança. — perguntei. — O que vai impedi-lo de nos chantagear ou algo assim?

— O cara não está atrás de problemas. Ele só quer pegar seu pagamento e ir para casa no fim do dia.

— E você está contando com isso? — perguntei. — E se ele for algum gênio do mal?

— Então ele não estaria trabalhando como guarda de segurança — Dan riu a valer.

— E ele não estaria perdendo tempo tentando extorquir um vadio sem dinheiro feito você — eu disse meio de brincadeira. — Se quisesse ganhar um trocado fora daqui, ele iria preferir pegar congressistas com as calças abaixadas.

— Para sua informação, estou procurando emprego — Dan me contou enquanto dávamos a volta pela esquina da

Pennsylvania Avenue. — Posso dobrar ou triplicar meu salário na K Street.

— Mesmo? — perguntei. — Você vai sair do Congresso?

— Já estou aqui há tempo suficiente — ele respondeu. — É hora de começar a ganhar bastante dinheiro no setor privado.

Com essas palavras mágicas, Dan subitamente se tornou um namorado em potencial. Se não, pelo menos ele iria embora logo. Não haveria mais momentos estranhos esbarrando com ele no campus do Senado.

Capítulo 15

Na manhã seguinte, passei mais 3 horas com minhas amigas no Instant Messenger, contando-lhes tudo sobre meu encontro no escritório de Dan na noite anterior. Enquanto isso, a pilha de cartas fechadas sobre minha mesa crescia cada vez mais. Eu adorava minhas amigas, mas aquilo estava saindo do meu controle.

Então me veio a idéia. A melhor maneira de manter minhas amigas atualizadas era começar a fazer um blog na internet. Eu podia postar coisas no estilo fofoca, como a Blogette fazia no dela. Tudo o que eu tinha de fazer era escrever uma atualização de vez em quando, e minhas amigas poderiam conferir minha vida sempre que quisessem. Era grátis, fácil e economizava bastante tempo!

Ativei meu blog, impressionada de ver como era simples se autopublicar na Web. Eu podia escrever qualquer coisa que quisesse e ninguém poderia me impedir. Digitei as palavras *April é uma bundona* em meu *template* e cliquei no ícone Postar.

E ali estava, na World Wide Web. Mandei o link por e-mail para ela, e 1 minuto mais tarde ela me ligou no celular pedindo que eu tirasse.

Que engraçado. As possibilidades eram infinitas.

Minhas amigas também fizeram seus blogs. Achávamos que nossa produtividade no trabalho iria crescer, o que poderia nos levar a promoções.

Mas decidimos não colocar senhas de proteção nos blogs. A idéia daquilo tudo era *conveniência*. Senhas davam muito trabalho. Que interesse os estranhos teriam em nossas vidas, de qualquer maneira? Com milhões de blogs na Web, eles teriam de fazer muito esforço para se interessar por alguma das besteiras idiotas que estávamos escrevendo. Escolhemos apenas manter os blogs anônimos, usando pseudônimos ou iniciais, só para prevenir.

Primeiro, meu blog precisava de um nome. Eu sempre tinha pensado que a revista *Washingtonian* precisava de um suplemento de moda. (As mulheres de Washington não conseguiam se vestir sozinhas.) Eu tinha o nome perfeito para ela também: Revista *Washingtoniana*. Bonitinho, não? Mas já que eles eram burros demais para fazer aquilo por conta própria, eu usaria o nome para meu blog.

Infelizmente, no início não tive tempo de postar nada, pois a mulher do senador esteve no escritório a semana toda. Ela passava por lá muitas vezes, com seus ternos detestáveis St. John e lenços David Yurman, para nos fazer rearrumar os móveis no escritório da frente ou recolocar todos os livros nas prateleiras para que as estantes parecessem "menos cheias". Não importava que todos nós tivéssemos trabalhos que supostamente deveríamos estar fazendo.

Aparentemente, toda mulher de senador pensava que era Jackie Kennedy, e que o escritório de seu marido era sua própria Casa Branca. Acho que esses eram os bônus de um bom casamento.

Enquanto eu estava podando as plantas no escritório da frente sob o comando da mulher do senador, meu telefone celular tocou. Era minha irmã, Lee, perguntando se eu podia lhe emprestar algum dinheiro. Tive esperança de que ela tivesse alguma notícia sobre mamãe e papai, mas ela estava tão sem pistas sobre o divórcio quanto eu.

Fui à agência do correio no Edifício Dirksen para enviar outro cheque para ela. Claro, Dan tinha de estar lá também.

Eu não estava realmente *irritada* com ele, mas também ele não era a minha pessoa favorita no mundo. Cumprimentei-o cordialmente como uma adulta e tomei meu lugar na fila.

Ele pulou para o fim da fila para ficar perto de mim.

— Sua bunda fica maravilhosa nesse vestido — disse ele em voz baixa.

Revirei os olhos e suspirei.

— Sua bunda também está bonita — eu disse, alto o suficiente para qualquer um ouvir.

O rosto de Dan ficou vermelho e eu não consegui evitar o riso. Apesar de sua arrogância, ele ficava envergonhado com muita facilidade.

Acabei indo almoçar com ele naquele dia. Foi a primeira de várias aparições juntos na cafeteria, e no fim da semana nós éramos um "item".

Várias pessoas em meu escritório quiseram saber se Dan era meu namorado. Até Janet me perguntou: "Quem é o cara com quem você está sempre se mostrando na cafeteria?"

Se mostrando? Acho que eu devia parecer feliz quando estava com ele. Suponho que estava feliz, mesmo que num nível altamente superficial: ele era a coisa mais próxima que eu tinha de um namorado no momento. Mas o cara simplesmente não fazia meu coração bater mais forte.

Finalmente Dan acabaria parando de me telefonar, de modo que eu podia apenas esperar por isso e evitar a esquisitice de terminar com ele. Enquanto isso, eu tinha alguém para transar, o que era bom o suficiente para mim.

FOMOS À FESTA DE "DESPEDIDA" DE LAURA no Kelly's Irish Times para celebrar seu novo emprego. Algum cara com quem ela estava trepando finalmente tinha conseguido um emprego para ela na sua empresa de lobby. Acho que transar para subir na vida realmente funcionava. Eu sabia por experiência própria, que um boquete podia conseguir uma carreira para você como abridora de cartas no Senado dos Estados Unidos.

— Você não vai sentir falta de trabalhar no Congresso? — perguntei a ela.

— É doce e amargo, sabe? Como quando você se forma na escola. Você sabe que vai sentir falta, mas ao mesmo tempo mal pode esperar para ir embora — ela me disse.

— Quanto tempo você ficou aqui?

— Pouco mais de um ano. Mas, acredite em mim, parece *muito* mais tempo, como anos de cachorro*. Quanto tempo você acha que vai ficar?

— Quero fazer carreira aqui.

— Você está falando sério? — Laura perguntou. — Não consigo vê-la ficando aqui muito tempo.

— Posso preencher a porra de uma carta padrão — eu disse na defensiva. — Eu era redatora, você sabe.

— *Qualquer um* pode escrever uma carta padrão, Jackie. Um macaco retardado poderia escrever uma. O que quero dizer é que seria melhor para você fazer outra coisa. Você simplesmente não faz o tipo do Congresso.

— O que isso quer dizer? — perguntei. — Eu estou *aqui*, não estou?

— Sim, mas *olhe* para você.

Baixei os olhos para meu vestido D&G de estampa de leopardo e minhas sandálias douradas. Eu tinha colocado um cardigã preto para fazer meu traje parecer mais conservador, o que era uma enorme concessão de minha parte: era uma vergonha cobrir um vestido tão caro.

— Bem, eu não estou no andar do Senado nem nada — argumentei. — Se houvesse algum problema com a forma com que me visto, certamente alguém teria me puxado de lado e mencionado isso.

— Claro que ninguém vai realmente *dizer* nada para você sobre isso — Laura disse. — Eles vão apenas falar pelas suas costas. É assim que as pessoas daqui funcionam.

---

*A autora se refere à crença de que cada ano vivido por um cão corresponde a sete anos vividos pelo homem. (*N. da T.*)

— Pensei que vocês, políticos, tivessem opinião e fossem sinceros. Que bando de babacas.

April e Tom finalmente apareceram, parecendo o perfeito casal do Capitólio com suas roupas da Brooks Brothers. Eles tinham acabado de chegar de um jantar no La Colline, pago pelo lobby contra o aborto. (Os funcionários do Congresso eram famosas putas de jantares.)

— Você não é contra o aborto, é? — perguntei a April.

— Não, mas sou a favor do jantar grátis — ela disse, esfregando a barriga. — O que Laura está bebendo hoje? Preciso pagar um drinque para ela em algum momento da noite.

— Não se incomode — eu disse a ela. — Ela já está segurando dois martínis Ketel One. Nesse ritmo, duvido que ela vá conseguir passar da happy hour.

April viu Dan saindo do banheiro masculino.

— Você está aqui com *ele*? — ela me perguntou. — Achei que ele queria manter isso em segredo.

Dei de ombros.

— Não sei *o que* estamos fazendo — admiti. — Só estamos nos divertindo, acho.

— Por que você está perdendo tempo com Dan? — April me perguntou. — Está tão desesperada assim?

— Eu poderia fazer a mesma pergunta a você — eu disse, fazendo um gesto na direção de Tom, que estava digitando furiosamente em seu BlackBerry no meio do bar. — Você tem certeza de que não consegue nada melhor do que *aquilo*?

Era uma coisa terrível de se dizer porque realmente April gostava de Tom de uma maneira que minha mente apática e imatura não podia compreender.

Ela jogou seu drinque no meu suéter e saiu do bar, arrastando Tom atrás dela.

— Que porra aconteceu? — Laura quis saber.

Tirei meu suéter e disse a ela o que tinha acontecido.

— Não vá atrás deles — ela disse. — Deixe que se sintam superiores sozinhos.

Laura era muito mais controlada do que April. Por que eu não saía mais vezes com ela?

Nós terminamos tomando anfetamina com Dan, que nos levou escadas abaixo para a pista de dança, alucinadas.

Quem sabia que bares irlandeses tinham pistas de dança em seus porões? Apenas em Washington, acho. Lembro-me do DJ tocando um monte de Nelly e Britney Spears. Também me lembro de nós três nos revezando em fazer danças do colo e enfiando dinheiro nas calças uns dos outros. Mas não me lembro de como nós três fomos parar no meu novo apartamento.

ACORDEI SOZINHA NA CAMA na manhã seguinte, totalmente nua, a não ser pelo sutiã.

Na faculdade, essa seria uma daquelas inocentes situações: "Ai, meu Deus, estamos *tãããão* ferrados." Agora era apenas assustador. Minha mente corria com as perguntas.

Como cheguei aqui?

O que eles fizeram comigo?

Alguém do trabalho me viu?

Alguém tirou fotos?

Onde está minha carteira?

Onde estão eles e o que estão fazendo agora?

Ouvi Laura rindo na sala e tive um mau pressentimento do que podia ter acontecido enquanto eu estava inconsciente.

Presumindo que os dois deviam estar trepando, coloquei minha calcinha de volta e fui pé ante pé pelo corredor para poder pegá-los no ato.

Para minha grande surpresa, os dois estavam totalmente vestidos.

— Bom dia, Bela Adormecida — Dan disse, me beijando no rosto.

— O que aconteceu na noite passada? — perguntei. — Vocês treparam?

Os dois disseram que não. De acordo com eles, tínhamos pego um táxi do Irish Times porque eu queria mostrar o apartamento a eles. Depois tentamos fazer um *ménage à trois*, mas eu mudei de idéia e voltei atrás.

— Isso não parece algo que eu faria — eu disse.

— Você estava realmente desorientada — Laura me disse. — Então deixamos você dormir na cama e dormimos aqui no chão.

(Eu ainda não tinha comprado móveis para meu novo apartamento.)

— E vocês não treparam? — perguntei.

Novamente eles negaram.

— Certo — falei. — Não vamos tornar isso um problema. Se algo aconteceu, vamos deixar tudo às claras.

— Gostaria de ter algo mais a contar — Dan me disse. — Mas, realmente, nada aconteceu.

Olhei para o cara que supostamente era meu namorado e para a garota que supostamente era minha nova amiga e percebi que realmente não conhecia nenhuma dessas pessoas nem um pouco. Como eu poderia saber se estavam dizendo a verdade? A coisa mais conveniente para todos os envolvidos era cooperar com a história deles, especialmente porque eu queria acreditar que Dan e Laura realmente não davam a mínima para mim.

Dan pediu desculpas por sair primeiro, deixando Laura e eu sozinhas para ver quem piscaria primeiro.

— Esta é outra daquelas coisas que devemos manter entre nós duas — ela disse.

— Incluindo April? — perguntei. — Porque eu conto tudo a ela.

Ou pelo menos contava, antes de deixar um comedor como Dan se colocar entre nós porque deixei minha vagina pensar no lugar da minha cabeça.

— Se você contar a ela, ela vai dizer "eu te disse" e fingir que é melhor do que nós só porque tem um namorado, a quem ela trai, por sinal — Laura me lembrou. — Essa garota não sabe mais quem é.

Eu estava num daqueles momentos tipo Carrie Bradshaw, do seriado *Sex and the City*, "não pude deixar de pensar": *Será que alguma de nós realmente sabia quem era?*

Depois que Laura saiu, fui para a geladeira em busca de uma garrafa de Fiji. E foi quando eu vi.

O pote de lubrificante Astroglide de Dan no balcão da minha cozinha. Sem a tampa.

Oh.

Revirei meu quarto procurando meu celular. Encontrei-o entre os lençóis, mas hesitei antes de apertar o botão *ligar*.

Eu realmente não queria ter aquela essa conversa, e havia uma grande chance de que ela ficasse com raiva e desligasse na minha cara. Mas mesmo assim era a minha chance de fazer a coisa certa, e o quanto antes eu pudesse consertar as coisas, melhor.

— Eu lhe devo desculpas — eu disse quando April atendeu ao telefone, e depois contei a ela toda a história.

— Eles treparam na sua sala enquanto você estava inconsciente? — April, perguntou incrédula.

— Você estava certa sobre ele — admiti. — Você estava certa sobre tudo. Acho que sou uma daquelas pessoas que têm de aprender tudo da maneira mais difícil.

— Você não está furiosa? — ela perguntou. — Se Laura trepasse com Tom, eu assassinaria os dois, depois me mataria.

— Dan e eu não somos nem um pouco como você e Tom — expliquei.

— Mesmo assim! Que coisa mais escrota de se fazer! Isso apenas vem nos mostrar o quanto as pessoas realmente são invejosas e egoístas.

— Mas estávamos prestes a fazer um *ménage à trois*. Dan e Laura terminariam trepando em algum momento. Além do mais, para começar é exatamente isso o que eu mereço por trepar com seu paquera.

— Acho que então você não tem nenhum direito de ficar furiosa, tem? — April riu.

— É *exatamente* como me sinto! Essa é a minha punição e preciso levar a coisa toda como se fosse um homem. Só que, se eu fosse um homem a essa altura, provavelmente teria dado um soco na cara de alguém.

— Só me arrependo de ter tido qualquer tipo de sentimento por Dan, seja qual for — April admitiu. — Ele fez coisas totalmente idiotas conosco e nem é tão maravilhoso assim.

— Você transou com Dan? — perguntei. — Quando isso aconteceu?

— Achei que você sabia — April disse. — Dan e eu estávamos tendo um caso quando Tom estava em New Hampshire.

— Por que você não me contou isso antes?

— Ele queria manter em segredo, e agora eu sei por quê. Assim ele podia dar em cima de outras garotas no escritório pelas minhas costas.

— Ele provavelmente estava era com medo de levar uns tapas de Tom.

— Eu estava tão pronta para terminar com Tom por causa de Dan, mas depois você apareceu. Naturalmente fiquei com ciúmes no início, em especial quando vi você com Dan na cafeteria, parecendo tão bonitinhos juntos. Mas agora percebo que você me impediu de fazer uma grande besteira.

— Ah, obrigada.

— Sei que Dan pode ser charmoso, então não se sinta estúpida. Pelo menos Laura estava por perto para impedir que *você* fosse muito fundo.

— Então você não está com raiva de mim? — perguntei.

— Não mais — April respondeu. — Mas você pode acreditar que nós três trepamos como o mesmo cara? Isso é tão incestuoso.

— É, não consigo acreditar que Laura iria querer nossos *restos*.

Fiquei feliz que April e eu pudéssemos fazer piada de algo que não parecia tão engraçado a princípio. Aquilo daria um ótimo material para meu blog, pensei. Preparei um banho para mim, pensando em como iria escrever sobre o que havia acontecido quando me sentasse no computador na segunda-feira de manhã. Depois meu telefone tocou. Era Laura, com algumas notícias nada surpreendentes.

— Tenho que te dizer uma coisa — ela começou. — Acho que posso ter trepado com Dan na noite passada.

— O que você quer dizer? — perguntei. — Você não tem certeza?

— Eu estava muito bêbada — ela explicou. — Não me lembro muito.

— Então por que você não falou sobre isso mais cedo, quando nós três estávamos no mesmo aposento?

— Não sei, Jackie. Fiquei envergonhada.

— Bem, como está a sua bunda hoje? Está doendo? Por que Dan é um cara bem grande, ou você não notou?

— Não seja grossa. Isso já é difícil o suficiente.

— Você não está me contando isso apenas para me magoar, está?

— Claro que não. Essa é a última coisa que quero.

— Então me conte o que aconteceu, Laura. Solte tudo. Eu consigo agüentar.

Ela respirou fundo e admitiu que sim, Dan tinha trepado com ela em minha sala de estar enquanto eu estava desacordada no outro quarto.

— Você está com raiva de mim? — perguntou.

— Só estou feliz que finalmente você tenha me contado a verdade — respondi. — Você é minha amiga, Laura. Não vou dispensar você por causa dessa besteira.

— Você não liga? Quer dizer, achei que você realmente gostasse de Dan.
— Não tanto — eu disse sem interesse. — Sempre posso conseguir outro namorado.
— Então você vai terminar com ele?
— Não sei. Acho que vou falar com ele quando ele passar aqui amanhã à noite.
— Você vai trepar com ele? — Laura perguntou incrédula.
— É, provavelmente vou — admiti. — E daí?
— Então preciso contar uma coisa para você.
— O quê?
— Eu tenho HPV.
— HPV? — perguntei. — Que porra é essa?
— Papiloma vírus humano.
— Você está querendo dizer verrugas genitais?
— É o vírus que *causa* verrugas genitais, na verdade.
— Isso é melhor?
— Muita gente em Washington tem. É como uma epidemia.
— Quem disse isso a você? — perguntei. — Nunca ouvi nada a respeito.
— Meu ginecologista — Laura respondeu. — Quando ele me contou, disse que tinha cerca de outras trinta pacientes lidando com a mesma coisa.
— Uma epidemia de verrugas genitais? Por acaso estamos na década de 1970?
— Estou dizendo a você porque não quero que você pegue de Dan — Laura me disse. — Não usamos proteção na noite passada. Você tem de me prometer que não vai fazer sexo com ele!

— Ei, não se preocupe — respondi. — Mas você tem de dizer a Dan o mais rápido possível. Você não quer que ele espalhe verrugas genitais por todo o Congresso, quer?

— Talvez eu queira! — ela riu. — Afinal de contas, tudo o que vai, vem.

Bem quando eu pensava que a vida noturna em DC não podia ficar pior, uma epidemia de HPV surge. Mergulhei em minha banheira depois de desligar o telefonema de Laura, percebendo que tinha acabado de ser fodida pelas pessoas que se diziam minhas amigas.

Acho que April estava certa: éramos todos invejosos e egoístas, especialmente em nossa idade. Tratávamos uns aos outros como merda, mas enquanto fizéssemos isso com um sorriso no rosto, todos permanecíamos amigos.

Por que tudo tinha de ser tão *político*? Talvez eu estivesse socializando com as pessoas erradas.

MAIS TARDE NAQUELE DIA, RECEBI outro telefonema-surpresa. Sean, o mensageiro da bicicleta, queria "dar uma saída", então eu o convidei para conhecer meu novo apartamento.

Ele veio de bicicleta desde Adams Morgan até o Capitólio, portanto seu corpo soltava um cheiro forte que era meio sexy, mas imaginei que seu pau provavelmente fedia. Sem chance de eu pagar um boquete pra ele.

Deixei-o entrar no apartamento, e ele mostrou uma bela seleção de drogas em sua bolsa de mensageiro.

— Tenho de pagar? — perguntei.

— Depende de você — ele respondeu, inclinando-se para me beijar.

Ele estava de pau duro, o que a essa altura eu conseguia *cheirar*. Fiquei enjoada de pensar que eu tinha cheirado carreirinhas em cima dele algumas semanas atrás. As coisas que fazíamos em troca de drogas!

O odor me nauseou quando ele tirou o short, e eu imediatamente virei a cabeça para o outro lado em resposta.

Era realmente muito ruim.

— Não me sinto bem — disse a ele. — Podemos ficar só deitados?

Ele deu de ombros, enfiando seu pau duro de volta no short. Ele parecia meio puto da vida.

— Onde fica a TV? — perguntou.

— Não tenho — respondi. — Não passo muito tempo em casa.

— Podemos ir para minha casa? — ele gemeu. — Tenho um DVD e tudo.

— Certo, mas vamos pegar um táxi.

Eu não ia mesmo de bicicleta até Adams Morgan na garupa dele.

De volta à casa dele, cheirei algumas carreiras (na mesa de café) e concordei em deixá-lo me comer, contanto que tomasse um banho primeiro.

Ficamos acordados a noite toda, cheirando coca, trepando e assistindo à *Clube da Luta* muitas vezes no DVD.

Sean tinha todas aquelas histórias legais sobre bater em Skinheads e ser "delinqüente" quando era adolescente em Philly.

— Olhe essa cicatriz — ele disse, se virando. — Um cara me apunhalou nas costas quando eu tinha 12 anos.

Putz, ele era sexy. Não tínhamos caras assim no Congresso.

— Você é uma garota engraçada — ele disse quando o sol nasceu. — Nós podíamos sair sempre. Estou falando sério.

— Claro! — concordei. — Oh, meu Deus, sabe o que podíamos fazer hoje? Podíamos ir ao Robo! E andar por lá tirando fotos das coisas!

— Isso seria ótimo, mas hoje não posso. Tem umas coisas que preciso fazer.

Hã? Por alguns segundos ali, achei que Sean realmente gostava de mim, mas agora ele estava me dizendo a mesma frase que eu tinha dito a Dan.

Quando Sean foi ao banheiro naquela manhã, surrupiei metade de seu estoque. Eu simplesmente não conseguia sair de um relacionamento de mãos vazias.

Capítulo 16

Encontrei April no Murky Café, no Capitólio. Eu parecia uma drogada óbvia, usando óculos de sol enormes, fungando sem parar e tomando um café com leite triplo para combater a inevitável dor de cabeça da cocaína.

— Jackie, você é minha heroína — disse April. — Mas você devia tirar uma noite de folga de vez em quando. Você não é mais uma festeira.

— Não sou? — perguntei. — Mas ainda tenho 20 e poucos anos. É o que eu *devo* fazer nos finais de semana.

— É, mas no fim das contas você terá de sair dessa. Você não quer ficar trepando com um mensageiro de bicicleta quando tiver 30.

— *Trinta?* Mas 30 ainda é jovem! Mais tipo 40.

— Jackie, aí você provavelmente estará morta.

Revirei os olhos por trás de meus óculos escuros.

— O que vamos fazer hoje? — perguntei. — Estou cansada de ficar sentada aqui.

April levantou os olhos da primeira página do *New York Times* de domingo que estava lendo.

— Por que você não vai para casa e descansa um pouco? — ela sugeriu.

— Não consigo dormir — respondi. — E não consigo pensar em nada mais para fazer além de compras.

— Nós moramos em *Washington DC* —, April me lembrou. — Você não preferiria ir a um museu ou algo assim?

— Muitos turistas. Além do mais, eu já vi toda essa porcaria.

— Mas tudo o que você faz é comprar. É um passatempo tão vazio.

— Bem, *hã*, sou superficial. Veja — eu disse, mostrando a seção "SundayStyles" do *Times*. — Esta é a primeira e única seção que leio... e mesmo assim nem leio de fato. Só olho as fotos. April, por favor, vamos fazer compras comigo?

PEGAMOS UM TÁXI PARA Georgetown porque April queria ir à H&M de lá. Enquanto nos equilibrávamos nas calçadas de ladrilhos da M Street em nossos saltos altos, fiz uma anotação mental para nunca me mudar para Georgetown. Era quase impossível andar de saltos ali.

— Ooh! — eu gritei. — Nós *temos* de entrar aqui. Preciso de um novo Katie!

As belas vendedoras (e o vendedor) da Kate Spade nos cumprimentaram enquanto eu arrastava April para dentro da butique. Todas as pessoas mais fabulosas de DC trabalhavam no varejo. Ao contrário dos *nerds* que dirigiam o país diretamente do Capitólio, *elas* sabiam algo sobre o serviço público.

— Não posso comprar nessa loja — April protestou enquanto examinava uma bolsinha de mão de couro. — Vamos à H&M.

Olhei para a etiqueta de preço.

— Duzentos dólares? Provavelmente está em liquidação — eu disse a ela. — Você já esteve alguma vez na Chanel? As bolsas lá custam pelo menos dois mil.

Ela revirou os olhos para mim.

— Estou perfeitamente feliz com a bolsa Coach que tenho — ela desdenhou.

April não sabia que sua bolsa havia sido feito na China em vez de na Itália, mas custava o mesmo que a Katie que ela estava olhando agora. Mas, por outro lado, April *não teria* sabido. Ela não sabia nada sobre esse tipo de coisa, a não ser o que eu contava a ela. (Ela nunca havia feito nenhuma pós-graduação em Nova York.)

Eu não queria entrar numa disputa chata com ela sobre bolsas, então não disse nada. Em vez disso, experimentei um par de brincos de trezentos dólares que ficaram fabulosos em mim.

— Não acredito que você gastaria esse dinheiro todo num par de brincos — April resmungou.

— Trezentos dólares é barato para jóias — eu disse na defensiva. — Se um homem só gastasse trezentos dólares numa jóia para mim, eu daria um pé na bunda dele.

Saquei meu envelope e comprei os brincos com o dinheiro que estava lá dentro.

— Fred deu isso a você? — April perguntou, obviamente aborrecida por meu gasto excêntrico. — Onde você planeja usar essas coisas? Você não pode usá-las no escritório ou vai parecer ridícula.

— Gastar dinheiro simplesmente é bom — expliquei. — É um prazer e tanto, melhor que sexo.

— Não acredito nisso — April disse, parando no meio da calçada a caminho da H&M. — Mal consigo pagar meu aluguel, e você está soltando dinheiro por toda parte só porque *é bom*? Você realmente acha que isso é justo?

— Nada na vida é justo, April. Trabalhar no Senado por 25 mil dólares ao ano foi sua escolha. Mas você é uma garota jovem e bonita, que mora numa cidade cheia de homens superficiais e com tesão. Se você não está tirando o melhor de uma injusta vantagem, bem, isso é sua própria culpa.

April me olhou de cara feia.

— E imagino que você seja a inteligente, sendo chutada pelo seu noivo? — perguntou. — Agora você está ganhando 25 mil no Senado, namorando babacas que tratam você como uma puta. Isso não é inteligente, Jackie, isso é patético!

Sacudi a cabeça, discordando.

— Não, eu *era* patética — argumentei. — Eu me odiava por desistir de minha independência porque queria que Mike cuidasse de mim. Mas encontrei um jeito de manter minha independência e ainda assim conseguir o que queria das outras pessoas. *Isso* é o que me faz ser a esperta.

— Ainda acho que você é patética — April disse enquanto entrávamos na loja. — Mas de agora em diante, você vai pagar todos os meus drinques.

Capítulo 17

Você já se sentiu como se não estivesse realizando nada de nada? É isso o que é trabalhar no Congresso. Talvez alguém em algum lugar estivesse trabalhando duro, mas eu só sabia o que via: montes de gente com muito tempo livre nas mãos.

Dan ligou para meu celular algumas vezes antes de começar a me chamar pelo Instant Messenger na segunda-feira à tarde. Ele sabia que eu estava na minha mesa porque sua Lista de Amigos mostrava que eu estava "disponível."

Eu escrevi de volta dizendo a ele que não podia conversar porque estava prestes a sair para almoçar, e quem eu vejo na cafeteria 5 minutos mais tarde?

Dan deve ter corrido lá para baixo assim que desligamos.

— Que coincidência — ele disse enquanto me seguia para pagar a conta.

— É, que estranho — eu disse, enquanto Dan pagava meu refrigerante Dr. Pepper diet.

— Vamos nos sentar aqui — ele sugeriu, colocando sua bandeja em uma das mesas de maior visibilidade bem perto do caixa.

— Vou voltar lá para cima, na verdade — disse. — Tenho coisas a fazer hoje.

— Acho que a correspondência não vai se classificar sozinha — ele disse, dando um tapinha na minha bunda.

Eu olhei para ele, chocada por ele fazer uma coisa assim no meio da cafeteria do Senado. Ele sorriu, me desafiando a fazer uma cena ali. Bem, ele pediu.

— Você deixou seu Astroglide no meu apartamento sábado! — eu disse bem alto.

Ele me arrastou para fora do salão.

— Jackie, qual é o seu problema? — perguntou. — Por que você está determinada a me envergonhar?

— Você *sempre* carrega um tubo de lubrificante para qualquer lugar que vá? — perguntei, ignorando sua pergunta.

— Claro que não!

— Ah, certo, eu quase esqueci. *Todas as veias.*

O rosto de Dan ficou vermelho.

— Jackie, por favor, aqui não — implorou Dan. — Vamos conversar mais tarde, certo?

— Não precisamos falar sobre isso — falei. — Acho que você devia simplesmente parar de me ligar.

— De onde vem isso? Você acha que fiz algo com Laura porque havia lubrificante no balcão da sua cozinha?

Revirei os olhos.

— Eu sei o que aconteceu — informei a ele. — Ela me contou tudo.

— Contou? — Dan perguntou. — Porque eu acho que você devia saber que sua amiga é um tanto instável. Ela estava muito estranha naquela noite.

— Por que Laura iria mentir sobre algo assim? Você está tentando criar alguma dúvida?

— Bem, é minha palavra contra a dela.

— Sim, e todo mundo é mentiroso, então não sei em quem acreditar. É tipo algo saído do filme *Segundas intenções*, e estou enjoada de toda essa intriga, Dan. Apenas me conte o que aconteceu.

Novamente dei a ele a chance de contar a verdade, e ele não aproveitou. Apesar disso, parte de mim queria acreditar que ele era um parceiro fiel a mim, e comecei a duvidar da confissão de Laura, suspeitando que talvez ela tivesse me dito aquilo para ficar com Dan para ela.

Eu não sabia mais o que pensar. Estava a caminho de encontrar Fred naquela tarde, portanto não tinha o direito de ficar com raiva de Dan, de qualquer forma.

TER ENCONTROS NO MEU apartamento não era tão sexy quanto no hotel, mas já que Fred estava pagando o aluguel, eu realmente não podia reclamar.

Certo ou errado, essa história "homem-casado-e-sua-jovem-amante" contribuiu para algumas das trepadas mais quentes de toda a minha vida. Ele trepava como um prisioneiro em liberdade condicional, admirando minha pele suave e meu corpo esguio. Ele me pedia para continuar me depilando, e eu queria fazer por merecer o dinheiro que ganhava, então eu o obedecia.

— Minha garotinha — ele dizia repetidamente enquanto me comia. Se estivesse demorando muito para terminar, tudo o que eu tinha de fazer era dizer algo tipo: "Oh, paizinho, por favor, com mais força!", e só precisava disso. Ele adorava.

Muitos caras mais velhos gostam. Eles se pegam naquela coisa de figura paterna. Mas às vezes Fred tinha um tom condescendente em relação a mim que realmente me deixava irritada. Ele sempre estava me fazendo sermões sobre as coisas e contando o número de vezes que eu dizia a palavra *tipo* numa frase.

— Faz você parecer pouco inteligente — ele me disse.

— É assim que as pessoas da minha idade falam — expliquei. — Se você não gosta, então talvez devesse ter um caso com uma mulher da sua idade.

— Bem, é um jeito malandro de falar — ele respondeu. — As pessoas da sua idade devem se dar conta de que não é bacana ser malandro.

Tipo, desde quando? O cara estava pagando meu aluguel e me dando permissão para não fazer absolutamente nada.

Homens mais velhos adoravam pessoas da minha idade quando estavam pegando nossos corpos jovens e sensuais. Mas depois eles sempre ficavam desapontados quando percebiam que éramos tão *imaturas*.

Tipo, *hã*, claro que eu era imatura: eu tinha a metade da idade dele! Era por isso que ele estava trepando comigo em vez de com sua mulher, lembra?

Mas, tipo eu disse, o sexo era fantástico. Apesar de qualquer outra coisa que estivesse rolando em nossas vidas, Fred e eu sempre podíamos nos encontrar em algum lugar por algumas horas e fazer um ao outro feliz. Era como se nosso relacionamento existisse num vácuo: começava ao meio-dia e terminava 1 hora mais tarde, confinado entre as paredes de meu quarto. Depois voltávamos para nossas vidas reais como se nada tivesse acontecido. Era um sexcapismo total. Mas infelizmente meus longos almoços estavam começando a levantar suspeitas entre meus colegas. Eu sempre lhes dizia que tinha consultas médicas, e eles provavelmente se perguntavam que tipo de problemas loucos eu tinha que precisava ir ao médico três vezes por semana.

Mas eu não estava indo a médico nenhum (embora talvez devesse ter ido), pois me sentia fabulosa. Talvez eu devesse ter me sentido mal por ter um caso com um homem casado, mas os maus sentimentos simplesmente não estavam ali. Se ele realmente não se sentia mal a respeito, então por que eu deveria me sentir?

Mas nós tínhamos um problema.

— Acho que minha mulher sabe — Fred me disse uma vez.

Isso foi *depois* de treparmos, claro.

— *Quanto* ela sabe? — perguntei a ele. — Tipo, ela sabe meu nome?

— Ela sabe seu nome, sabe onde você trabalha, seu número de telefone e seu endereço.

Obviamente, Fred estava ferrado.

— Ela estava olhando meu BlackBerry no carro enquanto eu estava dirigindo — explicou. — Ela viu seu nome lá e perguntou quem você era.

— Você não contou a ela sobre *isso*, contou?

Esperava que Fred, o chefão, fosse um homem mais esperto do que aquilo, se não para o meu próprio bem, então pelo bem do governo federal.

— Eu disse a ela que você era a pessoa de contato em seu escritório — ele explicou —, mas ela pode ligar para conferir. Portanto, não atenda ao telefone por alguns dias.

Deixei escapar um suspiro de alívio. Comparado com o que podia ter acontecido, deixar de atender a alguns telefonemas não era problema.

— Pobre Fred — eu disse, esfregando seus ombros. — Você deve estar muito preocupado com isso.

— Esqueça — ele disse. — Eu já esqueci.

Continuei esfregando, embora devesse ter voltado à minha mesa cerca de 20 minutos antes.

— Você é tão boa para mim, Jacqueline — ele disse. — Às vezes passo o dia todo pensando em fugir com você. Eu jamais faria isso realmente, mas penso nisso o tempo todo. Se algum dia eu pedisse a você para fugir comigo, você fugiria?

Merda.

Isso não devia estar acontecendo. Nós tínhamos um trato: ele estava comigo pelo sexo, e eu estava com ele pelo dinheiro. Eu achava que era bastante justo.

Eu nunca tinha parado para pensar sobre como eu realmente me sentia com Fred, pois não me permitiria nutrir sentimentos por um homem casado com um bebê.

Por que ter esperanças? E o que eu poderia esperar de qualquer forma? Que Fred largasse a mulher? Que seu bebê crescesse sem o pai? Até *eu* sabia que isso era totalmente errado.

Enquanto isso, Fred estava sentado em seu escritório todo esse tempo, sonhando acordado em fazer essas coisas, e agora ele estava perguntando se eu iria continuar com isso.

— Você não devia dizer essas coisas — falei. — Devia apenas pegar o que você deseja.

Quando voltei para o escritório, havia um recado de Laura me convidando para jantar no Palm, outro restaurante favorito dos que gostavam de pagar caro.

— Vamos beber martínis e pedir *steaks* — sugeri —, como duas pessoas realmente importantes.

— Contanto que falemos sobre política por alguns minutos, posso pagar tudo porque você é empregada do Senado — Laura explicou. — Ninguém tem de saber que você é uma subalterna.

Capítulo 18

Laura usava um brilhante terninho vermelho Chanel, presente que tinha comprado para si mesma com as "luvas" que ganhara da nova empresa. Eu usava um tubinho Calvin Klein cinza, presente que tinha comprado para mim mesma com o dinheiro de Fred.

Era clássico. Vimos George Stephanopoulos e James Carville no restaurante antes mesmo que nossos martínis tivessem chegado.

— Como isso é triste. — Laura meditou. — Essas são as maiores celebridades de Washington, e nem mesmo são atraentes.

— Não vejo absolutamente ninguém bonito aqui — observei, girando a cabeça para dar uma olhada em torno. — Hollywood dos Feios.

— Exceto nós, claro. — Laura disse enquanto brindávamos.

Estávamos bem loucas na hora em que nossos *steaks* chegaram. Nós mal os tocamos enquanto esfriavam no prato. Pedir *steaks* parecia a coisa certa a fazer na hora, embora estivéssemos sem apetite por causa da cheirada que havíamos dado no banheiro quando chegamos.

Era isso que as garotas amavam na coca. Ela dava a você uma sensação tão boa de magreza.

— Você acha que algum dia teremos nossas fotos na parede aqui? — Laura perguntou, olhando para a caricatura do cachorro de James Carville.

— Nós teríamos de ficar famosas de alguma forma — respondi —, e você não consegue ficar realmente famoso trabalhando no Congresso.

— Não, acho que não consegue. A menos que faça algo realmente ruim.

— Mas quem quer ser famoso? Eu preferiria apenas ficar rica.

— Bem, você também não consegue ficar rica trabalhando no Congresso. Terá de se casar com alguém rico. É isso ou voltar para a escola.

— Eu gostaria de voltar para a escola, mas ainda não sei o que quero fazer quando crescer.

— Você realmente devia ser escritora, Jackie.

— Tentei isso uma vez, mas não funcionou. Onde está nosso garçom? — perguntei, mudando de assunto.

— Devíamos pedir champanhe — Laura sugeriu, olhando em torno. — Jackie, acho que aquele cara lá está olhando para você!

— Que cara? — perguntei, me virando.
— O cara de terno que parece um babaca. O mais velho.

Eu me virei novamente. Sim, ele parecia um babaca, e sim, estava olhando para mim. Parecia que os babacas estavam sempre olhando para mim.

— Por que eu fico atraindo os mais velhos? — perguntei.
— Acho que é o seu rosto — Laura disse, pensativamente.
— Meu rosto?
— Você tem um rosto clássico.
— Que porra isso significa? Eu pareço velha?
— Não, quero dizer que você tem um *rosto clássico*. É bonito.
— Você está dizendo que caras mais novos não gostam de rostos bonitos?
— Não, acho que não gostam mais. Estão mais ligados nos corpos hoje em dia.
— O que você quer dizer? Que não tenho um corpo legal? Laura, agora já estou acostumada ao fato de que todo cara prefere você a mim. Você não precisa insultar meu corpo para provar esse ponto de vista.

Imaginei Dan comparando meu corpo ao de Laura, e só essa idéia era absolutamente nauseante.

— Seu corpo é legal — Laura me assegurou. — Você só é um pouco magra demais, é isso.

Ela sabia exatamente a coisa certa a dizer. Para nós, "magra demais" era o melhor cumprimento.

— Você ainda não ligou para o Dan? — perguntei. — Eu o vi na cafeteria hoje, e ele não me disse nada a respeito de *você sabe o quê.*

— Não, mas ele ligou para o escritório hoje — Laura me disse. — Vamos sair para jantar amanhã, então provavelmente vou contar a ele sobre *você sabe o que* depois.

— Vocês dois estão *saindo* agora? — perguntei, incrédula. — Como isso aconteceu?

— Ele disse que queria saber tudo sobre meu novo trabalho e me convidou para um drinque. Depois eu sugeri que jantássemos, em vez do drinque. Para mim, isso não é exatamente um *encontro*.

— Mas você obviamente gosta dele, se está convidando para jantar.

— Bem, não é como se você e Dan fossem algo *sério*. Você está sempre dizendo o quanto odeia caras que trabalham no Congresso.

Acho que ela estava certa. Obviamente, Dan e eu não éramos nada sério, se ele ligava para o escritório de Laura convidando-a para tomar drinques. Então, por que eu ligaria?

Certo, eles já tinham trepado, mas achei que aquilo era apenas um acidente no *meu* relacionamento sexy com Dan. Acho que se eles gostavam um do outro, eu devia ficar feliz por eles, mas não conseguia deixar de me sentir menosprezada. Pelo menos eu sabia onde as coisas ficavam entre nós.

— Se você gosta de Dan, então você deve a si mesma tentar um relacionamento com ele — eu disse a Laura. — Mas ele me "encesta", você sabe.

Laura piscou com isso.

— Meu Deus, Jackie, você é tão vulgar! — ela gemeu.

— Bem, estamos numa era vulgar — respondi.

— Aquele cara continua olhando para cá — Laura sussurrou para mim, mudando de assunto. — Talvez você devesse ir lá falar com ele.

— O que devo fazer? Ir até lá e oferecer uma dança erótica sobre a mesa? Além do mais, não dou em cima dos caras. Eles dão em cima de *mim*. Mas veja, vou olhar para ele, e ele vai vir logo, logo.

Em vez disso, o garçom chegou à nossa mesa com uma mensagem.

— O cavalheiro sentado ao canto gostaria de pagar sua conta esta noite — ele nos informou.

Laura assentiu, aprovando. Como eu, ela não via nada de errado em sair do Palm com um total estranho. Não importava quanto eram caras as refeições ali ou quanto nossos trajes de designer custavam, garotas como nós jamais seriam importantes. Nesta cidade, não éramos nada além de xoxotas.

ENQUANTO ENTRÁVAMOS NO TÁXI, ele me disse que seu nome era Paul. Era um levantador de fundos para os Democratas e estava na cidade vindo de Boston.

— Para onde? — perguntou o motorista.

— Para o Hay-Adams — Paul respondeu.

Ele me explicou que precisava passar em seu quarto para conferir um fax muito importante que estava esperando. Eu sabia que era tudo invenção, mas já que não tinha mais nada para fazer naquela noite, por que não conhecer alguém diferente?

Seus olhos corriam pelo meu corpo enquanto eu me sentava perto dele no táxi, assegurando a si mesmo que tinha escolhido sabiamente na seleção de mulheres disponíveis no Palm. Provavelmente ia lá sempre que estava na cidade, esperando alguma garota como eu com um "rosto clássico", que não tinha namorado para levá-la para sair. Alguma garota que trabalhava no Senado e ganhava uma merreca no emprego, que pularia de alegria com a chance de trepar com algum VIP como ele.

Ele me disse que eu era a garota mais bonita no Palm, o que eu achei que devia ser um cumprimento. Depois pediu ao motorista para parar e esperar no café CVS, em Dupont Circle.

— Tenho de pegar algo — foi tudo o que ele disse, mas eu já sabia que ele estava indo lá para comprar preservativos.

Paul tentou escondê-los de mim quando voltou ao carro, segurando a sacola plástica transparente atrás das costas. Ele me ofereceu chiclete para me distrair, mas pude ver na sacola que ele também tinha comprado camisinhas Magnum.

Bem, pelo menos ele é grande, pensei.

Subimos ao quarto de Paul, onde ele conferiu o aparelho de fax em busca daquela coisa importante que estava esperando. Claro que não havia chegado ainda, mas chegaria a qualquer momento, e eu me importaria de esperar alguns minutos até que chegasse? Era *realmente* importante.

Ele me disse que eu podia assistir à TV se quisesse, então peguei o controle remoto e me reclinei na cama, passeando pelos canais.

— O que está passando? — ele perguntou, sentando na cama perto de mim.

Mas ele não estava olhando para a tela da televisão. Estava olhando para mim, com a mão flutuando sobre meu corpo, esperando apenas o momento exato para dar o bote.

Eu o olhei nos olhos e desabotoei minha saia para que ele pudesse ver o que havia embaixo dela.

Ele pegou minha mão e a colocou em sua virilha para que eu entendesse o que faríamos naquela noite, mas eu sabia desde o momento em que entrara no táxi com ele que iríamos trepar.

Paul era um daqueles tipos Médico e Monstro, ou seja, parecia um cara normal cheio de tesão, mas assim que você ia para a cama com ele, cuidado! Ele começou a me comer sem colocar um daqueles preservativos que tinha parado para comprar e realmente colocou a mão sobre minha boca para que eu não pudesse reclamar. Na hora H, ele tirou, soltando sua descarga sobre meu peito.

— No escritório de quem você trabalha? — ele me perguntou enquanto nos desengatávamos.

Respondi, limpando a ejaculação de meu peito com um lenço. Joguei-o no chão com atitude, lutando contra a urgência de jogá-lo na cara dele.

— Eles sabem que piranha você é? — ele perguntou, se acariciando.

Paul obviamente era um maníaco que tinha prazer em me fazer sentir desconfortável, mas sua pergunta me confundiu. Eu poderia ser demitida por ser uma piranha? O meu comportamento era "conduta imprópria se refletindo no escritório do Senado" ou não era problema de ninguém, a não ser meu?

Sempre que April e eu íamos ao Capitol Lounge ou a um dos outros bares no Congresso, víamos assistentes dos congressistas se agarrando e indo para casa com estranhos o tempo todo. Portanto, eu sabia que não era a única piranhando por aí: aquela era uma prática comum, e eu não estava fazendo nada ilegal. Assim, como mulher americana, eu não tinha o *direito* de ser uma piranha?

Em Nova York, jovens profissionais eram encorajadas a ter vidas pessoais sensuais e excitantes. Se você pudesse conseguir clientes dentro da boate da moda ou se estivesse dormindo com o presidente de uma empresa que constava da *Fortune 500*, era vista como uma vantagem valiosa para qualquer organização. Mas em Washington as pessoas olhavam de cima para baixo para nós, garotas que queriam aproveitar a vida. Talvez isso fosse um defeito de caráter, mas o que mais deveríamos fazer? Passar nossas tardes lendo relatórios? Havia todo o tempo do mundo para aquilo quando ficássemos velhas e os caras parassem de nos chamar para sair. Mesmo que eu terminasse em quartos de hotel com maníacos pervertidos como Paul, pelo menos isso me tirava de casa.

— Vamos trepar de novo ou o quê? — perguntei a ele, impaciente. — Não tenho tempo para esses joguinhos da mente.

Então trepamos, e depois Paul pediu serviço de quarto e me convidou para passar o fim de semana em Boston.

— Talvez quando o tempo ficar mais quente — menti. — Em Boston faz frio demais para mim.

A verdade era que aquele era um encontro de uma noite só, se é que era um encontro.

— Você devia ir para a convenção em julho — ele sugeriu. — Acho que nos divertiríamos muito.

— Claro, me ligue. Você sabe onde trabalho — lembrei a ele. — Mas você pode me fazer um favor?

— Claro. O que é?
— Por favor, não conte a ninguém que sou uma piranha.

DE VOLTA AO ESCRITÓRIO, eu muitas vezes me descobria relendo a mesma carta —, tipo, seis vezes — antes que pudesse discernir sobre o que a pessoa estava escrevendo. Meus olhos simplesmente ficavam vidrados sempre que eu começava a ler. Imaginei se tinha Transtorno do Déficit de Atenção não diagnosticado ou algo assim, mas a verdade é que eu era apenas uma garota apática que não devia estar trabalhando ali.

Mas se eu apenas ficasse sentada à minha mesa, parecendo ocupada (o que era fácil de fazer quando havia computadores no local de trabalho), jamais seria demitida enquanto continuasse vindo trabalhar. Afinal de contas, "80 por cento do sucesso é aparecer", e os outros 20 por cento, manter as aparências.

Minhas amigas em Nova York diziam que escrever um blog as fazia lembrar do site em que trabalhamos durante a era ponto-com. Para mim, era um trabalho em si.

Se você perguntar a qualquer blogueiro, ele lhe dirá que isso rapidamente se torna um vício. Era melhor do que fazer compras e melhor do que sexo, porque era fácil e grátis. (Sexo é trabalho duro se você estiver fazendo direito e não, não é de graça. *Não* estou falando de prostituição. Apenas pergunte ao seu namorado quanto ele gastou em drinques e jantares desde que vocês começaram a namorar. E quanto você gastou em tratamentos de beleza para ficar bonita para ele? Sexo é caro, não é?)

Escrever um blog me deu a oportunidade de explicar, em meus próprios termos, o que estava acontecendo em minha vida não só para minhas amigas, mas, mais importante, também para mim mesma. Eu estava tendo problemas em compreender aquilo.

Mais tarde, eu deletaria a coisa toda e começaria tudo outra vez. Era como ver uma foto ruim de si mesma: A primeira coisa que você queria fazer era rasgá-la, mas em algum ponto você precisava aceitar que, sim, era assim que você realmente era.

Então chega de ódio por mim mesma: eu não tinha nada do que me envergonhar, de verdade. Era uma piranha cachorra, bem como todas as minhas amigas. Por que não colocar isso ali? Aquilo era apenas entre nós, garotas, de qualquer maneira.

Capítulo 19

A coisa começou de maneira bastante inocente. April passou adiante o link para quatro outras pessoas no Senado.

Laura passou-o para algumas de suas irmãs do clube de caridade.

Diane passou-o para seu namorado.

Naomi mandou-o para uma colega de trabalho.

E assim por diante, assim por diante.

Eu estava meio que orgulhosa por minhas amigas se sentirem compelidas a compartilhar meu blog com outros. Era como se eu tivesse minha própria pequena multidão de seguidores. E quando elas me mandavam Mensagens Instantâneas, me amolando para escrever mais *posts*, percebi a que estava dando a elas algo para aguardar ansiosamente, assim como eu aguardava para ler a Blogette todos os dias.

Mas os blogs de minhas amigas eram tão divertidos quanto o meu, se não mais.

O de Naomi era sobre como ela tinha acabado de terminar com seu namorado e como era ser solteira novamente. (Meu favorito, porque eu podia me identificar.)

O de Diane era — na maior parte — sobre como ela odiava suas colegas na revista *Brides* (uma publicação da Condé Nast).

O de Laura era mais sobre seu novo trabalho e as esquisitas travessuras sexuais de Dan.

Mas nada poderia se comparar à história dos M&Ms de April. As garotas de Nova York estavam fascinadas por nossos encontros com todos os maníacos enrustidos que conhecíamos em Washington.

— Eu achava que as pessoas em Washington eram mais dignas — Naomi me disse uma vez por telefone.

— Em Washington, você não sabe o que vai acontecer até que seja tarde demais — expliquei. — Tipo, você acha que conheceu um cara legal e normal, mas então descobre que ele quer brincar com facas ou algo assim.

— É como morar numa cidade cheia daquele personagem Patrick Bateman, do filme *Psicopata americano*.

— E então? Você ainda quer vir me visitar aqui?

— Na verdade, não. Mas acho que um fim de semana aqui na cidade ia fazer bem a você. Diane conhece o DJ daquela nova boate que eu estava contando a você, então nós vamos no sábado.

— *Todo mundo* diz que "conhece o DJ". É melhor que não tenhamos de ficar na fila.

— Ah, não ficaremos. Mas você devia aparecer aqui para o fim de semana! Preciso de outra garota solteira para sair. Minhas amigas casadas sempre têm de ir para casa cedo.

— Estarei aí — prometi. — Nós duas podemos ficar fora a noite toda e fazer o que quisermos.

Eu aguardava ansiosamente minha volta a Nova York, mas, enquanto isso, não tinha nada para fazer, a não ser *trabalhar*.

Janet me mandou um e-mail para lembrar que minha avaliação de desempenho seria na semana seguinte, então eu tinha de me livrar das semanas de correspondência acumulada que cobriam minha mesa antes de sair do escritório na sexta.

Tentei beber mais café para aumentar minha energia, mas isso só me fez fazer mais xixi. Eu precisava de algo mais.

Ainda tinha um pouco da coca de Sean em casa, então tentei cheirar um pouco antes de ir para o escritório no dia seguinte, e o trabalho simplesmente voou da minha mesa! Os dias passavam muito mais rapidamente quando eu cheirava uma ou duas carreiras. As cartas estranhas dos eleitores não me deprimiam mais. Eu era capaz de dizer: "As pessoas são loucas, Deus as abençoe", e seguir para a próxima pilha sem hesitar. Não estava mais tomando parte em uma conspiração para ludibriar a classe média americana. Estava mantendo o sonho vivo!

Terminei de cheirar tudo por volta de quinta-feira, o que me deu uma desculpa para telefonar para Sean. Ele não atendeu quando liguei, então presumi que ele estava fora, na bicicleta.

Cerca de 20 minutos mais tarde, meu telefone tocou.

— É Jacqueline Turner? — perguntou uma voz de mulher quando atendi.

— É, quem está aí? — quis saber.

— É a namorada do Sean.

Como aquela piranha tinha conseguido meu número? Obviamente Sean tinha ferrado com tudo.

— Você tem cabelos pretos? — ela perguntou. — Compridos?

Por que ela estava me perguntando sobre meu *cabelo*, entre todas as coisas?

— Do que se trata? — perguntei.

— Acho que você sabe muito bem por que estou ligando — ela respondeu. — Aparentemente, você está trepando com meu namorado.

Eu não queria dizer nada que me incriminasse, nem queria dedurar o Sean. Tinha de ser muito cuidadosa, para não confirmar nem contradizer o que quer que ela pensasse que tinha acontecido entre mim e o namorado dela.

— Desculpe — falei —, mas acho que você deve estar enganada.

— Ah, nem tente fazer isso! Sean já me contou tudo — ela disse.

Imaginei que tipo de história ele tinha contado para a garota. Ele contou a verdade a ela ou mentiu, como eu teria feito?

— Você se sente bem em trepar com o namorado de outra pessoa? — ela perguntou. — Sabe, você não devia dormir com pessoas que não conhece bem. Estou dizendo isso para o seu próprio bem.

Depois eu a ouvi dizer a alguém:

— Qual é o problema dela? Não está dizendo nada.

Provavelmente era Sean, se cagando de medo do que eu poderia contar à sua namorada. Acho que esse era o seu jeito de puni-lo.

— Ainda estou aqui — eu disse a ela.

— Bom. Porque quero que você saiba que Sean e eu temos um relacionamento muito especial, e você não vai acabar com ele. Espero que você encontre alguém para você que a ame tanto quanto Sean me ama.

Aquela garota era histérica. Eu queria colocá-la no viva-voz para dar aos meus colegas de escritório motivo para rir, mas decidi que não teria sido profissional.

— E outra coisa, Jacqueline Turner. Eu sei seu nome, sei seu telefone, sei onde você trabalha e sei onde você mora. Então, não tente me ferrar.

Em seguida ela desligou.

Uau.

Imaginei se ela poderia realmente vir *aqui*, ao escritório do senador, me atacar. Ela certamente parecia louca o suficiente para tentar. E por que ela perguntou sobre meu cabelo? Ela sabia como eu era? Estaria me espionando bem agora?

Esses casos irresponsáveis estavam começando a causar muito stress em minha vida. Eu não podia simplesmente ter um relacionamento normal com alguém? Como eu acabaria com todos esses não-namorados de qualquer forma? Agora era uma boa hora para sair da cidade.

Capítulo 20

Eu amo Nova York.
Por que fui embora daqui?

— Esse vestido não é, tipo, do outono de 2002? — Diane me perguntou, sabendo muito bem que era. — Você está decadente, Jacqueline.

— Eu moro em Washington agora — lembrei. — Você precisa comprar tudo por catálogo lá.

— Como as pessoas vivem? — Naomi perguntou, mastigando seu chiclete de nicotina.

— Mas pelo menos você ainda pode fumar em DC.

— Mesmo? Talvez eu vá visitar você, afinal de contas.

— Você devia pegar o ônibus de Chinatown. São apenas 15 dólares.

— Mesmo? Eles não fazem você carregar uma galinha no colo nem nada, fazem?

Sacudi a cabeça, negando.

— Então talvez eu *pegue* o ônibus para Washington. Vou conferir minha agenda.

Nós nos equilibramos em nossos saltos altos sobre o pavimento de pedras do Meatpacking Discrict, para chegar à boate em Little West, na 12th Street. Era incrível que eu não tivesse problema para entrar num sábado à noite em Nova York, mas se eu quisesse ir ao Saki numa quarta-feira em DC, tinha de ficar na fila. A vida era sempre tão injusta.

Nós nos enfiamos pela estreita entrada até a pista de dança azul-piscina.

— Onde está o Kool-Aid? — Naomi perguntou a algum ator-modelo que passava bebendo água mineral. (Só pessoas drogadas bebiam água mineral numa boate.)

Ele apontou para um cara de chapéu branco Sean John, reclinado contra a parede perto dos banheiros.

— Não reconhecemos você de chapéu! — eu disse.

Kool-Aid havia sido nosso traficante desde a faculdade, quando ele trabalhava nas grandes boates como Twilo e Limelight. Quando a Prefeitura decidiu limpar a vida noturna em Nova York, os traficantes tiveram de abrir "butiques" nas boates menores.

O procedimento era o seguinte:

Pare e diga oi para Kool-Aid a caminho do banheiro das mulheres. (É quando você diz a ele quantas pílulas vai querer.)

Vá para o banheiro das mulheres, refresque-se ou o que seja, depois volte e encontre Kool-Aid no bar.

Compre um drinque ou algo assim e aja como se estivesse trocando dinheiro com ele. É quando o negócio está fechado — e parece totalmente legítimo. Era assim que

Kool-Aid se mantinha fora das batidas por todos esses anos. Cara esperto.

— Muito tempo sem te ver! — ele disse, me beijando no rosto. — Onde você andou, baby?

— Eu me mudei para DC — respondi. — Antes disso, estava morando com meu namorado.

— Por que você faria uma coisa estúpida como essa?

— Qual delas?

— As duas!

O cara tinha um argumento.

— Vejo vocês em 3 minutos — disse a ele. (Duas piscadelas.)

O banheiro estava cheio de garotas tipo modelos brasileiras, reaplicando brilho labial NARS e jogando os cabelos para os lados. Naomi e eu parecíamos ogros de pé perto delas.

— Não há garotas assim em Washington — falei para Naomi. — Graças a Deus!

— Depois que conseguirmos a droga, vamos para outro lugar — Naomi sugeriu.

— Ah, por favor! A gente pode pegar quem quiser aqui. Os caras adoram piranhas!

Saímos do banheiro e encontramos Diane no bar.

— Aqui, garotas — ela disse, deslizando pílulas para nossas mãos. — Tomem seus remedinhos para o cérebro.

Todas tomamos, para que pudesse bater ao mesmo tempo.

— Jacqueline — Naomi disse, fazendo um gesto na direção de uma banqueta no lado oposto do salão. — Aquele ali não é o Mike?

Todas nos viramos para olhar.

Era ele, com uma loura de aparência perfeita de vestido preto Gucci. Bebendo champanhe, nada menos.

Pisquei enquanto as lágrimas rolavam por meu rosto sem expressão. Minhas amigas pareceram muito desconfortáveis, sem saber o que fazer comigo.

Eu não estava *chorando*, estava? Porque isso realmente não era motivo para se chorar. Eu já sabia que Mike não me amava mais.

Mas *ver* isso? *Ai.*

Naomi me pegou de lado, borrando meu rosto com um guardanapo de coquetel.

— Pare, Jackie — ela disse. — *Pare de ligar para isso.* Se você não se alegrar agora mesmo, o E. vai fazer você chorar a noite toda. *Pare de ligar para isso!*

— Vamos sair daqui — Diane sugeriu. — Vamos ao Tribe.

— O Tribe é do outro lado da cidade! — Naomi argumentou. — Não quero ficar doidona num táxi!

— Bem, não podemos ficar *aqui*.

— Jackie, onde *você* quer ir?

— Quero voltar para Washington — respondi.

— Agora? — Naomi perguntou.

— Não quero mais ficar aqui.

— Podemos ir a algum outro lugar, Jackie — Diane disse, mas ela podia ver pelo olhar teimoso em meu rosto que eu já tinha decidido. (Eu era uma taurina clássica.)

Capítulo 21

Peguei o Acela de volta para Washington, em vez do ônibus de Chinatown. Fiquei doidona dentro da Penn Station, bem quando estava comprando meus tíquetes em uma daquelas máquinas.

— Fico tão mais feliz quando estou drogada — suspirei, sem ligar se alguém iria me escutar.

Sem ligar. Era uma sensação tão boa.

Washington era realmente minha cidade favorita, de qualquer forma. Era o lugar mais bonito em que eu já havia morado, com fontes e árvores floridas por toda parte. E o aluguel era bem menos caro do que em Manhattan. Eu podia me ver passando o resto da minha vida em Washington: conseguiria algum emprego confortável no governo, um casal de cães e viveria feliz para sempre.

E talvez — se eu algum dia conhecesse alguém em DC que pudesse tolerar por mais de algumas horas — eu me casasse e tivesse um bebê.

Mas enquanto isso, eu mal conseguia tomar conta de *mim mesma*. Ainda não tinha comprado nenhum móvel para o apartamento e nem mesmo sabia onde era a mercearia em meu bairro. (Sempre que Fred vinha, ele olhava para meus aposentos nus e para a geladeira vazia e perguntava se eu estava "me drogando".)

Eu nem estava certa de que podia manter um emprego. Tinha um dos empregos mais fáceis no Congresso — e tinha problemas para executá-lo. Alguns dias, não trabalhava nada.

Estava temendo minha avaliação de desempenho durante a semana toda. Se não fosse demitida desta vez, pelo menos levaria uma advertência, acompanhada de alguma lição de moral humilhante. Eu não tinha certeza do que era pior.

Meu pico de produtividade induzido pelas drogas havia se voltado contra mim. Enquanto minha produtividade tinha aumentado, minha margem de erro também. Eleitores estavam ligando para o escritório reclamando que seus nomes haviam sido escritos errado nas cartas de respostas que haviam recebido ou que tinham recebido uma carta sobre um tema diferente daquele que tinham escrito.

E já que eu não estava mais doida no trabalho, minha produtividade havia caído bastante.

Meus longos almoços, meus atrasos constantes e telefonemas pessoais em excesso, minhas violações ao código de vestimentas, meus vômitos no banheiro do escritório e meu comportamento instável em geral me tornavam mais uma distração do que um benefício para meu escritório. E essas eram apenas as coisas que eles sabiam!

Mas minha avaliação voltou preponderantemente positiva: Eu era uma empregada "Muito Boa".

Aparentemente, ninguém sabia qual era o meu trabalho — ou o que eu andava fazendo no escritório deles.

Voltei para o Vestiário para assistir a um episódio após o outro de *Law & Order* em minha mesa, como eu sempre fazia quando não tinha um encontro com Fred na hora do almoço.

Meghan, uma das assistentes pessoais do senador, parou no Vestiário para esquentar uma de suas deploráveis refeições congeladas Lean Cuisine no microondas.

Eu mal havia falado com ela antes, então fui meio que pega de surpresa quando ela me disse que meu "namorado" (Dan) estava na cafeteria almoçando com outra garota.

— Só acho que você deveria saber — ela disse. — Janet contou que os viu *conversando*.

Conversando? Eu queria dizer a Meghan que ela e Janet deviam cuidar de suas próprias vidas, mas também estava curiosa para ver com quem Dan andava "conversando"; se ele não estava "conversando" comigo nem com Laura, estava nos fazendo de bobas "conversando" com outras garotas na cafeteria.

Desci até lá e o vi sentado em sua mesa favorita com uma garota bonita que usava um crachá de estagiária listrado de violeta em torno do pescoço.

Não objetei quando Laura me contou sobre seu encontro para jantar com Dan apenas por essa razão: eu sabia que ele ia sacanear Laura do mesmo jeito que tinha me sacaneado.

Como eu disse antes, você alguma vez já sentiu que não está realizando absolutamente nada?

DEPOIS DO TRABALHO, ANDEI de volta para meu apartamento e me joguei na cama. O que eu tinha para esperar ansiosamente? Eu realmente precisava saber. Precisava de uma razão para sair daquela cama no dia seguinte. Meu trabalho era uma bosta, minhas amigas eram totalmente duvidosas, minha vida amorosa era um desastre e meus próprios pais não retornavam minhas ligações.

Então percebi que a única coisa que eu tinha para esperar com ansiedade era meu próximo orgasmo. Sim, sexo é um presente grátis de Deus, não é? Eu sempre podia ansiar por aquilo.

Então, quando Sean me ligou por volta da meia-noite para se desculpar por sua namorada maluca, eu o perdoei. Sua versão da história era que sua namorada tinha encontrado muitos fios de meus cabelos longos e negros em sua cama. Ela ameaçou ligar para seu oficial de condicional (!) se ele não contasse tudo a ela. E já que ela era uma psicopata tão obviamente insegura, insistiu em saber *tudo* sobre mim para que pudesse me perturbar/assustar/perseguir.

— Da próxima vez que ela o pegar traindo, negue, negue, negue. Até o último suspiro — ensinei a ele. — Agora suba nessa sua bicicleta e pedale até aqui o mais rápido possível. Ah, e traga drogas.

Fiquei tentada a chamar a polícia e dizer aos tiras para expedir um mandado para um traficante de bicicleta que estava indo na direção do Capitólio. Mas aí eu não teria o sexo nem as drogas de que eu tanto precisava para elevar meu espírito. Decidi esperar até que ele saísse do meu apartamento no dia seguinte de manhã. Eu chamaria os canas *então*, se eu ainda estivesse me sentindo irritada.

CHEGUEI ATRASADA AO trabalho no dia seguinte e Janet me lembrou que meus colegas que moravam em Maryland e Virginia conseguiam chegar na hora e que meu apartamento ficava a apenas 10 minutos de caminhada do escritório. Mas as pessoas que moravam no subúrbio provavelmente já estavam dormindo às 23h. Portanto, como se poderia esperar que eu suportasse viver com esses padrões?

Nossa reunião semanal de equipe estava para começar na hora em que cheguei, então peguei um lugar vazio no fundo da sala de reuniões.

Todo mundo parou de falar quando Janet entrou na sala. Uma mulher pequena, coberta de sardas, com cabelos cortados retos e simples na altura dos ombros, ela tinha uma voz muito alta para uma mulher do seu tamanho. Estava sempre praguejando e reclamando, e todo mundo no escritório parecia absolutamente aterrorizado em fazer qualquer coisa que pudesse deixá-la irritada.

Ela começou a reunião, passando por algumas pequenas mudanças no código de vestimentas. Ela nos disse que finalmente poderíamos usar jeans durante o Recesso, mas nada que fosse "enfeitado". (Tive de segurar o riso com isso.)

— Como todos vocês sabem, um de nossos Correspondentes Legislativos está indo embora — Janet anunciou —, e atualmente estamos procurando um substituto.

Minhas orelhas se levantaram.

— Já que ninguém aqui expressou interesse na posição, vamos abri-la a candidatos externos.

Ninguém? E eu? Eu era mais do que qualificada para escrever algumas cartas padrão sem graça. Não conseguia entender por que estava sendo deixada de lado.

Perguntei a Janet sobre isso depois da reunião.

— Você simplesmente não serve para o trabalho — ela me disse francamente.

E deixou por isso mesmo, me largando sozinha no corredor para imaginar o motivo.

Talvez eu estivesse sendo desprezada porque não era do estado natal. Ou talvez eles soubessem quanto tempo eu passava postando coisas idiotas na internet.

Foda-se, decidi. Eu realmente não merecia uma promoção, merecia? Na verdade, eu era muito sortuda por ter um emprego. Mas nem a pau eu ia continuar gastando todo o meu dinheiro com cocaína só para conseguir me manter sentada na sala de correspondência. Deus, o que eu estava pensando?

Talvez isso fosse uma bênção disfarçada. Eu adorava drogas, mas agora eu podia voltar a usá-las só para me divertir — e finalmente podia começar a guardar meu dinheiro.

Então corri para o banheiro das mulheres para vomitar. Eu tinha tomado muito Valium de estômago vazio, para amortecer a ressaca da cheiração com Sean na noite anterior. Quando saí da cabine do banheiro, meus olhos estavam vermelhos de tanto vomitar, e Janet estava ali de pé, horrorizada com minha aparência.

— Oh, meu Deus, está tudo bem? — ela perguntou. — Você andou chorando?

Sacudi a cabeça, dizendo que não.

— Está tudo bem, Jacqueline, eu sei de tudo. Esse cara é um idiota!

Ai, meu Deus, Janet pensou que eu estava chorando no banheiro por causa de meu "namorado" Dan. Até parece!

— Você quer ir até a enfermaria e descansar um pouco? — ela ofereceu.

— Posso fazer isso? — perguntei.

— Por favor, leve o tempo que precisar.

Mas em vez disso eu voltei para minha mesa, envergonhada que todo mundo no escritório achasse que eu era uma idiota de coração partido.

Comprei um novo par de sapatos Gucci no site da Neiman Marcus para me alegrar e esperei a happy hour.

PREGUIÇOSAS, ESCOLHEMOS o Capitol Lounge para a happy hour. Era numa rua perto do meu apartamento, um lugar fácil e conveniente para pegar alguém no caminho do trabalho para casa.

Conseguimos uma mesa perto de um grande grupo de estudantes surdos da Gallaudet University. Eles estavam fazendo sinais furiosamente uns para os outros e parecia que um belo e acalorado debate estava acontecendo.

— Pelo menos eles não fazem barulho — April brincou.

— April! — ralhei com ela. — Veja o que fala! Algumas pessoas surdas conseguem ler lábios, sabia?

April pegou um cardápio e segurou-o na frente do rosto.

— Pelo menos eles não fazem barulho! — repetiu.

— Eu ouvi você falar da primeira vez.

— Aposto que *eles* não ouviram!

— April, às vezes você consegue ser tão bo... ah, deixa pra lá!

A garçonete serviu nossos drinques enquanto as luzes baixavam no bar.

— Ooh, é a hora sexy! — anunciei. — Hora de começar a pensar que os caras aqui são bonitinhos.

— Conheci Tom aqui — April admitiu. — Ele procurou meu número no diretório do Senado e me ligou no dia seguinte.

— Ah, isso é legal.

— É. Tom é um cara legal.

April suspirou.

— Então, por que eu não consigo parar de traí-lo? — ela perguntou como se eu fosse a especialista no assunto. — Quer dizer, eu amo o Tom. Mas aqui estou, procurando Mr. Goodbar em Cap Lounge. Por que eu faço isso?

Todo traidor se faz essa pergunta sempre que se sente culpado. Mas eu não ia deixar minha amiga se dilacerar por algo que era apenas natural para uma mulher que tinha opções.

— Porque amor não é suficiente — eu disse. — Simplesmente não atinge mais o nível de exigência.

April pensou nisso.

— Deus, você é deprimente — ela finalmente disse. — Preciso de outro drinque.

— É, mas isso é a vida — respondi.

— Não, isso não é a vida, é só você sendo amarga. Muita gente não se sente assim.

— Sim, se sente — argumentei. — Eles simplesmente não percebem.

April revirou os olhos.

— Não acredito que estamos aqui há quase 20 minutos e ninguém nos pagou nenhum drinque ainda — ela reclamou. — Nós estamos bem bonitas!

— Acho que os caras aqui estão ligados na gente — falei. — Ninguém mais nos paga drinques porque eles sabem que cachorras inúteis nós somos.

— Bem, nós fizemos a cama, acho. Podemos esperar novos caras aparecerem na cidade ou vamos ter que começar a usar disfarces ou algo assim — April presumiu.

— Isso é besteira — eu disse, me levantando da mesa.

Andei até um cara qualquer e dei um tapinha em seu joelho.

— Posso pagar um drinque para você e seus amigos? — perguntei.

— Uau, claro! — o cara respondeu, impressionado que uma garota oferecesse isso.

E isso foi o bastante. Agora éramos as garotas mais legais do Congresso. Tudo o que tínhamos de fazer era jogar dinheiro em volta, e os caras nos amavam. Os caras realmente não eram muito diferentes das garotas nesse assunto. Macho ou fêmea, todos gostávamos de coisas grátis.

Capítulo 22

Na manhã seguinte, acordei com vômito no cabelo. Mas pelo menos estava em minha própria cama.

Eu não conseguia me lembrar de nada sobre a noite anterior, a não ser que eu tinha deixado meu celular cair numa privada. Uma privada de banheiro masculino. O telefone estava em minha mesa-de-cabeceira, perto de minha escova de cabelos. Nojento.

Eram 9h15 da manhã. Eu já estava atrasada, mas ainda havia tempo de me arrumar e mostrar presença no trabalho. *Oitenta por cento do sucesso é se destacar.*

SENTEI-ME À MINHA MESA e revirei papéis em volta, tentando parecer ocupada e importante. Depois de ser desprezada na véspera, estava determinada a ser promovida a Correspondente Legislativa no fim do ano. Obviamente, eu havia sido feita para coisas maiores e melhores do que separar a correspondência.

Olhei para a pilha de cartas em minha mesa e resolvi colocar toda a minha energia no trabalho. Começando amanhã.

Subitamente, Janet explodiu na sala, gritando:

— Preciso de alguém para ir a uma reunião!

Eu era a única pessoa sentada no Vestiário, já que todos os meus colegas estavam no curso de treinamento para controle de incêndio de 4 horas que estava acontecendo.

— Jacqueline, você não está ocupada, está? — ela perguntou.

Supus que essa fosse uma oportunidade de provar que eu podia fazer mais do que apenas abrir cartas e ser bonita, então concordei em participar da reunião.

— Ótimo! Apenas aja como se você concordasse com tudo o que eles dizem e vai ficar bem — ela me disse. — Ah, e não lhes diga que você é assistente. Diga-lhes que é assistente legislativa ou algo parecido, para que pensem que você é importante.

— Com quem vou me reunir? — perguntei.

— Com o Comitê Educacional de Direito à Vida da Igreja Católica. Muito obrigada por fazer isso! Eles estão esperando no escritório da frente.

Merda.

Temas sociais normalmente não me afetam de jeito nenhum (motivo pelo qual provavelmente eu sou republicana), mas a coisa do aborto...

O que eu posso dizer? Precisei fazer um. Duas vezes.

O primeiro foi durante minha fase "quando-eu-era-jovem-e-louca-e-morava-em-Nova-York". Eu ficava doidona ou bêbada a maior parte do tempo, nem sempre usava camisinha e toda hora esquecia de tomar pílula. Sim, eu estava fazendo sexo inseguro (literalmente) e não tinha exatamente certeza de há quanto tempo estava grávida, pois tinha parado de menstruar nos meses anteriores. Achei que todas aquelas drogas e danças intermináveis haviam transformado meu corpo em algum tipo de máquina de trepar supermagra e tóxica, que não podia mais continuar a ter funções reprodutoras. Como eu disse, estava doidona ou bêbada a maior parte do tempo, o que também significava que eu provavelmente havia provocado muitos danos ao feto. Obviamente, eu não havia sido feita para a maternidade.

O segundo foi sob circunstâncias muito diferentes, quando eu ainda estava com Mike. (E eu era monogâmica na época, de modo que tenho certeza de que era dele, fodam-se todos).

Saímos de férias e esqueci de levar meu controle de natalidade. Ficamos bêbados com *frozen drinks* e fiquei grávida. Foi quando ele me propôs casamento, mas ele realmente não queria *a mim*, queria uma família. Então incorporei Kay Corleone e disse a Mike que havia abortado.

Pessoas como eu simplesmente não deviam ter filhos. (Provavelmente não deviam permitir que namorássemos, também). Se não fosse pela liberdade de escolha, eu estaria criando um filho em algum lugar, e isso é muito assustador! O direito da mulher de escolher é um direito que eu defendo tão ardorosamente quanto a prerrogativa da mulher de mudar de idéia.

Além do mais, eu não tinha experiência em fazer reuniões com lobistas, especialmente com freiras. Eu não tinha certeza de como começar.

— Então... vocês são contra o aborto? — perguntei.
— Sim, por que, você não é, querida? — uma delas perguntou.

Eu devia representar o escritório do senador como uma fraude ou como uma assassina de bebês? Se eu quisesse manter meu emprego, teria de mentir. Teria de mentir para uma freira.

Afinal, *todos* no mundo da política não eram uns malditos mentirosos da porra? Talvez fosse esse o meu lugar. Eu contava mentiras o tempo todo. Diabos, eu era *boa* naquilo, uma verdadeira artista da enganação. Mas parte de mim realmente queria dizer a essas freiras para esquecer isso. O que elas sabiam de abortos? Freiras nem trepavam.

Marcus, um assistente sênior no escritório, entrou na reunião.

— Eu assumo a partir daqui — ele disse, para meu total alívio.

— Obrigada! — sussurrei, enquanto lhe cedia meu assento na mesa.

Ele sorriu enquanto me enxotava.

Cara bacana, pensei. *Pena que seja gay*.

Imaginei se Marcus era "assumido" no trabalho ou se era um daqueles casos típicos de direitista dentro do armário. Não que fosse da minha conta. Todos tínhamos nossos segredos, não?

Voltei para minha mesa, chateada por meu escritório ter me colocado numa situação tão comprometedora. Não era ruim o suficiente eu ter feito aqueles abortos? Agora eu tinha de *mentir* sobre aquilo também? Acho que eles apenas presumiram que eu não era "do tipo aborto".

TIREI TODAS AS cartas antiaborto da minha mesa e as coloquei no lixo, depois comecei a folhear nossa cópia do escritório da revista *Hustler*. (Todo escritório tinha uma assinatura de cortesia.) Eu normalmente dava a revista para um dos pervertidos do Vestiário, mas só quando eu já tinha terminado de ver primeiro.

Alguns minutos mais tarde, a porta se abriu e Janet entrou. Ela raramente ia ao Vestiário, a não ser que fosse para gritar com alguém. Rapidamente joguei a revista na gaveta da mesa.

— Jacqueline, você encontrou Marcus hoje? — ela perguntou.

— Ele tomou a frente da reunião com as freiras — respondi. — Fiz algo errado?

— Não! — Ela riu. — Ele acha você gostosa!

— Marcus é *hetero*? — perguntei sem pensar.

Os caras no meu escritório, que estavam escutando essa conversa embaraçosa, caíram na gargalhada.

— Muita gente já se fez essa pergunta — Janet disse —, inclusive eu. Mas, sim, Marcus é hetero e acha você gostosa.

Olhei para meus colegas, todos rindo consigo mesmos nas mesas.

— Então é isso o que vamos fazer — ela continuou. — Depois do trabalho, hoje, nós três vamos tomar um drinque juntos. Isso parece bom?

— Claro, eu vou — respondi sem hesitar.

Eu sabia exatamente o que estava fazendo: ganhando a preferência de Janet e estimulando seu interesse em brincar de casamenteira. Marcus não era realmente o meu tipo; nem Dan parecia quando eu o conheci, mas eu era uma garota de mente aberta. Talvez nós fôssemos nos dar bem.

— Ótimo! — ela disse. — Vou contar a ele.

Todo mundo no Vestiário caiu na gargalhada assim que Janet saiu.

— Você não acha que isso foi estranho? — perguntou um de meus colegas. — Não acredito que ela fez isso!

— Só vamos tomar um drinque — eu disse casualmente, mas estava consciente de que aquilo parecia um caso de má política de escritório.

— Acho estranho — ele repetiu —, mas quero saber tudo amanhã de manhã!

Às 6h da tarde, nós três andamos do Congresso à Union Station, onde Janet ia pegar um trem para casa em meia hora.

Janet e eu pedimos martínis, e Marcus pediu club soda.

— Marcus não bebe — Janet me disse.

— Mesmo? Não sei se isso vai funcionar — eu disse, meio brincando.

— Fiquei na reabilitação três anos — ele me disse.

— *Três anos?* Por quê?

Fiquei fascinada com aquilo.

— Estou brincando — ele disse, rindo nervosamente.

Droga. Então ele era apenas outro funcionário chato do Senado. Essa coisa da reabilitação o tornava muito mais interessante.

— Por que você não bebe? — perguntei.

Talvez fosse uma pergunta grosseira, mas eu queria saber.

— Álcool não faz bem — foi a resposta dele.

— Sim, mas faz você se *sentir* bem — argumentei.

Janet quis mudar de assunto.

— Então, Jacqueline, de onde você é? — ela perguntou.

— Eu me mudei de Nova York para cá alguns meses atrás — respondi.

— Marcus é de Nova York!

— Mesmo? De que parte? — perguntei. — Eu morei em Gramercy Park. E antes disso em Morningside Heights.

— Williamsburg — ele me disse.

— Eu dividi um apartamento na Bedford com North 7th um verão! — eu disse a ele.

Então nós tínhamos essa coisa Williamsburg em comum. Éramos ambos a favor de benfeitorias para a classe média!

Satisfeita que Marcus e eu tivéssemos todas essas coisas de Nova York para conversar, Janet nos deixou para pegar seu trem.

CINCO COQUETÉIS (TODOS MEUS) e quatro club sodas mais tarde, Marcus estava me levando para casa. Ele não tentou se forçar para dentro do meu apartamento — como fazia todo cara com quem eu já havia saído — nem perguntou se podia entrar para usar o banheiro. Nós trabalhávamos juntos, então Marcus queria ser cuidadoso comigo. Mas eu estava muito bêbada para ligar para isso.

— Entre para conhecer meu apartamento — eu disse, segurando a porta aberta para ele.

Ele não hesitou, já que eu o havia convidado.

— É legal — ele disse, olhando em volta —, mas você precisa comprar alguns móveis.

— Tem alguns em meu quarto. Você quer ver? — perguntei, acenando para ele do corredor.

Não havia lugar para se sentar, a não ser a cama. (Um conceito de decoração inspirado pelo apartamento de Dan.) Liguei minha televisão nova e passeei pelos canais, procurando algo apropriado para ver. Algo que pudesse mostrar meu bom gosto em televisão, mas nada muito sugestivo nem nada que pudesse nos distrair durante uma sessão de agarramento. Deixei numa reprise de *Law & Order*, pela falta de algo melhor.

Ele parecia nervoso, e eu ainda não estava convencida de que não era homossexual. Eu o ataquei, me sentando em seu colo.

Ah, ele era hetero.

Perguntei a mim mesma se ele faria a coisa inteligente e sóbria de me dizer para parar. Eu estava bêbada, portanto tinha uma desculpa para o meu comportamento impetuoso. (Foi por isso que bebi tanto, por sinal). Mas se Marcus quisesse uma garota chata, então eu não servia para ele.

— Você é um problema — ele disse. — Posso dizer isso com certeza.

— O que você quer dizer? — perguntei.

— Só tenho uma sensação ruim sobre você. Você é um problema — ele repetiu.

— Não, não sou! Sou uma garota legal.

— Você é uma mentirosa e tanto — ele disse, dando um tapa em minha bunda.

Eu ri histericamente, então ele começou a me bater realmente com força e me machucou. Ele rolou para que eu pudesse pegá-lo por trás, e comecei a arranhá-lo sem piedade até que ele me implorou para parar.

Eu me inclinei para beijá-lo e ele me interrompeu.

— Eu te dei permissão para me beijar? — ele perguntou, me estapeando com muita força.

Eu estava estupefata. Aquela não era uma trepada chata e normal com alguém do escritório. Aquilo era bem mais íntimo do que sexo normal: aquilo era tipo material para chantagem, e eu adorava.

Ele saiu do meu apartamento por volta de uma da manhã, me fazendo imaginar por que ele não saiu mais cedo, enquanto ainda tinha chance.

Capítulo 23

— Como foi seu encontro com Marcus? — todo mundo no Vestiário quis saber.

Eu não tinha certeza de por que me sentia compelida a contar a eles, mas tudo o que acontecia no Vestiário ficava no Vestiário, certo?

Se eu tivesse ouvido falar que dois de meus colegas estavam trocando tapas, teria arquivado isso sob a sigla MI — muita informação — e deixado assim. Não que eu não fosse achar isso *interessante*; apenas não acreditava em dar publicidade grátis a qualquer um.

Acho que dei muito crédito a meus colegas, porque no fim do dia aquilo tinha virado uma piada para toda a equipe.

As pessoas no Congresso eram as maiores fofoqueiras que eu já havia encontrado: eram tipo estudantes com BlackBerries e Instant Messenger. Aprendi minha lição naquele dia: não fale sobre sua vida sexual no trabalho. (A menos que você queira se tornar extremamente popular.)

Escrever sobre minha vida sexual era muito mais engraçado de qualquer maneira, especialmente agora, que eu tinha um novo personagem — quer dizer, *pessoa* — sobre o qual falar no meu blog.

Eu tinha acabado de terminar meu primeiro *post* do dia quando Janet parou no Vestiário para falar comigo.

— Como foi com Marcus depois que saí? — ela perguntou.

Tive a sensação de que ela provavelmente tinha escutado as fofocas sobre os tapas.

— Bom — respondi. — Eu realmente gosto dele.

— Gosta? — ela perguntou. — Porque se você *realmente* começar a namorar com ele, deve saber que quando se trata de sua vida pessoal, Marcus é muito discreto.

Assenti. Obviamente era um aviso para eu ficar quieta de agora em diante.

— E só para você saber — Janet acrescentou — Da próxima vez que tivermos uma vaga para uma posição de Correspondente Legislativa, eu certamente vou considerar você.

Isso soou promissor: em vez de trabalhar mais, eu talvez pudesse abrir meu caminho para o topo transando.

— Então você sairia com ele de novo se ele convidasse? — Janet quis saber.

— Claro! — respondi, e Janet voltou para a sua mesa.

Cerca de 10 minutos mais tarde, Marcus me mandou um e-mail, me convidando para sair para jantar depois do trabalho na semana seguinte. Obviamente, Janet havia dito a ele que eu estava receptiva a um segundo encontro.

— OOH, ELE GOSTA DE VOCÊ! — April disse no almoço na cafeteria aquele dia. — E você gosta dele também, estou vendo!
— Eu não! — eu disse, corando. — Ele *não* é o meu tipo de jeito nenhum! Quer dizer, achei que ele fosse *gay*, April.
— Por quê? Porque é bonito? Porque se veste bem? Estou surpresa por você ser tão preconceituosa.
— Não sei. Simplesmente tem alguma coisa estranha com ele. Talvez ele seja bi.
— Ah, pare com isso, Jackie. Marcus gosta de mulheres. Ele obviamente gosta de *você*, pelo menos.
— É, porque sou *gostosa* — gargalhei. — Meio que superficial, você não acha?
April deu de ombros.
— Não mais do que qualquer pessoa que conhecemos — ela respondeu. — Por que você está sendo tão crítica de qualquer forma? Não há nada de errado em gostar de alguém, Jackie.
Eu não tinha muita certeza se isso era verdade.
— É, mas eu não *quero* gostar de ninguém — admiti. — Marcus nem sequer bebe, April. O que vou fazer com ele?
— Ele não estava bêbado ontem à noite? — ela perguntou.
— Não — respondi. — Ele estava totalmente sóbrio.
— Uau — April disse. — Achei que as pessoas só faziam coisas esquisitas como essa quando estavam bêbadas.
— É, eu também — concordei. — Eu não faria metade das coisas que faço se não bebesse.
— Ele deve gostar mesmo de você.
— Ah, por favor! Ele estava com tesão e eu estava bêbada. Fim de papo!

— E se vocês dois se casassem? Você acha que seu senador iria ao casamento?

— Eu só conheço o cara por tipo 5 minutos, April! E o que faz você pensar que eu me casaria com um cara como Marcus? Só porque nós dois gostamos de trocar uns tapas? Ah, isso é outra coisa: Ele provavelmente vai parar de falar comigo quando descobrir sobre a fofoca que eu comecei no escritório.

— É, esse foi um grande erro — April concordou. — Não entendo por que você contou a alguém sobre isso, em primeiro lugar. Você estava *tentando* criar um problema ou o que?

— Talvez estivesse — admiti. — Você sabe o que ele me disse na noite passada? Ele disse que *sabia* que eu era um problema, que tinha uma sensação ruim a meu respeito.

— Talvez ele seja um psicopata — April presumiu. — Ou talvez ele adore um drama tanto quanto você.

— Mas não sou uma mulher fatal; sou apenas a garota da correspondência! Não é como se eu pudesse fazer qualquer coisa a ele, a não ser colocar sua cópia do *Roll Call* no lugar errado se ficar com raiva dele.

— Você poderia dar início a um escândalo sexual! — April lembrou-me. — Talvez esse fosse apenas seu jeito passivo-agressivo e bagunçado de se defender de qualquer crítica.

— Acho que é isso o que está me incomodando na coisa toda. Eu sinto como se Janet estivesse me alcovitando e não houvesse nada que eu pudesse fazer. Mas agora eu posso realmente gostar de Marcus, então agora não tenho nada do que reclamar!

— Tudo está bem quando termina bem, certo? — April perguntou. — Você provavelmente vai ter de chamá-la para madrinha quando se casar, eu acho.

— Não tenho certeza se Marcus ganha dinheiro suficiente para mim. Quer dizer, ele trabalha *aqui*, afinal de contas. Sem ofensa — eu disse, lembrando-me do namorado de April, Tom.

— Não ofendeu. Talvez Marcus venha de uma família rica como Tom — ela se gabou. — O pai de Tom é um grande contribuinte da campanha do senador.

Isso explicava como Tom conseguira um emprego tão bom no escritório do senador, e por que April se prendia a ele todo esse tempo: ele era o filho de um rico doador de campanhas. Em Washington, isso o tornava praticamente *da realeza*.

SE VOCÊ TIVESSE DE SE CASAR, deveria se casar bem, ou então por que se importar com isso? Achei que Phillip era minha escolha mais pragmática para casamento no momento: ele tinha uma casa grande, um pau grande e milhões de dólares. Por que eu não estava totalmente a fim? Não sei se conseguiria algo melhor do que ele. Quer dizer, Phillip tinha tudo.

Aquela noite ele estava me levando para uma festa de levantamento de fundos. Já que estava indo como sua namorada, ninguém tinha de saber que eu estava quebrada: quando você está de braços dados com um homem rico, *você* parece dinheiro.

Mas o que usar? Liguei para Laura pedindo conselhos. Seu novo trabalho a levava a muitos desses jantares elegantes em Georgetown.

— Phillip vai levar *você*? — ela perguntou incrédula. — Sem ofensa, mas espera-se que as pessoas levem suas *esposas* a essas coisas, não suas namoradas jovens e gostosas.

— Isso é besteira — argumentei. — Vejo homens mais velhos com garotas mais jovens o tempo todo!

— Ah é? Onde?

— Em Nova York.

— Nova York é diferente. As pessoas em Washington não gostam de pistoleiras.

— Isso não é verdade! E todas aquelas prostitutas no Café Milano?

— Que seja, Jackie. Você vai a um jantar na casa de alguma galinha velha e rica. Apenas tente se vestir de maneira conservadora.

Coloquei minhas pérolas e um vestido preto Diane von Furstenberg: um traje totalmente normal, perfeito para qualquer ocasião.

Mas me senti tímida de pé perto de Phillip naquela sala cheia de gente velha. Eu não gostava do jeito que as pessoas nos olhavam, fazendo um julgamento silencioso sobre nosso relacionamento.

— Você se importaria se eu a deixasse sozinha aqui por alguns minutos? — Phillip me perguntou. — Vi alguém com quem preciso falar do outro lado da sala.

Talvez ele se sentisse tão desconfortável quanto eu, então o deixei ir. O *bartender* ficou com pena de mim, a garota abandonada que era jovem demais para aquela festa. Ele manteve meu copo cheio e eu continuei bebendo para me livrar do tédio.

Finalmente desisti de agir como a namorada paciente e marchei pelo salão para reivindicar meu namorado. Eu o encontrei batendo papo com uma mulher bêbada que de perto parecia um duende. Ela tinha um nariz bicudo, lábios engraçados e pele ruim. A grossa camada de maquiagem que estava usando não fazia nada para cobrir as horríveis crateras que havia em todo o seu rosto.

Ela estava rindo de algo que Phillip havia acabado de dizer, colocando sua mão cheia de veias em seu ombro.

Quem era aquela monstruosidade? E por que ela parecia tão familiar?

Fiquei ao lado de Phillip, esperando ser notada.

— É minha bela Jacqueline! — Phillip exclamou, retirando a mão da mulher. — O que está fazendo aqui?

— Estava procurando a toalete — menti, sorrindo adoravelmente. — Não vai me apresentar à sua amiga?

Acabou que aquela mulher que tinha um rosto para trabalhar no rádio era, na verdade, uma correspondente jornalista na *televisão*: Hollywood para os Feios em pessoa.

— Encantada — eu disse, oferecendo a mão para que ela beijasse.

— Ela não é uma figura? — Phillip riu. — Querida, vamos almoçar um dia desses — ele disse à mulher enquanto me puxava para um salão contíguo.

Achei que ele iria me censurar por "envergonhá-lo" ou algo assim, mas em vez disso ele me beijou e me bolinou contra a parede.

Havia fotos penduradas perto da minha cabeça, e o mesmo homem aparecia em todas elas. Em uma, estava pescando com o presidente. Em outra, jogando golfe com o secretário de Estado. De quem era aquela casa? De quem quer que fosse, ele tinha o mais moderno Quadro Eu.

— Phillip! Nós deveríamos estar aqui dentro? — perguntei.

Ele me pegou e me jogou sobre seu ombro.

— Vamos trepar no sofá do cara — ele disse, me carregando pelo aposento.

— E se formos pegos? — perguntei, preocupada. — Todas as pessoas VIP de Washington estão na sala ao lado! Isso não seria ruim para a sua reputação?

— Isso, na verdade, seria *bom* para a minha reputação. Sabe, não existe publicidade ruim.

Saímos da festa bêbados e tontos, pulando o jantar para beber mais drinques no já mencionado Café Milano. Quando vi todas as pistoleiras captando o olhar de Phillip em seus reveladores vestidos de festa, desejei que estivesse usando algo mais sexy afinal de contas.

— Você gostou da festa? — ele perguntou.

— Você chama aquilo de festa? Não acredito que você pensou que eu iria me divertir com todos aqueles velhos. — Eu me interrompi, percebendo que estava me referindo ao próprio grupo de amigos de Phillip. — A não ser por aqueles últimos 15 minutos no sofá, passei momentos horríveis.

— Eu provavelmente não deveria tê-la levado lá — ele admitiu. — Mas não se preocupe, nós nos divertiremos muito em South Beach.

Já que eu não ia passar a Páscoa em casa este ano, tinha concordado em viajar com Phillip no fim de semana. Sair de férias com um estranho era sempre um risco, mas era impossível passar maus momentos em Miami. No mínimo, eu poderia me empolgar por fazer um topless e pegar um belo bronzeado enquanto estivesse lá.

— Então, como você conheceu aquela mulher horripilante com quem estava conversando? — perguntei enquanto nossos drinques chegavam.

— Argh, ela é um show de horrores, não? Eu a vejo em festas o tempo todo. Ela é a fim de mim. — Ele riu.

— Você já...

— Nããoǃ Você sabe com quem ela é casada?

— Não vamos pedir nenhuma comida — eu disse, mudando de assunto. — Vamos pedir a conta e voltar para a sua casa.

Ninguém realmente vinha ao Café Milano para comer, de qualquer jeito. Era um lugar para ver e ser visto, "a cafeteria" para as pessoas que viviam em Georgetown.

Uma morena envelhecida com um vestido decotado nos parou quando nos dirigíamos para a saída.

— Essa é a nova? — ela perguntou a Phillip, me olhando de alto a baixo.

— Olá, Penélope — ele respondeu, me empurrando para longe dela.

Saímos apressados do restaurante e voltamos para a casa dele algumas quadras adiante.

— Quem era aquela mulher? — perguntei quando saímos.

Phillip me contou a história de como ela ficou grávida de propósito, de como ela nunca o amou, como ele se casou com ela para fazer a coisa certa, como ela conseguiu a grande propriedade em Virginia, como vendeu a propriedade por dez milhões de dólares, como ainda ganhava dez mil dólares por mês de pensão, como ela ficou rica com o trabalho duro da vida dele.

— Eu me casei com uma puta — ele admitiu. — Ela é a mãe de meus filhos, mas, diabos, ela é uma puta. E você viu o que estava usando? Que piranha!

Eu não tinha certeza do que dizer em resposta àquilo. Obviamente, não sabia o suficiente sobre a situação para comentar. Quer dizer, Phillip tinha *filhos*?

Eu era coisa pouca comparada a uma mulher como Penélope, mas qual era a verdadeira diferença entre nós duas? O fato de eu ainda não ter me casado e me divorciado?

Ah, sim: eu fiz um aborto e ela, não.

Então nós subimos e trepamos como se nada tivesse acontecido. Era a única coisa que podíamos fazer para nos sentirmos melhor. Phillip sabia que não tinha nada com que se preocupar comigo. Afinal, com o tipo de coisa que ele gostava de fazer comigo, eu nunca poderia ficar grávida.

Capítulo 24

Eu tinha um monte de coisas a fazer antes de sair para Miami naquele fim de semana. Além de fazer as malas e tudo isso, tinha um encontro na hora do almoço com Fred e um encontro para jantar com Marcus. Então meu ex-namorado Kevin realmente teve a coragem de me mandar um e-mail perguntando se poderíamos nos encontrar enquanto ele estava na cidade com sua mulher.

Nós tínhamos alguns negócios inacabados, então concordei em vê-lo e cancelei Fred, dizendo a ele que aquela era minha "semana de folga".

— Não poderíamos pelo menos ficar deitados numa toalha ou algo assim? — Fred implorou no telefone.

— Ah, não! — respondi. — Espero que você não faça coisas assim normalmente, Fred. Isso é tipo um perigo biológico.

— Achei que a *próxima* semana era sua semana de folga.

Como diabos ele sabia disso? Estava em seu calendário no Outlook ou algo assim?

— Bem, veio mais cedo — menti. — Isso acontece às vezes.

— Mas não deve acontecer, se você está tomando pílula — ele argumentou. — Você *está* tomando pílula, não está?

— Não, estou *tentando* ficar grávida — respondi com sarcasmo. — Claro que estou tomando pílula! Não quero nenhuma porra de bebê.

— Odeio quando você fala assim, Jackie. Parece terrivelmente baixo nível. Espero que não fale assim com as pessoas do trabalho.

Eu queria mandar Fred se foder, mas não ousei. Você não pode falar assim com o homem que paga seu aluguel, a não ser que seja a esposa dele.

Remarcamos para a semana seguinte, e eu fiquei livre para encontrar com Kevin no hotel.

Ele e sua mulher estavam na cidade para algum seminário de legislação eleitoral no J.W. Marriott, onde estavam hospedados.

— Talvez pudéssemos conseguir um quarto do outro lado da rua no Willard — Kevin sugeriu, nervoso que sua mulher pudesse nos encontrar.

Fingi não ouvi-lo enquanto tirava as roupas, jogando-as no chão.

— Isso tem de ser rápido — ele disse, tirando as calças.

Eu sabia que Kevin gostava de fazer de quatro, então me agachei e esperei que ele encontrasse o ângulo certo, como os homens com pênis não-tão-grandes normalmente têm de fazer.

Mas eu realmente não estava ligando se íamos trepar ou não. Eu já tinha consumado o que havia ido fazer ali.

Minha calcinha fio dental estava escondida atrás da bolsa Vera Bradley da esposa dele, esperando para ser encontrada. E se ela de alguma maneira não a encontrasse, então meu cintilante pó corporal Urban Decay se revelaria: ele estava no rosto de Kevin, em seu cabelo e por toda a cama.

Se a mulher amasse Kevin de verdade, ela não se separaria por causa disso. Mas se quisesse o divórcio, esperava que conseguisse ficar com tudo.

QUANDO VOLTEI PARA MINHA mesa, havia um e-mail da recepcionista folgada do escritório da frente. Ela escreveu:

> Você pode atender os telefones para mim esta tarde? Estou num dia ruim. Obrigada!

Que merda era essa?
Dia ruim?
Por favor, piranha.

Escrevi de volta alguma besteira, dizendo a ela que eu estava superocupada fazendo meu próprio trabalho. Se eu me arrastava para o escritório todo dia, fingindo que tudo estava bem durante 8 horas, então todo mundo também tinha de fazer isso.

Aqui vai um segredo: eu odiava meu emprego.

Mas eu não desistia com facilidade. Resolvi ficar por lá até que fosse promovida, já que a única coisa pior do que ter um emprego que você odiava era procurar outro!

Sair com Marcus era em si uma promoção de fato: Quando você formava um casal com alguém no Congresso, formalizava uma aliança com eles. Eu era a namorada de alguém agora, o que me tornava alguém por associação.

Um após outro, os rumores de sexo selvagem que eu havia começado colocaram fim à especulação sobre as preferências sexuais de Marcus. Ele era um homem branco heterossexual, exatamente como todos os outros caras do escritório. O diretor legislativo não poderia mais chamá-lo de "bicha" ou "mocinha", pois todo mundo sabia que Marcus estava estapeando a garota da correspondência.

Uma vez que já tínhamos trepado, ele não hesitou em me convidar para ir à sua casa depois de me levar para jantar naquela semana. Nem eu hesitei em pular na cama com ele assim que ele me deixou entrar.

Estávamos totalmente cheios de tesão um pelo outro, e nem uma vez ele fez nada que eu achasse horrível ou misógino. Então, eu tinha de saber: ele gostava de anal?

— Não muito — ele disse. — É meio pouco higiênico. *Você* gosta?

Eu nunca havia me feito aquela pergunta.

Acho que eu gostava da "sujeira" daquilo, mas era algo que eu fazia apenas para dar prazer ao meu parceiro — e realmente dependia do tamanho do seu pênis. Era algo intuitivo em relação ao tamanho, mas os grandes machucavam *menos* do que os pequenos. (Menos golpes.)

— Você quer que eu coma sua bunda? — ele me perguntou.

— Sim — respondi. (O dele era grande o suficiente.)

— Quero ouvir você *dizer* isso.

— O que é isso? Algum tipo de coisa legal? — perguntei.

— Não, apenas *diga*.

Eu assumi a posição, levantando minha bunda para o ar.

— Por favor — eu disse, olhando para ele por sobre o ombro —, coma minha bunda.

Em vez disso, ele me fez rolar e me beijou na testa. Eu olhei para ele, incrédula.

— Vá devagar — ele disse, colocando o braço em torno de mim. — Não há nada errado. Só que eu prefiro o normal.

Eu não sabia o que pensar.

Pedi licença para ir ao banheiro e, sob cuidadosa inspeção, não vi (nem cheirei) nada errado. Que tipo de jogo esse cara estava jogando?

Eu me esgueirei de volta ao quarto, pronta para mostrar minha atitude normal de indiferença em relação aos homens com quem eu trepava, mas não pude fazer isso dessa vez: estava muito feliz por ter encontrado um cara que simplesmente preferia o sexo normal.

Quando acordei na manhã seguinte, desejei que não estivesse indo para Miami dentro de algumas horas. Depois percebi que tinha de me segurar antes que entrasse muito fundo. Um milionário com um pau enorme queria me levar para minha cidade favorita, me comer loucamente e me comprar presentes caros — mas eu queria ficar na cama com Marcus e assistir à TV o dia inteiro em vez de ir?

O que eu estava pensando? Eu era uma garota esperta, então disse a Marcus que ia para casa passar o fim de semana e peguei aquele avião com Phillip. Eu tinha de me endireitar e voar direito. (Primeira classe, claro.)

Capítulo 25

Por que todo mundo simplesmente não faz as malas e se muda para Miami? O governo, a Bolsa de Valores, tudo. Nós todos vamos simplesmente terminar nos mudando para cá quando nos aposentarmos, de qualquer forma. Por que simplesmente não acabar logo com isso? Ou pelo menos colocar uma praia artificial em Washington ou algo assim?

Eu amava a praia. Todo mundo fazia topless em Miami, então você simplesmente tinha de tirar o sutiã — ou pareceria uma piranha nervosa cheia de marcas no corpo.

Ninguém estava me olhando, de qualquer maneira. Enquanto eu podia ser uma mulher que fazia as cabeças se virarem em Washington, aqui eu era totalmente invisível: havia aquelas porras daquelas modelos em todo lugar! Elas estavam correndo na praia, jogando vôlei e nadando no mar. Desejei que eu fosse mais do tipo ativo. Pelo menos teria algo a fazer além de me atormentar constantemente com minha vida.

Ah, sim, eu sabia que eu era egocêntrica, e muito. Mas se eu não prestasse atenção em mim, quem ia prestar? Phillip é que não ia. Era como se ele tivesse me trazido até aqui apenas para olhar com desejo para as outras mulheres. Ele não conseguia parar de olhar para todos aqueles corpos bonitos.

Quando me levantei para arrumar minha cadeira, uma mulher vestida de Helmut Lang se aproximou de mim. Obviamente ela era de Nova York.

— Você gostaria de aparecer em nossa revista? — ela me perguntou.

Olhei para ela como que perguntando: *Por que eu?*

— É para a revista *Glamour* — ela disse. — Para nossa matéria de transformação radical.

— Não, obrigada — respondi, dispensando-a com a mão.

Como ela ousava sugerir que *eu* precisava de uma transformação radical? Como se eu fosse querer posar para alguma foto horrível tipo "Antes e Depois". Que humilhante!

— Espere 1 minuto! — gritei para ela. — Quanto vocês pagam?

— Nada, mas você conseguiria sair na revista *Glamour*! — ela respondeu.

— Desculpe, mas não, obrigada.

Se era para ser humilhada, devia pelo menos receber alguma coisa por isso.

— Você é uma garota esperta — Phillip disse, pegando minha mão enquanto eu me sentava. — É por isso que eu a amo.

— Que seja! — eu disse, arrancando minha mão da dele.

Como ele ousava ser condescendente comigo?

Começou a ficar nublado, então voltamos para o hotel para tomar banho e mudar de roupa para o jantar. Nós íamos ao China Grill num sábado à noite, então eu tinha de "me montar", como eles diziam em Bay Ridge; do contrário, não conseguiríamos uma mesa.

Coloquei um brilhante vestido verde de seda de Diane von Furstenberg com um decote profundo para mostrar meu novo bronzeado. Era o perfeito vestido "ninfeta com homem mais velho", e eu tinha muitos como aquele, todos comprados na esperança de viver uma vida da qual eu já tinha tido de desistir. Mike nunca me levara a lugar nenhum, e o vestido era muito extravagante para Washington, de modo que fiquei feliz por finalmente ter um lugar para usá-lo.

Sequei meu cabelo bem liso e coloquei meus grandes braceletes e brincos Kenneth Jay Lane. Ir a Miami era como o Halloween para nós, garotas ianques. Você podia ficar realmente extravagante com as *bijoux* e ninguém piscaria um olho.

Calcei minhas sandálias de saltos altos e tiras douradas e fiquei pronta.

— Você está linda! — Phillip me disse quando finalmente saí da área de vestir. — Você devia usar este vestido mais vezes.

Sorri enquanto pegava seu braço. *Esta* era a vida que eu queria levar.

APESAR DE MEUS ESFORÇOS PARA parecer o mais fabulosa possível, nós ainda tivemos de esperar uma mesa no China Grill. A competição era feroz. Modelos, estrelas de cinema, atletas, até os zés-ninguém pareciam ser *alguém*. Como eu tinha notado mais cedo na praia naquela tarde, toda mulher tinha implante nos seios e aqueles corpos perfeitos para mostrar. Elas usavam Versace e toneladas de jóias e não tinham vergonha de ser glamourosas e sensuais.

Eu simplesmente não conseguia competir com mulheres assim. Graças a Deus eu morava em Washington, onde podia relaxar e ainda assim conseguir encontros.

Quando finalmente conseguimos uma mesa, ela mereceu a espera: bem no canto, para podermos observar a sala. Phillip definitivamente estava observando tudo. Sempre que ele olhava para mim, eu tinha a sensação de que ele estava se perguntando como poderia conseguir me trocar por alguém apenas um pouquinho mais gostosa, e me mexia no assento. Que humilhação.

Onde estava aquela mulher dos coquetéis? Eu precisava de um drinque o mais rápido possível.

Como sempre, me senti melhor assim que tomei alguns coquetéis. Uma vez bêbada, não me incomodava tanto que Phillip gostasse de olhar para outras mulheres. E daí? Ele não podia evitar. Os homens simplesmente fazem isso.

Além do mais, era a mim que Phillip estaria levando de volta para Washington no dia seguinte, então não importava realmente quem ele queria comer hoje.

Phillip tinha todo o tipo de coisas interessantes para dizer quando estava bêbado, especialmente sobre o tema casamento. Eu não tinha certeza, mas achava que Phillip talvez tivesse sido casado mais de uma vez. Seus conselhos pareciam tão cínicos.

— Nunca assine um contrato pré-nupcial — ele me disse. — Se um cara pedir a você para assinar, recuse-se a casar com ele. Ele não a ama.

Eu ri com isso.

— E se *nós* nos casássemos? — perguntei. — Você não me pediria para assinar um contrato pré-nupcial?

— Sou velho demais para me casar com você — ele disse.

Fiquei meio desapontada ao ouvi-lo dizer isso, mas era verdade, e eu tinha de respeitar qualquer um que fosse capaz de me dizer a verdade de frente.

— Não tenho certeza se quero me casar — disse para Phillip.

— Claro que você quer — ele disse. — E se for esperta, vai se casar com alguém rico. Você é uma mulher bonita. Pode fazer isso.

Eu só não podia me casar com *ele*. Pelo menos eu sabia onde estava pisando.

Enquanto esperávamos a conta, Phillip me perguntou onde eu gostaria de ir "dançar" depois. Claro, eu adorava a vida noturna tanto quanto qualquer outra pessoa, mas a idéia de sair para dançar com um homem tão velho fazia com que eu me encolhesse.

— Não sei, estou muito cansada de tanto pegar sol hoje — menti.

— Bem, então eu vou sem você — ele disse. — Coloco você num táxi para que possa voltar para o hotel.

— Ah, legal — eu disse, sufocando minha ira.

Voltei sozinha para a suíte, chorei por uns 20 minutos e coloquei um jeans e uma camiseta. Depois me sentei na cama *king size* desejando que tivesse vindo para cá com alguém como Marcus. O que eu estava fazendo com Phillip afinal? Que tipo de garota deixa estranhos pegá-la na rua?

Percebi que, nos últimos meses, eu estava andando sobre uma corda muito fina.

Phillip ficou fora até as 6h da manhã, fazendo sabe-se lá o que com sabe-se lá quem. A essa altura, eu estava em Washington, de volta à cama com Marcus.

FIQUEI MUITO ALIVIADA de encontrá-lo sozinho quando apareci na sua casa no meio da noite — e ele não pediu nenhuma explicação sobre por que eu estava de volta tão cedo à cidade. Apenas presumiu que eu senti sua falta — e eu senti —, mas ainda assim havia muita coisa que ele não sabia.

Aquela era uma grande diferença entre ele e eu: ele queria acreditar que eu era uma boa pessoa, e eu queria acreditar que ele era apenas outro babaca que queria trepar comigo. Aquilo era o inferno que os trapaceiros criavam para si mesmos: eu tinha de presumir o pior sobre as pessoas porque sabia de antemão de que coisas horríveis elas eram capazes.

No entanto, lá no fundo, eu realmente era uma otimista. Apesar de tudo o que a vida havia me mostrado, eu sempre acreditava no amor: queria alguém para me tirar desses sentimentos simples que eu conhecia.

Eu era apenas outra garota estúpida esperando o Príncipe Encantado para me dar o primeiro beijo do amor verdadeiro — e me odiava por isso.

Capítulo 26

Quando Marcus e eu voltamos para o escritório na segunda-feira, me enfiei numa sala de reunião vazia para ligar para Fred e confirmar nossa agenda da semana. Ele me surpreendeu me convidando para jantar naquela noite, o que poderia significar apenas duas coisas: ou ele queria dar um fim ao nosso arranjo ou estava apenas ficando descuidado.

Soube que era a segunda opção quando ele segurou minha mão sobre a mesa no La Colline, o restaurante francês chique do Congresso. Era como se ele *quisesse* ser pego. Olhei em volta nervosamente, com medo de que alguém pudesse nos ver.

— O que há? — Fred perguntou. — Você parece nervosa.
— Você não está preocupado? — perguntei.

— Nem um pouco. — ele sorriu. — Estou apenas feliz de sair de casa e ver minha garotinha bonita esta noite.

Eu franzi a testa com isso.

— O que há de errado? — ele perguntou.

Senti como se eu tivesse de contar a ele. Se Fred podia ter uma esposa, eu podia ter um namorado, não podia?

— Você está transando com ele? — quis saber.

— *Fred* — corei. — Não faço perguntas sobre a *sua* vida sexual.

— Isso porque *você* é a minha vida sexual agora! Se você está transando com outras pessoas, tem obrigação de me contar.

— Há! — Eu ri. — Não me lembro de fazer nenhum juramento a você.

— Jackie, se estamos fazendo sexo sem proteção, você tem a *responsabilidade* de me contar.

As pessoas da mesa ao lado levantaram as sobrancelhas para nós.

— Tenho? — perguntei. — Não há lei que diga que eu tenho.

— Sim, você tem, de verdade! Você tem uma responsabilidade *legal*. Se me passar uma doença, posso processar você. Há precedente legal...

— Então me processe — discuti com ele. — Faça isso, eu desafio você!

Estávamos oficialmente "fazendo uma cena", então me levantei da mesa e saí do restaurante.

Não apreciei ser ameaçada por processos e ser acusada de ter DSTs. De onde isso estava vindo, por sinal? Fred era *ciumento*?

Andei até em casa para esfriar a cabeça, arruinando meus saltos Gucci. Aqueles sapatos eram feitos para entrar e sair de limusines, não para andar até em casa sozinha.

Eram apenas 21 horas, mas eu estava cheia daquele dia. Fui para a cama cedo, colocando assim um fim nele.

Claro, não consegui dormir. Fiquei deitada acordada, me perguntando se devia ligar para Marcus.

Então ouvi alguém à porta e uma chave virando na fechadura. Só podia ser Fred (Ele era a única outra pessoa que tinha a chave.)

Fingi estar dormindo quando ele entrou no meu quarto. O que ele ia fazer? Me matar?

Vá em frente, pensei. *Me faça ganhar o dia.*

Eu não disse nada quando ele tirou as roupas e veio para minha cama. Fiquei deitada sem me mexer enquanto ele subia e se enfiava em mim. Aparentemente, Fred não estava tão preocupado com DSTs como fingia estar.

Ele me deu um beijo de boa-noite e outro envelope antes de ir para casa. Fred havia me dado aproximadamente vinte mil dólares em dinheiro desde que nosso arranjo começara, mas foi a primeira vez que realmente me senti uma prostituta. Até então, acreditava que era apenas uma garota muito sortuda, que estava no lugar certo, na hora certa.

Sim, eu havia andado numa fronteira muito fina nos últimos meses, mas não em troca de nada: eu tinha um emprego, meu próprio apartamento, muito dinheiro para gastar e mais homens do que podia administrar — um dos quais eu realmente *gostava*.

Obviamente eu estava sendo recompensada por meu comportamento, e mesmo que minha vida não fosse perfeita, eu estava conseguindo o que queria. Talvez eu quisesse todas as coisas erradas, mas estava tão preocupada perseguindo toda essa merda, que às vezes esquecia qual era a diferença entre o certo e o errado.

NO TRABALHO, OS RUMORES SEXUAIS haviam finalmente cedido, para meu grande alívio. Eu me sentia horrível por ter traído a confiança de Marcus tão cedo em nosso relacionamento, mas ele apenas dava de ombros.

— Eu sabia que isso ia passar rapidinho — ele me disse. — As pessoas no Congresso estão muito ocupadas prestando atenção em si mesmas para prestar atenção em qualquer coisa que nós estejamos fazendo.

— Então você não está com raiva? — perguntei.

— Você está brincando? Esse tipo de coisa acontece muito mais do que você pensa — Marcus me disse.

— Mesmo? Tipo o quê? — quis saber.

— Se eu algum dia quiser começar uma campanha de difamação, você será a primeira pessoa para quem vou contar.

Revirei os olhos e liguei para April do meu celular. Ela queria conhecer Marcus, então disse a ela para nos encontrar no Lounge 21.

Aquilo foi importante (para mim, pelo menos). Eu não costumava apresentar caras para minhas amigas com muita freqüência. Por que forçá-las a falar com algum babaca que eu apenas iria chutar de qualquer forma?

Mas dispensar Marcus? Aí eu teria de encontrar outro emprego — não, obrigada!

— Ouvi falar tanto em você! — April disse, quando eu os apresentei.

— É, você e todo mundo. — Marcus riu.

— Ah, você sabe como nós, mulheres, gostamos de falar. Nós somos terríveis!

A garçonete chegou para pegar nossos pedidos de bebidas.

— Vou tomar um club soda — Marcus disse depois que April e eu pedimos vinho.

— Um club soda? — April perguntou. — Ah, certo. Você não bebe. Jackie escreveu algo sobre isso no blog dela.

Dei-lhe um chute por baixo da mesa.

— Você tem um blog? — Marcus me perguntou. — Sobre o que você escreve?

— Hum, eu não tenho um blog de verdade — menti. — April só estava brincando.

Lancei para April um olhar que dizia: *É melhor você me garantir nessa*. Esse deslize dela poderia me colocar em grandes problemas.

— É, eu só estava brincando! — April repetiu. — Devia estar pensando em outra pessoa. Jackie não tem um blog! Ela não é uma *nerd* de computadores nem nada.

Marcus pareceu aturdido.

— Se você tem um blog, eu adoraria lê-lo — ele me disse.

— Eu *não* tenho um blog! — insisti. — Se tivesse, contaria a você, não contaria? Não que eu tenha algo interessante para escrever, por sinal.

Eu era uma porra de uma mentirosa. Mas Marcus acreditou. Chutei novamente April sob a mesa quando ele foi ao banheiro dos homens, com bastante força desta vez.

— Sua piranha! — sibilei por sobre a mesa. — O que você estava pensando exatamente?

— Desculpe! Escapou! — ela recuou.

— Ele acaba de me perdoar por espalhar a história dos tapas! Não quero brincar com a sorte!

— Ah, não se preocupe, Jackie. Você devia ver o jeito que ele olha para você. Ele se sente sortudo por ter encontrado você.

— Sortudo — bufei. — Tá, certo.

Marcus provavelmente era o cara mais sem sorte do mundo. Eu era uma mulher vaidosa, arrogante e egoísta, que mentia e traía para seguir com sua vida, um desastre em pessoa.

Mas ele não tinha de saber nada disso. Suspeitava que eu era um problema, mas via algo em mim e acreditava que eu valia o risco.

Eu queria mostrar que ele estava certo. Porque eu *valia* mesmo o risco.

SAÍ DO BAR DE MÃOS DADAS com Marcus enquanto andávamos até o Capitólio para ver o pôr-do-sol. Todas as pessoas normais tinham de se satisfazer com a vista que tinham de seu próprio terreno, mas nós éramos especiais: Nós tínhamos identidades.

É aqui que trabalhamos — pensei. — *É onde nos conhecemos*.

Dos degraus do Capitólio, podíamos ver tudo: os monumentos, os memoriais, as cerejeiras em flor no vale do Tidal Basin.

Deus, em que cidade bonita nós vivíamos. Você realmente podia acreditar em toda aquela besteira de "cidade brilhante sobre uma montanha" quando tinha crachás especiais que permitiam que você visse coisas como aquelas.

Todo casal do Congresso precisa dar aquele primeiro beijo nos degraus. Nada pode se comparar a isso, jamais. *Eu nunca vou ter um momento romântico tão perfeito como este pelo resto de minha vida. Eu posso simplesmente atirar em mim mesma agora,* pensei.

Claro, eu podia voltar lá com algum outro cara e tentar recriar a experiência, mas simplesmente não seria a mesma coisa. Só podia haver uma primeira vez, e era esta.

O que eu estava fazendo, de pé ali com Marcus, segurando sua mão? Subitamente, senti-me como a pessoa mais idiota nos Estados Unidos. Eu tinha de sair dali o mais rápido possível.

— Jackie, o que há de errado? — Marcus perguntou, correndo atrás de mim degraus abaixo.

— Tenho de ir ao banheiro — menti.

— Ei, espere 1 minuto! — gritou ele, atrás de mim.

Eu parei e me virei para olhar para ele.

— Isso é maravilhoso! — ele disse.

— O que é maravilhoso? — perguntei.

— Como você corre tão rápido com esses saltos? Estou impressionado!

Ele estava falando sério e, não sei por que, fiquei lisonjeada por ele ter notado minha proeza sobre saltos altos. Provavelmente era o cumprimento mais sincero que eu recebia em muito tempo.

Eu não sabia por que era tão difícil para mim gostar de alguém. Não era tão ruim assim, afinal de contas.

Nós começamos a dormir juntos todas as noites depois disso. Uma semana se passou, e eu percebi que era o tempo mais longo que eu tinha sido monogâmica desde meu noivado com Mike.

Eu sabia que sete dias não era tanto tempo assim, mas para mim significava algo. Eu estava pronta para isso — e queria deixar tudo em meu passado ir embora.

Parei de sair com minhas amigas, dizendo-lhes que estava ocupada com Marcus sempre que elas me ligavam no celular.

— Suas amigas vão me odiar — ele disse em nossa oitava noite seguida. — Tem certeza de que não seria melhor você sair hoje? Você provavelmente está enjoada e cansada de ficar em minha casa chata.

— Você está brincando? — eu disse. — Você tem HBO. Além do mais eu prefiro muito mais ficar com você do que ficar bêbada e transar com algum babaca qualquer de Washington.

— É isso o que você faz? Neste caso, você nunca vai sair com suas amigas de novo.

— Bem, minha melhor amiga, Naomi, virá para a cidade esta semana, e vou levá-la para sair, quer você goste ou não. Ela vai ficar em minha casa, então posso acabar não vendo você por alguns dias.

— Vejo você no escritório, não?

— Posso ligar dizendo que estou doente enquanto Naomi estiver aqui. Promete que não vai contar a Janet? — implorei.

— Ao contrário de você, consigo guardar um segredo — Marcus provocou. — Apenas tome cuidado quando sair.

— Já estou tomando conta de mim mesma há algum tempo agora, Marcus. Não se preocupe comigo.

Capítulo 27

Naquela quarta-feira, levei Naomi ao Saki. Ela simplesmente tinha de ver como aquele lugar era ridículo, e agora eu tinha privilégios na fila, o que significava apenas uma coisa: eu havia passado muito tempo nas boates de má qualidade de Washington.

Éramos April, Laura, Naomi e eu. E uma dupla de clientes de Laura, dois homens de meia-idade que pareciam totalmente excitados por estarem lá. April os estava mantendo entretidos dando-lhes cerejas de coquetel na boca.

— O DJ aqui é totalmente sacal — Naomi reclamou enquanto "Smells Like Teen Spirit" tocava. — Alguém usa drogas aqui alguma vez ou o quê? Parece que todo mundo só gosta de beber.

— Acho que podemos ser as únicas pessoas que usam drogas aqui — Laura disse a ela — Ninguém está dando bandeira, a não ser nós.

— O que você tem? — perguntou Naomi.
— Tudo a que temos direito agora é coca — Laura replicou.
— Uau. Isso é patético. Aqui, tome um Vicodin — ela disse enquanto os repartia na mesa sem nenhuma discrição. — Este é o problema dessa porcaria de cidade. Não há drogas suficientes!

Laura pareceu horrorizada quando seus clientes examinaram os comprimidos em formato oblongo. April sorriu e colocou um na boca, e eles fizeram o mesmo.

— *Merda* — Laura murmurou. — Estou totalmente demitida.

— Não se preocupe, querida — Naomi disse a ela. — Eles vão adorar!

QUATRO HORAS MAIS TARDE, eu estava sentada na calçada imunda e nojenta na frente do Pizza Mart. Minhas amigas estavam sentadas lá dentro, comendo grandes e asquerosas fatias de pizza. Até Naomi, que normalmente se recusava a comer qualquer pizza que não fosse feita à mão e à sua vista, havia sucumbido ao desejo pós-Saki de uma Fatia Jumbo.

A única coisa mais nojenta do que comer uma daquelas coisas era observar *outras* pessoas comê-las, especialmente as bêbadas. Fiquei sentada ali, de top Marc Jacobs e minissaia, olhando enquanto as pessoas enfiavam fatias gordurosas na boca.

Depois notei um monte de gente se juntando em volta de mim.

Para que todos eles estavam olhando?

Percebi que minha roupa de baixo devia estar à mostra, mas não liguei.

Depois me lembrei que não estava usando roupa de baixo.

Dane-se. Mesmo assim eu não estava ligando.

Minhas amigas me cataram e me colocaram num táxi.

— Capitólio — eu disse ao motorista. — Pennsylvania com Fifth Street, Southeast.

— Merda! — ele praguejou.

Você poderia pensar que ele ficaria feliz por eu morar tão longe. Assim ele poderia me cobrar uma taxa mais alta, certo? Mas eu não tinha idéia de como essas coisas funcionavam.

Washington tinha um "sistema de zonas" muito louco para determinar preços de táxi. Eu nunca me importei em descobrir qual era. Aquilo parecia uma besteira completa para mim. Tipo, as zonas pareciam totalmente arbitrárias. Quer dizer, como é que você podia sequer saber em que zona estava? Pensei que deveria haver placas em toda a cidade para deixar as pessoas saberem: "AGORA VOCÊ ESTÁ DEIXANDO A ZONA 6. BEM-VINDO À ZONA 7."

Eu estava dizendo isso tudo ao motorista, mas ele não parecia apreciar meu esforço de estabelecer conversação, então desisti. Reclinei-me no assento de couro fedorento e fechei os olhos.

— Não durma aqui! — o motorista gritou comigo.

Assustada, pedi desculpas.

— Desculpe! Desculpe! — e fiquei sentada ali, sem falar, sem dormir.

Escutei um pouco do programa Nação do Islã que ele estava ouvindo no rádio e olhei para fora da janela do carro. Estávamos indo na direção da parte "ruim" da cidade, na qual nenhuma pessoa branca parecia morar — uma parte de Washington em que eu havia passado apenas de carro. Não parecia tão ruim, exceto pelo fato de que não havia cafeterias Starbucks.

— Você já esteve neste bairro antes? — o motorista me perguntou.

— Não — respondi, imaginando por que ele estaria me perguntando aquilo.

— Você sabe onde está?

— Na verdade, não.

— *Alguém* sabe onde você está?

Por que ele estava me fazendo aquelas perguntas totalmente fodidas?

Notei que as portas estavam trancadas, mas depois senti que estava sendo racista ao pensar que o cara queria me provocar algum tipo de dano. Talvez ele estivesse apenas tentando conversar.

Encontrei meu celular e liguei para April, mas ela não atendeu. Nem Naomi.

— Não fale no telefone, droga! — o motorista gritou comigo.

— Você está falando sério? — perguntei.

Ele desceu do táxi. Que diabos ele estava fazendo?

Olhei em volta para tentar ver algum tipo de identificação para que eu pudesse saber o nome dele ou algo assim. Quando tudo terminasse, eu planejava reportar aquilo à Comissão de Táxi do Distrito de Columbia o mais rápido possível.

Mas não havia nada que indicasse que aquele carro era sequer um táxi. Era apenas o carro de algum cara maluco!

— Você e suas amigas piranhas bonitas acham que todo rosto moreno dirigindo um carro é seu próprio serviço pessoal de limusine? — ele perguntou, me puxando para fora de seu carro, que eu percebi que de fato não era um táxi.

Pensei naquilo. Minhas amigas haviam apenas corrido para o carro dele, aberto a porta de trás e me jogado no assento? E eu havia apenas gritado um destino quando entrei? Supunha que sim. Mas por que ele não tinha me chutado para fora do seu carro naquela hora? Ele estava tentando me ensinar algum tipo de lição?

Eu estava com medo até de olhar para ele.

— Desculpe — eu disse enquanto meu telefone começava a tocar.

Ele franziu a cara para mim enquanto escutava meu toque "Push It".

— Não ouse atender este telefone!

— Desculpe! Desculpe!

— Você acha que é muito bonita, não é, com essa roupa de puta, andando por aí às 4h da manhã. Seus pais sabem onde você está agora? Você devia ter vergonha de si mesma!

Eu estava estupefata. Ninguém — nem mesmo meus pais — jamais tinha falado comigo daquele jeito antes em minha vida. Meus pais nunca desaprovavam nada que eu fizesse porque eles me amavam. Além disso, eu era adulta: podia fazer o que quisesse.

Olhei para baixo, vendo o que estava vestindo. No total, minha roupa devia ter custado mais de mil dólares. Mas eu tinha de admitir, eu meio que parecia uma puta.

Estava com 25 anos, mas parecia e me comportava como uma daquelas "adolescentes descontroladas" do *The Jerry Springer Show*. Talvez eu ainda precisasse crescer um pouco.

Deus, que estraga prazeres. O homem saiu correndo em seu carro, me abandonando num bairro que eu não conhecia. As ruas estavam escuras e vazias, mas não assustadoras. Eu já havia visto piores. Tente o Marcy Projects, no Brooklyn, às 4h da manhã. (Não pergunte.)

Conferi meus recados, e uma garota gritando (Naomi) informou que estava no Grand Hyatt com alguns jogadores de hóquei.

Por que eu era sempre a excêntrica? As pessoas deviam achar que eu *gostava* de ser alienada. Talvez elas pensassem que isso me fazia sentir especial ou algo assim.

Fodam-se essas piranhas, elas quase me mataram.

Sem saber mais o que fazer, liguei para Marcus.

Claro, ele veio me resgatar.

— Meu Deus! O que aconteceu? — ele perguntou enquanto eu subia no jipe. — Você está doidona agora?

— Não! — menti.

Marcus suspirou.

— Não vou contar a Janet — ele disse. — Agora me conte a verdade. O que você tomou?

— Vicodin — admiti. — Você já experimentou?

— Não uso drogas, Jacqueline.

— *O quê?* Você está mentindo!

Ele sacudiu a cabeça, negando.

— Você tem 35 anos e nunca tomou um Vicodin? — perguntei, incrédula. — Fala sério!

— Boa noite, Jacqueline — Marcus disse quando parou na frente do meu prédio.

— Você não vai subir? — perguntei. — Estou legal e relaxada por causa das drogas. Você sabe o que *isso* significa!

Ele me lançou um olhar que parecia de pena.

— Durma um pouco, Jackie. Ligue para mim quando estiver se sentindo melhor.

Saí do carro e o observei ir embora, me dispensando por estar tão drogada e ser tão vagabunda. Era o que eu era, certo? Não espanta que ele não quisesse entrar.

AS GAROTAS E EU ESTÁVAMOS tão cansadas para fazer qualquer coisa naquele dia que estacionamos numa mesa do lado de fora do Signatures e observamos o desfile de idiotas noturnos marchar pela Pennsylvania Avenue.

O tempo quente trouxe para fora os corredores sem camisa que desavergonhadamente colocavam seus torsos à mostra sob o pretexto de testes cardiovasculares.

— Isso é fantástico! — Naomi observou. — Washington é tipo a cidade mais gay de todas. Olhe para eles!

Um monte de homens sem camisa com shorts brilhantes, coloridos e curtos passavam pelo restaurante, ofegantes e suados.

— Ei, coloque uma roupa! — Naomi gritou para eles.

— Naomi! — April ralhou com ela. — Você está nos envergonhando!

— E daí? Esses caras realmente pensam que é apropriado correr por toda a cidade assim? É horrível.

— Exercícios são tão *vulgares* — concordei. — Todo esse bufar e soprar. Não acredito que as pessoas realmente fazem isso em *público*.

— Eu sei o que devemos fazer! Devemos andar até o L'Enfant Plaza e olhar para os caras bonitos do skate — April sugeriu.

Todas concordamos que era uma maneira perfeita de passar nossa noite com baixa energia.

— Essas calçadas! — Naomi reclamou quando começamos a andar. — Elas estão rasgando as solas de meus Loubous novos! Não podemos pegar um táxi ou algo assim?

— Vamos apenas pegar o metrô — April sugeriu, apontando para a entrada da estação do National Archives — Navy Memorial.

Esqueci de ensinar a Naomi o procedimento de usar escadas rolantes em Washington. Se você era uma piranha preguiçosa como nós, devia ficar no lado direito da escada. Mas se você fosse um babaca Tipo A, preferiria escalar as escadas à esquerda.

Uma dessas pessoa ocupadas e importantes bateu em Naomi com sua maleta do notebook enquanto a espantava para fora do seu caminho.

— Preste atenção, babaca! — ela gritou enquanto ele descia a escada.

— Fique à direita da próxima vez! — ele gritou de volta.

— Foda-se que você está com pressa! Vou empurrar você escadas abaixo, seu filho-da-mãe!

Ele não sabia que nunca se deve responder a uma nova-iorquina? Todo mundo na estação de metrô parou e nos encarou: as pessoas subindo pela escada, as pessoas comprando cartões de alimentação nas máquinas, e o oficial da Polícia do Metrô, que nos esperou no pé das escadas.

Ele entregou a Naomi uma citação por perturbação da paz.

— Nunca mais volto aqui! — ela declarou. — Foda-se essa cidade fodida e todo mundo que mora nela!

FUI A CHINATOWN com Naomi para ficar em sua companhia enquanto ela esperava seu ônibus chegar naquela noite.

— Queria que você voltasse para Nova York comigo — ela disse. — Podíamos morar juntas de novo, como naquele verão em Williamsburg. Não foi divertido?

— Sabe, Marcus é de Williamsburg — eu disse a ela.

Ela pôde ver pelo jeito ansioso em meu rosto que eu devia estar me apaixonando.

— Oh, meu Deus — ela disse. — Você *gosta* dele!

— É, acho que gosto — admiti.

— O que você está, desesperada? Ele não é um esquisitão ou algo assim? Quer dizer, você achou que ele era *gay* em determinado momento, não achou?

— E se ele for um pouco estranho? Ele é de Nova York.

— Você não consegue ver o que está acontecendo aqui? — Naomi perguntou enquanto o ônibus parava à nossa frente. — Você está sozinha em DC, então você se apaixona pelo primeiro cara que trata você com um mínimo de respeito nesta cidade. Meu Deus, achei que você fosse mais inteligente!

Ela subiu no ônibus, me deixando ali para pensar se ela estava certa. Talvez eu *estivesse* desesperada. Como eu podia estar apaixonada por Marcus? Na melhor das hipóteses, estava apenas cega de encantamento e logo a fascinação iria se evaporar. Depois eu teria de começar tudo de novo com um novo namorado *e* um novo emprego.

Voltei para meu apartamento e me deitei na cama, sem saber o que fazer comigo mesma. Eu podia me imaginar passando a vida inteira assim, deitada sozinha na cama. Não seria tão ruim. Eu podia ligar a TV, assistir a quantos programas quisesse. Não teria de ouvir ninguém roncar, nem sentir o cheiro de seu hálito fedido, nem escutá-los reclamar de seus empregos chatos.

Eu podia ter um cachorro. Como Harry Truman havia dito, "Se você quer ter um amigo em Washington, deve comprar um cachorro."

E eu sempre podia me masturbar quando quisesse. Essa é uma coisa de que eu sempre havia gostado, e também era boa nisso.

Não, ninguém ligava para mim, e eu não ligava para ninguém. Fodam-se todos.

Aí meu telefone tocou. Era Marcus.

— Ei, onde você está? — ele perguntou.

— Estou dando uma volta — menti.

— Não está ficando tarde? É quase meia-noite.

Graças a Deus. Outro dia mais perto da morte.

— Você quer que eu vá aí? — ele perguntou.

Sem hesitar, eu disse que sim.

Deve ter sido alguma urgência biológica irresistível formar um par perfeito. Ou isso ou eu realmente gostava do cara e não queria terminar sozinha assistindo à TV com meu cachorro e me masturbando.

Capítulo 28

Não havia uma boa maneira de terminar meu arranjo com Fred. Senti como se o estivesse abandonando de alguma forma. Ele obviamente precisava de alguém para conversar, algo para aguardar. Eu estava tirando isso não apenas dele, mas também de mim mesma.

Eu não podia mais trepar com Fred durante minha hora de almoço se algum dia quisesse ter um relacionamento normal com Marcus.

Teria gostado de ficar amiga de Fred, mas duvidava que ele quisesse um relacionamento não-sexual comigo. Ele já tinha um assim com sua mulher.

— Fred, isso ainda está funcionando para você? Quer dizer, você ainda gosta disso? — perguntei a ele numa tarde em meu apartamento.

— Claro — ele respondeu. — Por que não gostaria?

Dei de ombros enquanto ele se sentava na cama perto de mim.

— Por que você está falando isso? — quis saber, deslizando as alças de meu sutiã para fora de meus ombros.

Dei de ombros de novo.

— Então, como é o seu novo namorado? — ele perguntou.

— Não sei. Como é a sua mulher? — eu atirei de volta, me levantando da cama.

Ele não respondeu.

— Pare de me perguntar sobre Marcus — falei. — Não me faça sentir culpada por ter contado a você.

Fiquei ali de pé, esperando que ele quisesse desistir de mim se eu começasse a agir como uma cachorra com ele.

— Isso não é mais divertido, é? — perguntei a ele finalmente.

— Você é jovem — ele disse. — Você ainda pode se apaixonar pelas pessoas, mas eu não.

— Não percebi que você estava me pagando para permanecer solteira!

Pedi desculpas e fui ao banheiro para me recompor. Olhando no espelho, pensei comigo mesma: *Jacqueline, você é legal. Não é seu trabalho fazer outras pessoas felizes.*

Pelo menos, não era mais.

Saí do banheiro determinada a não deixar mais que Fred me afetasse de jeito nenhum. Eu finalmente ia terminar tudo.

Ele me agarrou pela cintura e beijou o topo de minha cabeça.

— Seu aniversário está chegando, não está? — perguntou.

Não consegui acreditar que ele tinha se lembrado.

— Comprei algo para você — ele disse —, mas é surpresa.

Era uma surpresa. Fiquei impressionada por ele ter se lembrado do meu aniversário. Isso significava que eu tinha de vê-lo novamente, certo? Não era essa a coisa certa a fazer? O que eu havia decidido antes? Merda, eu não podia mais discernir entre o certo e o errado. Tudo estava ficando muito confuso.

Eu tinha de olhar para o ponto principal: presente de graça (provavelmente caro) e outro envelope de dinheiro. Eu podia deixar aquilo rolar por mais algum tempo. O que era uma semana a mais? Ambos íamos queimar no inferno de qualquer forma, certo?

Concordei em encontrá-lo na tarde do meu aniversário, em nosso local favorito, o Hotel George. Ele disse que poderíamos pedir serviço de quarto, com champanhe e tudo.

Quem havia pedido a ele para ser tão gentil, por sinal?

Eu planejava jantar com Marcus na noite de meu aniversário, então April e Laura me levaram ao Palm na noite anterior.

— Vou parar com meu blog — April anunciou durante a sobremesa. — Acho que está me levando a fazer coisas loucas só para que eu possa escrever sobre elas, tipo trair Tom.

Eu sabia exatamente o que ela queria dizer.

— Toda vez que faço algo, penso comigo: *Vale a pena colocar no blog?* É uma doença — falou.

— É, eu também devia parar — Laura concordou. — Eu não posto nada há semanas, de qualquer forma. Meu novo trabalho é uma loucura. No setor privado, você realmente tem de *trabalhar* para viver. Deus, eu sinto falta do Congresso!

— Mas não deixe seu blog, Jackie! Preciso de algo para ler quando estiver entediada — April me disse.

Franzi a testa, me ressentindo da idéia de que minha vida tivesse se tornado diversão para as pessoas. E se eu algum dia sentisse algo sério por alguém e resolvesse me assentar? Se isso acontecesse, sobre o que eu escreveria? Sobre o quanto minha bunda estava ficando gorda e que programas de TV nós gostávamos de assistir? Vida tediosa, blog tedioso.

— Nós devíamos tentar ganhar dinheiro com seu blog de alguma maneira — Laura sugeriu. — Tipo colocar anúncios nele ou algo assim.

— Não sei — eu disse a ela. — Não é realmente tão interessante assim, é?

— Sexo vende — April me lembrou. — Você sabe disso!

Revirei os olhos.

— Mas nós teríamos de promovê-lo de alguma maneira para conseguir muitas visitas e essas coisas — lamentei. — Teríamos de preparar algum tipo de plano de negócios. Eu realmente não quero entrar em tudo isso agora.

— Mas isso poderia levar a outras coisas! — argumentou Laura. — Você poderia conseguir sua própria coluna no jornal ou um trabalho numa revista. Você realmente quer passar o resto de sua vida cavucando correspondência no Congresso?

Dei de ombros. Eu odiava meu trabalho, mas se ele significava que eu ia ver Marcus todo dia, então não parecia tão ruim. Claro, eu jamais admitiria isso para minhas amigas. Tinha uma imagem a manter.

— Acho que seria bacana — falei —, mas eu ia querer mudá-lo um pouco primeiro. É muito embaraçoso para consumo público.

— Não, acho que você devia deixá-lo exatamente como está — April argumentou. — Acho que as pessoas iriam se ligar na honestidade dele.

— Talvez, mas eu não teria problemas no trabalho? E quanto a Marcus?

— Seu nome não está em lugar nenhum no blog — Laura disse. — Se alguém descobrir que é você, apenas negue, negue, negue. Seu escritório não ia querer fazer barulho em torno disso, também. Má publicidade. Você os teria entre a cruz e a caldeirinha.

— Não posso ferrar com meu escritório assim. Apenas esqueçam essa idéia louca.

— Ah, por favor! Seria divertido! — Laura implorou. — Você devia ir nessa!

— Você é a única de nós que tem peito pra fazer algo assim — April disse. — O que você tem a perder?

Elas estavam falando sério. Elas nem ligavam para o fato de eu ter uma vida aqui também?

— Gosto da minha vida como ela é — eu disse a elas. — Além do mais, se fôssemos levar isso a sério, teríamos de fazer direito: teríamos de dormir com o maior número de pessoas possível no Congresso e fazê-las fazer todo tipo de coisas pervertidas conosco. Teríamos de fazer com que nos contassem seus segredos, qualquer fantasia que pudessem ter, e depois postaríamos as histórias e envergonharíamos a merda de todo mundo!

— Seria um pandemônio — April presumiu. — O governo talvez até tivesse de fechar por alguns dias!

— Nós temos de fazer isso! — Laura se entusiasmou.

— Eu só estava brincando — falei. — Mas se vocês gostam da idéia, por favor, sintam-se livres para usá-la!

Bem nessa hora meu celular tocou. Era Marcus, perguntando se eu precisava de uma carona do restaurante para casa.

— Ele quer dormir comigo hoje — eu cantarolei.

— Ou você vai se casar com ele ou vai acabar tendo que sair do emprego — April presumiu. — Esses são realmente os dois únicos resultados previsíveis.

— Não seja tão agourenta — eu disse, mas sabia que ela estava certa.

Agradeci às garotas pelo jantar e esperei do lado de fora, tentando imaginar o que seria a vida de casada com Marcus, mas não consegui formar nenhuma imagem. Tudo o que eu podia ver em minha mente era o olhar de Mike quando cheguei em casa de meu encontro com Kevin. Era um presságio de desapontamento em meu futuro.

Meu telefone tocou de novo. Era Dan, entre todas as pessoas. Não nos falávamos havia semanas.

— O que você está fazendo? — ele perguntou. — Posso dar uma passada aí hoje?

— Hum, acho que não — respondi.

— Por quê?

— Não preciso trepar com o mesmo cara que outra mulher.

Disse a ele que sabia sobre Laura, a estagiária e sua má reputação no Congresso.

— O que, você está com ciúmes? — ele perguntou.

— Ah, Dan. Não seja tão provinciano — esnobei.

Ele riu com isso, mas eu estava falando sério.

— Então não podemos mais sair juntos? — perguntou.

— Bem, se não estamos trepando, então realmente não há motivo para sairmos, há? — respondi. — Além do mais, estou saindo com um cara do escritório.

Expliquei o que havia se tornado público desde nossa última conversa.

— Seu escritório realmente parece perturbado. Você devia ser muito cuidadosa em relação a sair com alguém com quem você trabalha — Dan me alertou.

Claro, ele sabia disso.

Desligamos quando Marcus chegou em seu jipe. Como sempre, ele saiu do carro, abriu a porta do passageiro para mim e ficamos de mãos dadas por todo o caminho até o meu apartamento.

Esta era a vida que eu queria levar, mas no dia seguinte eu ia encontrar Fred no Hotel George.

ELE TINHA RESERVADO O "Pacote Romance no Capitólio", que vinha com uma garrafa de Pol Roger Brut no quarto. Eu devia a ele a cortesia de manter este encontro, apesar de ter feito sexo matinal com Marcus apenas algumas horas mais cedo. Esta *tinha* de ser a última vez, porque eu não podia manter isso por mais tempo.

Apenas mais uma vez, e é isso, disse a mim mesma.

Eu tinha dito isso tantas vezes sobre tantas coisas diferentes em minha vida. Mas esta era a primeira vez que eu falava sério.

— Algo errado? — ele perguntou enquanto enfiava.

— Não, está bom — respondi.

— Tem algo diferente. Acho que você não está ficando molhada.

— Estou, tipo, legal — falei, mas algo *estava* diferente.
Eu não podia parar de pensar em Marcus, e isso era *muito* errado. Eu estava fazendo a Fred um favor e tanto, não estava? Bebendo o champanhe que ele havia comprado para mim, deixando que ele me chupasse, pegando seu dinheiro depois. Ah, e a echarpe Hermés que ele comprou para mim de aniversário? Eu só a peguei porque estava tentando fazer a coisa certa por *ele*.

Desejei que as coisas pudessem ter sido diferentes para nós: éramos ambos pessoas muito infelizes. Mas agora eu tinha Marcus, e Fred sempre teria muitas novas garotas para escolher nesta cidade.

Capítulo 29

Tomei um banho e voltei para meu escritório, pronta para investir numa sólida tarde de catalogação de dados. Sentei-me à minha mesa para encontrar uma Mensagem Instantânea de April.

> AiMeuDeus você ficou famosa!
> Washingtoniana está no blogette!

Imediatamente comecei a me cagar de medo.
Um clique do mouse no Internet Explorer abriu o Blogette.com (Eu tinha definido como minha página inicial). Era isso o que dizia:

Uma Garota Em Busca de Nosso Próprio Coração

(Ela Com Certeza Vai Conseguir a Publicação
de um Livro a Partir Disso)

Não parecia uma coisa tão ruim. Continuei lendo:

> Nossas fontes dizem que Washingtoniana trabalha para um senador do Meio-Oeste... e não poderíamos estar mais orgulhosas.

Depois eu vi isso naquele azul de hipertexto. O link para meu blog.
Fodeu.
Mais um clique do mouse, e eu estava olhando para "Washingtoniana" como eu jamais a havia visto antes: através dos olhos de um estranho.

As coisas que eu havia escrito sem qualquer pretensão para minhas amigas íntimas subitamente estavam sendo lidas por todo tipo de pessoas estranhas, e eu não podia fazer com que parassem. Os tapas, o sexo anal, a questionável troca de dinheiro. Minha cabeça voava.

Eu mantinha a página de controle do meu blog minimizada para fácil acesso, para poder postar quando quisesse. Um clique de mouse no ícone de "MUDAR CONFIGURAÇÕES", depois um clique no botão que dizia "Deletar este Blog" (*diabos, sim!*), e meu blog havia sumido.

Mas isso era muito pouco — e muito tarde.

Era apenas uma questão de tempo até que algum nerd responsável resolvesse re-postar a coisa. Estava determinado. Mas e daí?

Imaginei que a identidade da "Washingtoniana" e de seus amigos masculinos poderia se transformar em algum jogo de salão do Capitólio (jogado via Instant Messenger, claro), mas *meu* nome jamais apareceria: eu não era ninguém ali. Talvez ninguém descobrisse, talvez nada acontecesse.

Obviamente este era apenas meu pensamento esperançoso: eu não queria acreditar que minha vida poderia escorrer por entre os dedos assim, por causa de algo tão estúpido, porra.

Então a porta do escritório se abriu.

Era Janet.

Ela ficou na porta, me encarando.

Subitamente fui confrontada com uma cópia de meu blog. Janet o segurava à minha frente, me olhando de cara feia.

Olhei para ele sem acreditar. Nunca o havia visto impresso em papel assim antes. Como era estranho que *Janet* tivesse uma cópia e eu não! Aquilo era como alguma coisa que tivesse saído de um sonho ruim, de um pesadelo como aqueles que todos tínhamos sobre ir para a escola e descobrir que estava sem roupa.

Eu nem conseguia olhar para ele, de tão envergonhada.

— SUA MERDINHA! — berrou Janet. VOCÊ É O PIOR EXEMPLO DE SER HUMANO QUE EU JÁ CONHECI! É MELHOR TORCER PARA QUE EU *JAMAIS* A ENCONTRE DO LADO DE FORA DESTE PRÉDIO!

Não ousei rir da idéia de Janet me pegando na rua. Era óbvio que Janet não tinha ido ali para falar — ela tinha ido ali para gritar comigo, mas o mínimo que eu podia fazer era cooperar com o escritório e ajudar com o controle de prejuízo.

— Janet, o que eu devo fazer? — perguntei.

— SE EU FOSSE VOCÊ, COMEÇARIA A EMPACOTAR MINHAS COISAS AGORA, PORQUE VOU ME CERTIFICAR

QUE VOCÊ TOME UM CHUTE NA BUNDA! VOCÊ NUNCA MAIS VAI TRABALHAR NESTA CIDADE!

Bem.

Eu não ia esperar que *isso* acontecesse.

Peguei meu celular e o joguei na bolsa.

E era isso. Minhas coisas estavam empacotadas, por assim dizer.

Dei uma chance ao meu escritório. Se era assim que eles queriam lidar com aquilo, mandando Janet ali para me xingar, então este foi o erro deles.

Eles podiam pegar tudo de minha mesa e colocar no museu Smithsonian, porque eu ia continuar com o plano que eu e as garotas havíamos planejado na véspera.

Aquelas piranhas safadas.

Caminhei fazendo barulho com meus saltos pelo corredor de mármore na direção da saída mais próxima, meio que esperando alguém (por favor, Deus, não Marcus) vir correndo atrás de mim, mas isso não aconteceu.

Marcus. Eu não podia nem imaginar o que ele devia estar pensando de mim. Ele provavelmente estava lendo meu blog agora, sentindo como se tivesse sido enganado. Certamente, todo mundo que eu conhecia se sentia daquele jeito em relação a mim, porque eu realmente era uma mentirosa e uma puta, e agora eu tinha sido exposta.

Fiquei surpresa de que eles me deixassem simplesmente sair andando dali. Imaginei aquilo tudo se transformando numa situação *Sem saída*, na qual "seguranças" podiam me perseguir para assegurar meu silêncio. Naquele momento eu teria sido altamente suscetível à intimidação. Teria me mudado de país, de nome, o que eles quisessem. Você poderia pensar que talvez eles tivessem algum tipo de protocolo para essas coisas, mas acho que não. Eles me deixaram sair de lá sem uma palavra.

Agora, eu não era nem sequer uma piranha de saltos faladora de porcarias que escreveu o blog. Eu era uma garota assustada e solitária, que estava totalmente vestida e sem lugar nenhum para ir.

ENTÃO O QUE FAZER AGORA? Resolvi ir encontrar com April, já que ela era um dos gênios do mal por trás de tudo aquilo.

Entrei novamente no espaço dos prédios do Senado, perguntando se haveria um Boletim de Ocorrência para mim, mas não parecia haver. Os guardas da segurança flertaram comigo, como sempre. Apesar daquele trauma emocional destruidor de vidas, era bom saber que eu ainda parecia gostosa.

Entrei no elevador, imaginando se as pessoas ao meu redor sabiam alguma coisa sobre meu blog. Quer dizer, nem todo mundo no Congresso lia a Blogette tão obsessivamente quanto minhas amigas e eu. Talvez este fosse apenas um pequeno segredinho sujo que meu escritório tentaria encobrir. Eles não podiam fazer esse tipo de coisa? Um escritório do Senado não devia ser poderoso ou algo assim?

FODA-SE, disseram as portas do elevador enquanto se fechavam.

Ah. O mesmo elevador que eu tinha usado para ir ao escritório de April em meu primeiro dia no Congresso. Eu devia ter adivinhado.

April pareceu muito preocupada ao me ver de pé na porta. Eu me sentia desconfortável ali, então fiz um gesto para ela vir até a porta.

— Meu Deus, April — choraminguei. — Eu fui demitida.

Seu rosto caiu.

— Eles já sabem? — ela perguntou, se dando conta do que havia acontecido.

Assenti, incapaz de falar.

— Você precisa de um drinque — ela disse, me levando para fora do prédio.

Eu precisava de uns *sete* drinques naquela tarde.

— Para onde eu vou? O que vou fazer? — perguntei a April no bar mais próximo.

Não sei por que estava lhe fazendo esta pergunta novamente. Era ela que havia sugerido que eu devia me mudar para Washington pra começo de conversa.

— Esta é a coisa mais louca que já aconteceu com qualquer pessoa que conheço — April disse. — Estou impressionada de como você está lidando bem com isso. Se fosse eu, estaria no hospital agora.

— Talvez eu ainda esteja em choque ou algo assim — imaginei. — Só não sei como me sentir a respeito de nada ainda.

— Provavelmente é uma boa coisa que você tenha um monte de experiências fracassadas no passado; do contrário, você estaria totalmente despreparada para este nível de trauma. Mas veja o lado bom: isso pode virar uma grande oportunidade para você. Você devia estar feliz!

— Você está falando sério, April? Pode me chamar de louca, mas eu não sou louca. Perdi meu emprego, meu namorado, *e* é meu aniversário. Estou tão *mal*.

Olhei para ela, esperando uma confissão.

— Foi você? — finalmente perguntei.

— *O quê?*
— Você mandou o link para a Blogette?
— Não!
Procurei em April algum sinal de culpa, mas estava muito bêbada para descobrir se havia algum.
— Se você me contar a verdade, não vou odiar você — prometi. — Quer dizer, preciso de todos os amigos que puder ter agora.
Eu não sabia o que pensar enquanto observava os olhos de April se encherem de lágrimas. Ela obviamente estava se sentindo culpada por *alguma coisa*. Fiquei tentada a agarrá-la e dizer: "Foi você, April! Eu sei que foi você. Você partiu meu coração. Partiu meu coração!", como Michael Corleone em *O poderoso chefão II*.
— Jackie, estou falando sério. Não fui eu — mentiu.
Suspeitei que ela não estava sendo verdadeira, mas não importava mais, importava? Aquilo era problema meu — *eu* tinha criado aquilo. E merecia tudo — bom ou ruim — que acontecesse comigo em conseqüência.
— Sabe o que mais, April? Não estou ligando. Vou sobreviver a isso — falei — e, com Deus como testemunha, nunca mais ficarei sóbria novamente.
Então April me abraçou e eu soube que tinha sido ela. E também soube que ela não tinha tentando me destruir: achara que estava agindo como minha fada madrinha, que aquilo seria minha história de Cinderela. Mas ela tinha parado para pensar em algum momento?
Não, claro que não. E nem eu.
— O que você vai fazer agora? — April perguntou.
— Não faço idéia — respondi.

— Posso voltar para o escritório ou você quer que eu fique com você?
— Volte para o escritório — falei. — Descubra o que está acontecendo e me ligue se você vir meu nome mencionado em qualquer lugar. Esperançosamente, não vai chegar a isso.
— Vou fazer isso. E vou para sua casa depois do trabalho. Não acho que você deva ficar sozinha.
— Por quê? — perguntei. — Você acha que alguém pode tentar me matar?
— Não estou querendo assustá-la, mas você simplesmente não sabe do que as pessoas são capazes.

Eu tinha acabado de fazer mais inimigos numa tarde do que muitas pessoas faziam numa vida inteira — parecia que qualquer coisa era possível.

APRIL VOLTOU PARA O ESCRITÓRIO e eu caminhei para o Mall, o que em nada melhorou meu humor. O Mall parecia muito mais bonito dos degraus do Capitólio, longe das hordas de turistas no chão. De onde vinha aquele segmento gordo, sem classe, sem nenhum senso de moda ou sex appeal da população americana? Suspeitei que eram as mesmas pessoas que escreviam todas aquelas cartas fodidas para o senador. Torci para que todas elas morressem num incêndio de hotel.

Meu telefone tocou e eu me sentei num banco para atender. Era de um código de área perto de minha casa, provavelmente alguém que queria me desejar feliz aniversário.

Era minha mãe.

— Você pegou o cheque de aniversário que mandei para você? — ela perguntou quando atendi.

— Não, ainda não — respondi. — Você sabia para onde mandar?

— Lee me deu seu endereço. Ela me disse que você está trabalhando para um senador em Washington.

— É — falei.

Isso era tudo o que eu podia dizer. Não sabia como começar a explicar o que havia acontecido comigo hoje.

— Jackie — começou minha mãe —, seu pai e eu...

— É, eu sei — eu disse, cortando-a. — Vocês estão se divorciando.

— Estou fazendo as malas agora.

— Para onde você vai?

— Jackie, sinto muito ter de dizer isso a você — começou minha mãe.

Uma sensação de dor aguda cresceu dentro de minha cabeça enquanto ela me contava que estava se mudando para morar com seu namorado e que eles iam se casar em Nantucket naquele verão.

— Você já tem um namorado? E vai se *casar* com ele? — perguntei. — Você tem certeza de que ele não é um cara tipo banco de reservas?

Minha mãe explicou que ela estava tendo um caso com o tal homem nos últimos três anos. Parte de mim estava com nojo dela, mas mais ainda, estava com nojo de mim mesma, pois percebi que era exatamente como ela: eu havia me tornado minha mãe.

Ou talvez ela estivesse tentando ser como eu — eu já não sabia dizer. Era como a galinha e o ovo, em nosso caso.

— E papai? — perguntei.

Meu pobre pai. Como ela podia fazer isso com ele?

— Jacqueline, foi seu pai quem *me* botou para fora — ela me disse.
— Então devo me sentir mal por você? — falei. — Você o traiu!
— Você não *deve* se sentir mal por ninguém, Jackie! As únicas duas pessoas que realmente entendem o que aconteceu são seu pai e eu.
— Quero ir para casa — falei. — Quero ver você.
— Jackie, vou para Cape por algumas semanas, mas ligo para você quando voltar, querida. E então vou visitar você em Washington e podemos fazer compras.
— Compras? Não, mãe. Quero ir para casa.
— Isso é entre seu pai e eu, Jackie. Fique em Washington, vá trabalhar e passe bons momentos com seus amigos. Queremos que você fique feliz, certo?

Eu queria dizer a ela que minha vida em Washington estava acabada, mas ela tinha problemas suficientes. Eu não sabia mais o que dizer, então disse "Certo" apenas para garantir que a conversa terminasse.

Eu nunca tinha sido do tipo que sente saudades de casa. Sentia que estava andando para trás toda vez que ia para casa, de modo que sempre evitava isso. Mas agora que eu queria voltar, não podia.

Era pior do que o fechamento da Twilo.

Eu me reclinei no banco e fechei os olhos. O sol brilhou cor de laranja através de minhas pálpebras.

Que grosseiro, pensei. *Odeio esse sol de merda.*

ESTAVA ESCURO quando acordei. Pulei para ver um sem-teto sentado perto de mim no banco.

— Posso contar às pessoas que dormimos juntos? — ele disse, gargalhando.

Eu o ignorei, como sempre fazia com os vagabundos em meu bairro. Havia um em cada banco e em cada canto de rua, pedindo dinheiro. Era pior do que em Nova York, porque os sem-teto em DC eram hostis.

Você podia estar no meio de uma conversa séria com alguém, e eles interrompiam, "Desculpe, moça! Desculpe! Desculpe!" E você pensava que era algo importante, como se você estivesse prestes a entrar na frente de um carro ou algo assim. Então você parava para ver o que era, apenas para perceber que o cara só queria uma moeda. Então você dizia não a eles, que ficavam irritados e chamavam você de "piranha branca rica" ou o que seja.

Quer dizer, tão grosseiro! E se você alguma vez *desse* dinheiro a eles, eles a perseguiam no caminho para o trabalho todas as manhãs, esperando que você lhes desse dinheiro todos os dias pelo resto da vida.

Aprendi uma lição valiosa morando aqui: *Se você quer manter o dinheiro no bolso, nunca seja gentil com ninguém*. Ou, em outras palavras, se você quisesse ser rica, tinha de ser piranha.

Quando voltei para meu apartamento, vi dois envelopes cor-de-rosa em minha caixa de correio. Um era o cheque de aniversário de minha mãe e o outro era um cartão de aniversário de Diane.

Na frente havia uma foto de um gato persa branco, de aparência esnobe, com um pequena coroa de gato em sua cabeça.

Dentro, o cartão dizia:

Feliz Aniversário, Rainha do Drama!

E embaixo disso, Diane havia escrito:

Aí vem mais outro ano vivendo indiretamente através de você!

Aquilo era uma piada? Por que alguém iria querer viver indiretamente através de *mim*? Minha vida era uma merda. A única coisa boa nela era Marcus.

Pensar nele fez meu coração doer. Ele tinha me dado seu amor e sua confiança, e eu o havia apunhalado pelas costas. De todas as coisas ruins que eu já havia feito em minha vida, eu temia que esta era uma que iria me atormentar.

Mas hoje à noite eu podia me preocupar apenas comigo mesma. Eu ainda não tinha noção de quão fora de controle esta coisa do blog podia ficar, mas sabia que tinha inimigos, e Marcus provavelmente era um deles.

Como prometido, April foi para minha casa depois do trabalho, e ela tinha passado na loja de bebidas no caminho.

— Outro drinque, e você não vai mais sentir falta dele — ela disse enquanto me servia um copo grande de Southern Comfort.

— Eu devia estar jantando com ele agora — suspirei.

— Bem, houve uma mudança de planos.

Nós brindamos e bebemos fazendo barulho com nossos drinques.

NA MANHÃ SEGUINTE, estávamos deitadas no chão da minha sala, cercadas por garrafas vazias e pontas de cigarros, quando meu telefone começou a tocar.

— Jesus Cristo da porra, que horas são? — April reclamou.

Tateei para encontrar meu celular.

Eram 8h da manhã, e o identificador de chamadas mostrava um número com prefixo 224, o que significava que estava vindo de um escritório do Senado.

— Oh, meu Deus, eles estão ligando para mim! — gemi. — O que devo fazer?

— Não atenda! — ela advertiu. — Se eles têm algo importante para dizer, vão deixar um recado!

Esperamos que meu toque "Push It", do Salt-N-Pepa terminasse.

Depois começou a tocar "Dirt Off Your Shoulder" do Jay-Z.

— Rá! — April riu. — Este é o toque do seu correio de voz? Legal!

— Que falta de educação deles ligarem tão cedo — ridicularizei. — Eles deviam saber que eu saí para encher a cara na noite passada.

Escutamos a mensagem:

— Jacqueline, aqui é Janet do escritório. É extremamente importante que você me ligue imediatamente. Obrigada.

— Devo ligar para ela? — perguntei a April. — Ou devo conseguir um advogado primeiro?

— Você tem um? — perguntou April.

Pensei nisso.

— Phillip é advogado. Você acha que devo ligar para ele?

— Você não escreveu sobre ele no blog?

Lembrei que havia escrito. Coisas nojentas, também.

— Então você não deve ligar para Phillip! — April alertou. — Ele não é algum tipo de gênio da lei? Ele poderia defender você num processo desta merda!

— Para quê? — imaginei. — Não acho que ninguém tenha base para um processo. Eu não usei nenhum nome, então a alegação de expectativa razoável não se aplicaria.
— Que tal privilégio?
— Rá — Eu ri. — Não há coisa tipo "privilégio da parte baixa", há?
— Nunca se sabe. Alguém pode inventar uma razão para processar, tipo "pressão emocional" ou o que seja.
— Eles podem me processar o quanto quiserem, mas tenho certeza de que nenhum deles se arriscaria a se expor. Eles não ganhariam um tostão de qualquer forma. Estou desempregada!
Meu telefone tocou uma segunda vez.
— Oh, meu Deus! Eles estão ligando de novo! — engoli em seco.
— Eles estão preocupados com você. — April riu. — Deixe ir para a caixa postal.
Escutamos a segunda mensagem:
— Olá, Jacqueline. Aqui é Janet do escritório. Eu só quero que você saiba que está em aviso prévio, mas preciso que você me ligue de volta imediatamente. Obrigada.
— Agora ela está entrando em pânico — April observou. — Provavelmente está com medo de ser demitida por mandar você embora aos gritos ontem.
— Bem, ela deveria ser — eu disse. — Quer dizer, o *ego* que aquela mulher tem, pensando que pode agir assim e ficar por isso mesmo!
Percebi que as pessoas provavelmente estavam dizendo a mesma coisa sobre mim, mas e daí? Isso era a América: eu tinha direito de ser uma imbecil imatura e hipócrita se

quisesse... e se estava sendo demitida por isso, então talvez Janet também devesse ser.

— Por que estão me colocando em aviso prévio? — imaginei. — Por que simplesmente não me demitem?

— Aviso prévio significa que você ainda é empregada, então provavelmente você não pode falar com a imprensa nem nada.

— Por que eu iria querer falar com a imprensa?

April deu de ombros.

— Fase dois do plano? — ela sugeriu.

O plano.

Desejei ter um plano. Tudo o que eu sabia era que não ia para o escritório hoje.

— Vamos esperar e ver o que acontece — falou April. — As pessoas têm pouca capacidade de atenção. Essa coisa pode simplesmente passar.

Eram 8h30 da manhã e apesar da ressaca, April estava indo para o escritório para poder me contar qualquer novidade na situação do blog.

Uma hora depois, April me ligou do trabalho com algumas más notícias.

— Todo mundo aqui só fala nisso! — ela sussurrou ao telefone. — Está por toda parte e no quadro de avisos da recepção! As pessoas sabem que é você!

Aparentemente, as pessoas no Congresso estavam brincando na internet em vez de trabalhar. Totalmente chocante.

— Meu nome está lá? — perguntei ansiosamente.

— Está, e uma foto também — disse April. — Parece tipo uma foto de álbum da anual da escola ou algo assim.

A coisa simplesmente estava ficando cada vez pior.

— Minha vida acabou — gemi. — Nada mais vai acontecer comigo.

— Não fique assim! — April insistiu. — Teria acontecido cedo ou tarde, e todos esses idiotas na internet estão dando a você toda essa publicidade grátis! Você devia ficar feliz!

April, na verdade, estava tentando se desculpar, me dizendo para ficar feliz enquanto minha vida desabara, exposta na internet. Ela estava fazendo a coisa certa, me ajudando com tudo aquilo, mas pelo que eu sabia, havia sido ela que colocara meu nome e minha foto lá. Eu simplesmente não podia mais confiar em ninguém.

— Agora que seu nome e seu rosto estão por toda a internet, você não tem nada a perder — disse April.

— Pelo menos a foto é boa?

April hesitou, então eu sabia que não era.

— Você pode mandar a foto por e-mail para mim para pelo menos eu poder ver como ela é? — perguntei. — Talvez eu consiga descobrir de onde ela veio.

Quando abri o link que April me mandou, mal consegui reconhecer a garota na foto. Ela parecia uma criança, com um rosto redondo e um rabo-de-cavalo engraçado. Deve ter sido tirada durante meus anos de menina sapeca em Syracuse.

Nunca vou saber por que uma de minhas colegas da faculdade iria se dar ao trabalho de escanear minha foto e mandá-la para todos esses sites neuróticos. Obviamente era alguém que eu conhecia, que ficava perto de mim nas festas dos alunos e queria participar de minha humilhação por razões que eu não entendia. Acho que estavam todos apenas entediados no trabalho, como eu.

Aparentemente, havia muita gente entediada em Washington, que não tinha vontade de fazer seu serviço. Do contrário, as novidades não teriam se espalhado tão rápido. A internet era *o* fórum de opiniões que ninguém pedia, daí a abundância de web logs como o meu. Os blogs são uma ótima maneira para nós, exibicionistas egocêntricos, exercitarmos nossos direitos da Primeira Emenda. Mas eu não escrevi sobre minha vida sexual para ultrajar ninguém ou chatear as garotas que o liam; na verdade, estava tentando manter um registro de minhas ações. Em vez disso, ele se tornou essa coisa chocante tipo tablóide.

Capítulo 30

Tarde da noite, recebi um telefonema de um número que não reconheci. Claro, deixei o correio de voz atender.
— Oi, sou eu — disse uma voz de homem. — Escute, eu só tenho que dizer, e não estou ligando para brigar com você, que essa é uma coisa *muito* dolorosa para todo mundo envolvido e, tenho certeza, especialmente para você. Eu... eu não sei o que está acontecendo. Não sei o que você está fazendo. Mas só vou lhe dar alguns conselhos amigáveis porque acho que você é uma pessoa boa.

"Você precisa seguir em frente com sua vida. Precisa deixar isso para trás e simplesmente seguir em frente, esquecer isso e não falar com ninguém sobre isso, não escrever sobre isso, não continuar com isso. Você só precisa *seguir em frente*. É melhor para você, é melhor para todo mundo. Você foi ferida, pessoas foram feridas, eu fui ferido, muita gente foi ferida. Apenas faça a coisa certa. Você não quer ir nesta direção. Você sabe, eu... eu me sinto mal. Me sinto mal por mim. Me sinto mal por *você*.

"Desejo o melhor para você; realmente desejo. E, hum, é uma coisa muito triste. E você só tem que... só tem que *seguir em frente*. Tchau."

Toquei a mensagem para April escutar.

— Obviamente é Dan — ela concluiu — Quem mais deixaria uma mensagem tão babaca?

— Ele parecia com medo, April.

— *Ele* está com medo? — April zombou. — Não se preocupe com ele. É um babaca, lembra?

— É, mas ele está certo, e preciso seguir em frente — admiti. — Vou voltar para Nova York e morar com Naomi. Posso sair de Washington tão facilmente quando cheguei... e vou esquecer que isso tudo aconteceu.

— Você não pode simplesmente fugir — April argumentou. — Você não deveria ser forçada a se mudar por causa desta besteira. Precisa ficar aqui e mostrar às pessoas que não está envergonhada!

— Pessoas? Que pessoas? — perguntei. — Exatamente quem estou tentando impressionar?

— Não se trata de *impressionar* ninguém, mas sim de sair dessa como uma vencedora.

— Mas eu *não* sou uma vencedora, sou um fracasso total! Não mereço sair ganhando nada disso tudo.

— Isso não é verdade! Todo mundo merece o sucesso, todo mundo merece ser *feliz*. Está tipo na Carta de Direitos.

— Na verdade, isso só garante *tentar* ser feliz.

— Bem, isso é besteira.

April olhou para a camiseta que eu estava usando, que eu não tirava há dias.
— *Fordham Law?* — perguntou. — Você ganhou isso do Marcus?
Assenti.
— Tire essa merda — ela me censurou. — Você não pode deixar esses caras ficarem na sua cabeça. Se qualquer um deles ainda ligasse para você, estaria tentando ajudá-la agora.
Supus que April estava certa. Era cada um por si.

NO DIA SEGUINTE, RECEBI um FedEx do escritório do senador. Era a carta que eu estava esperando a semana toda.

Srta. Turner;

Como a senhorita sabe, estamos tentando contatá-la desde a manhã do dia 19 de maio. Esperávamos debater o assunto pessoalmente, mas já que a senhorita não retornou nossas ligações nem veio ao escritório, não temos opção, a não ser mandar-lhe esta carta.

Na tarde de 18 de maio, nosso escritório tomou ciência de alegações de que a senhorita estaria usando recursos do Senado e horário de trabalho para postar material inadequado e ofensivo em um web log da internet. Depois de investigar tais alegações, o escritório acredita que seu uso de seu computador do escritório e outros materiais associados com aquele computador foi não profissional e inapropriado, ações essas que são inaceitáveis.

De acordo com isso, a partir de 21 de maio seu vínculo empregatício com este escritório está terminado...

Concordei totalmente: minhas ações eram inaceitáveis, e eu merecia ser demitida. Mas objetei ao que eles tinham dito sobre meu blog, chamando-o de "material inadequado e ofensivo". Quer dizer, era de minha *vida* que eles estavam falando: aquele era realmente um estilo de vida tão "inadequado e ofensivo" assim? Parecia uma coisa muito pouco americana de se dizer.

Acho que estava oficialmente terminado. Eu havia feito algo terrível e fora punida por isso. Fim.

Mas eu ainda estava aqui, sem nada para fazer, sem lugar para ir nem ninguém para conversar.

Quando liguei para casa, ninguém atendeu. Mas o que eu teria dito? Meus pais já tinham drama suficiente em suas vidas, com o divórcio e tudo. Eles não precisavam ouvir toda aquela besteira. Se essa coisa ia apenas morrer de qualquer forma, então eu ainda não tinha de contar para eles. Podia contar durante o jantar do dia de Ação de Graças ou algo assim.

Saí, perguntando a mim mesma se alguém em minha vizinhança me reconheceria, mas se reconheceu, ninguém disse nada. Era como se qualquer hostilidade que as pessoas sentissem contra mim estivesse inteiramente contida nos quatro cantos da tela de meu computador. Depois de ler post após post sacana sobre mim e sobre que piranha horrível eu era, esperava que as pessoas fossem cuspir em mim na rua ou algo assim, mas isso nunca aconteceu.

Era meio que desapontador, na verdade. Eu queria a oportunidade de confrontar as pessoas que me insultavam na internet, de apertar suas mãos e agradecer por toda a publicidade grátis, mas elas nunca apareceram para me dar satisfação.

Pedi meu café com leite no Murky Coffee "para ficar". Afinal de contas, eu era uma pessoa desempregada sem trabalho para ir. Mas o que eu faria agora para ter o dinheiro do café, sem rendimentos? Alguém iria pagar meu aluguel este mês ou eles simplesmente me deixariam ser despejada? (Se você algum dia se envolver num escândalo sexual, certifique-se de que está financeiramente preparada.)

Achei que podia conseguir um trabalho na Gap dobrando jeans ou algo assim. Não seria tão ruim, seria? Eu viveria uma vida simples e ganharia a vida honestamente. Mas quanto tempo levaria para ficar completamente louca?

Me sentei na cafeteria, olhando para o nada, imaginando o que fazer com minha vida, quando meu telefone tocou.

Era Mike!

Ele tinha ouvido as novidades? Quer dizer, as pessoas em *Nova York* haviam ouvido essa história? Eu não conseguia imaginar que ninguém lá fosse sequer se importar.

Liguei para ele de volta imediatamente.

— Como foi seu aniversário? — ele perguntou.

Isso era alguma piada doentia?

— Nada bom — respondi.

— O que aconteceu? — ele perguntou.

Obviamente, ele não sabia, o que era bom. Isso significava que a história ainda era local. Mas como eu iria contar a ele? Por onde começaria?

— Mike — eu disse —, é realmente ruim.

— Jackie, apenas me conte o que é.

— Estou envolvida num escândalo sexual.

Eu não sabia mais como colocar a coisa.

— *O quê?* — ele perguntou. — Com quem, com o presidente?

Fiquei lisonjeada que Mike pensasse que eu podia transar para subir na vida assim, mas a verdadeira história era patética em comparação. Eu estava envergonhada de admitir como era baixo o nível.

— Com alguns caras do trabalho — eu disse.

Percebi que ele não sabia que eu estava trabalhando no Senado, então expliquei tudo. O trabalho, os homens, o blog. Mike apenas escutou, absorvendo aquilo tudo. Depois ele falou.

— Eu liguei para você achando que talvez nós pudéssemos voltar — ele disse. — Tenho pensado muito sobre você ultimamente e queria ver como você estava indo.

Esta era uma prova da existência de Deus, se já houve uma, pensei. Mike ainda me amava e me queria de volta! Eu podia pegar um trem de volta para Nova York agora e viver feliz para sempre.

Depois ele começou a rir.

— Agora percebo que não devia ter me importado — ele disse. — Você ainda é o mesmo desastre ambulante que sempre foi. Boa sorte com tudo isso. Apenas me deixe fora dessa. Não me ligue, não me mande e-mails, apenas me deixe fora disso.

Pisquei enquanto Mike desligava, mas eu sabia que ele estava certo: eu realmente era um desastre ambulante, mas pelo menos eu não era *chata*.

Percebi que se Mike realmente me amasse, não iria apenas jogar as mãos para o alto e ir embora, especialmente agora, quando eu precisava de alguém ao meu lado.

Capítulo 31

Três dias haviam se passado, e eu não tivera notícias de Marcus. Até Fred havia deixado mensagens, me dizendo para não ter medo dele, que ele queria apenas conversar. Parte de mim realmente queria ligar de volta, mas eu não podia baixar a guarda só porque estava me sentindo solitária.

Tranquei todas as minhas portas e janelas e desejei ter um aparelho de choque, spray de pimenta ou pelo menos um conjunto de facas de carne que pudesse usar para minha própria proteção.

Subitamente senti como se Washington fosse uma grande tela do jogo Pac-Man e todos os caras do meu blog fossem os "fantasmas" que estavam ali para me pegar. Eu tinha de lembrar a mim mesma que provavelmente eles estavam com mais medo do que eu poderia fazer a eles, porque eu tinha a vantagem.

Esses homens de Washington eram inteligentes, portanto tinham de saber que se qualquer um deles se aproximasse de mim, eu chamaria a polícia *e* a imprensa.

Eles estavam com medo demais para deixar recados detalhados ou me mandar e-mails porque sabiam que eu podia usar essas coisas contra eles de alguma maneira (e eu teria usado), de modo que havia um colapso de comunicação a meu favor.

E se algum deles quisesse se apresentar e me destruir em público, isso teria sido algo sem sentido. Todo mundo já sabia que eu era uma "puta fodida e mentirosa que dava a bunda". *E daí?*

Se algum deles quisesse fazer alguma merda comigo, eu não hesitaria em bater abaixo do cinto, e eles sabiam disso. Eu só tinha a lucrar com isso, enquanto os homens tinham tudo a perder.

Vantagem: Srta. Pac-Man.

Mas até a Srta. Pac-Man tinha um namorado, e eu não tinha nenhum. Como *qualquer* homem poderia me querer depois do que eu havia feito?

Toda vez que meu telefone tocava, eu esperava que fosse Marcus, mas sempre era algum colunista de fofocas ou produtor de telejornal deixando recados em minha caixa postal, me pedindo para ligar de volta.

Como eles conseguiram meu número? Presumi que tinha de ser algum outro babaca que pensava que seria engraçado participar de minha humilhação. Quem saberia que eu tinha tantos inimigos nesta cidade?

Havia apenas um recado de Phillip, que parecia totalmente desligado do "escândalo sexual" no qual ele estava envolvido — ele, na verdade, estava me convidando para *jantar* naquela noite.

Retornei a ligação, esperando que ele reagisse da mesma forma que Mike. Mas Phillip era diferente de qualquer outro homem que eu já havia conhecido.

— Sabe qual foi o seu grande erro? — ele perguntou. — Não ter trepado com algum congressista!

— Ah, *esse* foi o meu grande erro! — Eu ri. — Então você não está com raiva?

— Raiva? Por que eu estaria com raiva? Por que você não passa na minha casa esta tarde, e nós almoçamos?

Eu não tinha certeza se deveria.

— Você não quer ler o blog primeiro? — perguntei. — Eu escrevi algumas coisas ruins sobre você. E tem todas essas outras coisas sobre mim e os outros caras.

— Você usou meu nome? — perguntou ele.

Eu disse a ele que havia usado apenas as iniciais.

— Então qual é o grande problema? — ele perguntou. — Não é como se eu pudesse ser demitido!

Isso era verdade. Phillip era *dono* da sua própria firma de advocacia. Mas se ele não tivesse lido o blog, como poderia me perdoar por algo que não conhecia?

Talvez ele estivesse me atraindo à casa dele para poder me assassinar, pensei, mas Phillip era muito tranquilo para isso. E realmente *não era* grande coisa, era? Eu provavelmente estava me lisonjeando por pensar que aquilo era algo pelo que ele se arriscaria a ir para a cadeia.

EU ESTAVA SENTADA NA varanda de Phillip quando sua Mercedes entrou no caminho do jardim.

— Eu li o blog — ele disse enquanto descia do carro.

Eu me envolvi com os braços para uma tirada de obscenidades e insultos.

— É muito engraçado! — ele riu. — Especialmente as partes sobre mim! Vamos entrar para tomar um drinque!

Assim que entramos, ele me agarrou. Primeiro fiquei aterrorizada, mas depois percebi que estávamos nos *abraçando*.

— Desculpe — ele estava dizendo. — Desculpe, desculpe mesmo.

Eu não tinha certeza de por que ele estava pedindo desculpas, já que era eu que tinha escrito todas aquelas coisas ruins sobre ele. Estava com raiva dele por ter me magoado em Miami, mas nunca tinha dito isso a ele. E agora ele tinha lido o blog.

Acho que era por isso que ele estava se desculpando, por me magoar.

Ele me apertou fortemente enquanto eu me sacudia em seus braços, soluçando, espalhando lágrimas e catarro por todo o seu terno caro.

Nunca pensei que choraria *por ele*. Todo esse tempo, pensei que ele era um imbecil arrogante. Mas, na verdade, a arrogante era eu.

Quando terminei de chorar tudo, me refresquei na toalete e me juntei a ele para um drinque em sua grande cozinha de aço inoxidável. Enquanto isso, meu telefone ficou tocando dentro da bolsa.

— O que devo fazer com esses telefonemas? — perguntei a ele. — Preciso do seu conselho.

— Se eu fosse você, processaria o escritório por demissão injusta — ele sugeriu.

— Oh, Phillip, não seja tão *advogado*. Não posso processá-los. Eles têm todo o direito de me demitir, e acho que qualquer juiz iria concordar.

— Poderíamos alegar que o uso que você fez dos computadores do Senado é prática comum e solicitar os registros dos computadores de todo mundo como prova. Poderíamos confiscar todos os computadores do Senado!

Era brilhante, mas de alguma maneira não parecia correto.

Sacudi a cabeça em desacordo.

— Bem, isso é o que *eu* faria, mas é apenas o tipo de filho-da-mãe doentio que sou — ele sorriu. — Parece que você tem duas outras escolhas aqui: pode tentar ganhar dinheiro com qualquer notoriedade que essa coisa traga a você ou pode mudar de nome e sair de Washington.

— O que você faria se fosse eu? — perguntei.

— Sairia atirando por aí.

— Sério, você realmente acha que eu devia aparecer? — perguntei para ter certeza de que tinha a bênção dele.

— O que você tem a perder? Você não quer acabar como se estivesse se escondendo desses repórteres, quer? Você tem de ser insolente e sem-vergonha. As pessoas adoram isso.

— Devo retornar as ligações?

— Sim, mas faça isso depois. Quero ser o primeiro a trepar com o mais novo escândalo sexual de Washington.

Subi as escadas com Phillip, feliz de ter alguém ao meu lado. Era especialmente válido que fosse algum dos homens de meu blog. Aquilo me deu esperança: se Phillip podia me perdoar, então talvez os outros também pudessem.

Tomamos mais alguns drinques enquanto ficávamos deitados nus em sua casa. Liguei de volta para todos os repórteres e dei entrevistas bêbada pelo telefone. Quando me pediram para aparecer na televisão, eu disse:

— Claro, por que não? Não tenho vergonha da minha aparência!

Claro, eu tinha bebido uísque puro a tarde toda e provavelmente não devia ter dado entrevistas sob aquela influência, mas me senti ótima: fui insolente e sem-vergonha, como Phillip dissera, e não estava mais com medo. Dormi como um bebê naquela noite.

— VOCÊ FALOU COM algum dos outros caras do blog? — Phillip me perguntou na manhã seguinte.

— Você foi o único que se manteve fiel a mim — respondi.

— É porque sou o único que realmente a amava.

Era uma coisa bonita para ele dizer, mas esperava que não fosse verdade. Se apenas um deles me amasse de verdade, eu queria que fosse Marcus.

— E agora? — ele perguntou. — Quais são os seus planos?

— Não sei — respondi. — Devo me mudar para Nova York para me livrar disso tudo.

— *Ou* você pode se mudar para a minha casa — ele ofereceu.

— Você está falando sério? — perguntei.

— Apenas pense nisso.

Era difícil me imaginar morando na casa bem-apanhada de Phillip. Eu realmente não era o tipo "dona de casa de Georgetown": eu me recusaria até a morte a usar um casaco acolchoado Burberry.

Fui para casa, li alguns e-mails, dei alguns telefonemas e marquei alguns compromissos em Nova York para a semana seguinte. Eu iria estar na cidade de qualquer jeito: Naomi e eu íamos à festa da Semana da Marinha, no *Intrepid*, como fazíamos todo ano. Escândalo sexual ou não, eu simplesmente não podia perder a Semana da Marinha. Os navios só chegavam uma vez por ano. Além do mais, eu tinha agentes em Nova York que queriam me fazer ficar rica. Agora que não estava sendo subsidiada, podia apenas esperar que meu próprio navio chegasse.

NAOMI ME DEIXOU ficar em sua casa durante esta "viagem de negócios" para economizar os gastos com hotel, já que eu estava pobre enquanto esperava ganhar alguma vantagem com o enorme erro que tinha cometido. Descobri que tinha de tirar o melhor partido daquilo tudo, e todo mundo perto de mim concordou, especialmente Naomi.

— Você precisa ganhar o máximo de dinheiro que puder com essa coisa — ela me aconselhava enquanto nos vestíamos para a festa. — Espero que você perceba o quanto a janela é pequena. A atenção das pessoas dura muito pouco, sabe?

— Eles não são assim em DC — falei. — Todo mundo lá ainda está totalmente obcecado comigo.

— Bem, DC é insignificante. É muito mais difícil ficar famoso em Nova York, você sabe. Você estava na coluna *Page Six* tipo uma semana atrás. Você acha que alguém aqui ainda se lembra?

Naomi e eu tentamos colocar roupas com o maior apelo possível para um marinheiro. Você pode pensar que isso significava qualquer coisa pequena e apertada, mas depois de alguns anos nos vestindo para a Semana da Marinha, Naomi e eu sabíamos o que *realmente* fazia um marinheiro prestar atenção: Você tinha de parecer aquela garota boa e doce que eles deixaram para trás em Whichita ou onde quer que fosse a porra do lugar de onde vinham.

Sério, você usava um vestido de verão e um sorriso e funcionava todas as vezes. Eu usei um de meus vestidos Lilly, e Naomi usou um vestido tomara-que-caia que comprou na C.K. Bradley especialmente para a ocasião.

Estava 17 graus mais frio em Nova York que em DC, então usamos cardigãs sobre os vestidos, o que nos fez parecer ainda mais adoráveis.

Entramos, tiramos nossos suéteres e imediatamente tínhamos companhia. Era fácil demais. Dois rapazes de 19 anos, ainda frescos da fazenda. Na verdade, eu não sabia de onde eles haviam vindo, mas sempre gostava de pensar que era da fazenda. (Era parte da fantasia, como você pode ver.)

Já que eles não tinham identidade, Naomi e eu tivemos que comprar todos os drinques para eles quando os levamos a vários bares conosco. Terminamos na Bourbon Street, no Upper West Side, que sempre era um lugar assustador para estar às 4h da manhã. Era lá que as pessoas solteiras que sobraram e estavam extremamente bêbadas paravam de aceitar nãos como resposta. Eu estava tão cansada que estava prestes a dormir em pé, o que não era algo inteligente de se fazer.

Deus, o que estava acontecendo comigo? Eu costumava ser capaz de ficar acordada três dias direto, com ou sem drogas, e agora eu não tinha energia nem para dar uns amassos em um daqueles garotos?

Talvez o stress estivesse me pegando, porque eu nem sequer os achava mais atraentes. Quer dizer, eram apenas dois caipiras. Nem faziam meu tipo.

— O que há de errado? — Naomi me perguntou. — Você está prestes a vomitar?

— Não, só estou cansada — respondi. — Posso pegar a chave do apartamento? Acho que vou embora.

— É, eu também. Você sabia que eles eram gays? — Naomi perguntou, referindo-se aos marinheiros. — Eles só queriam que nós pagássemos drinques para eles a noite toda.

Dispensadas por marinheiros gays. Nem um pouco legal.

ACORDEI PERTO DO MEIO-DIA, sem energia e dolorida. Parecia que estava gripada — e não comia há uma eternidade. Dei uma olhada na cozinha de Naomi, mas ela era exatamente como eu: caixas de sapatos nos armários, suéteres no forno, nada além de birita na geladeira.

Foi ela quem me disse que "Garotas de Nova York não comem". Mas eu não era mais uma garota de Nova York, era?

Fomos à Columbia Bagel e pedimos bagels de ovos com cream cheese de tofu.

— Eu não devia nem estar comendo isso — disse a Naomi. — Vou ficar gorda, e aí as pessoas vão ter mais uma razão para gozar da minha cara. Não posso nem sair do apartamento sem fazer cabelo e maquiagem antes.

— Acho que você devia sair de Washington — Naomi disse. — Quer dizer, isso não enche o saco nem nada?

— Mas vou morar com Phillip.

— O quê? Por que você iria querer morar com *aquele* babaca?

— As coisas são diferentes agora. Pelo menos eu sei que ele se importa comigo.

Naomi bufou.

— Você quer escutar o que está dizendo? — ela perguntou. — Que diversão você pode ter morando com *Phillip*? Se você voltasse para Nova York, nós poderíamos sair o tempo todo e seria maravilhoso. Seria exatamente como nos velhos tempos!

Pensei nisso. A verdade era que eu não estava mais interessada em recriar nossa fase de jovens-e-loucas-vivendo-em-Nova-York. Eu também estava relutante em deixar Washington. Queria ficar em DC só para irritar todas aquelas pessoas que estavam tentando me banir envergonhada da cidade.

— Mas viver bem não é a melhor vingança? — argumentei. — Não iria deixar todo mundo simplesmente doente me ver acabar morando numa mansão com algum milionário? E não apenas *qualquer* milionário, mas aquele do blog, que me perdoou de coração. Isso não seria um final perfeito para tudo o que houve?

— Isso não é nenhuma *história*, Jackie. É a sua *vida*. Washington não é um bom lugar para você agora. Você precisa sair de lá. Quer dizer, olhe para você!

Ela segurou seu espelho de pó compacto Estée Lauder para eu ver meu reflexo.

— Veja sua pele — ela me disse. — Seus poros estão enormes. Seu rosto parece um maldito morango. E olhe seu cabelo. Parece que está prestes a cair em um segundo. Seu rosto até parece diferente, você parece mais velha. Todo esse stress está começando a afetar sua *aparência*, Jackie. Você obviamente não está lidando tão bem com isso quanto pensa que está.

Fiquei horrorizada de ver que ela estava certa. A prova estava me encarando de frente, de dentro do espelho.

Talvez eu merecesse ficar feia. Seria a punição final para tudo aquilo. Quer dizer, era disso que os homens gostavam em mim, não era?

Sempre achei tudo em mim fabuloso. Enquanto muita gente podia pensar que eu tinha me "degradado" porque tinha baixa auto-estima, o problema real era que minha auto-estima era muito alta, porra!

Obviamente, eu não podia me ver objetivamente, então talvez eu tivesse problemas que eram mais do que superficiais.

Capítulo 32

Decidi conseguir ajuda profissional. Quando voltei a DC, procurei uma terapeuta, mas não consegui marcar uma hora para os próximos oito dias, a não ser que eu estivesse "prestes a causar danos a mim mesma ou aos outros".

Pensei naquilo. Eu meio que queria matar quem quer que tivesse colocado minha foto na internet, mas achei que isso não contava. Eu realmente fazia mais o tipo descuidado e autodestrutivo do que o de fixação em morte, suicida. No início da década de 1980, em comparação com as supermodelos, eu era mais Gia Carangi do que Margaux Hemingway.

Concordei que meus problemas podiam esperar. Dadas as consultas marcadas antes para pessoas que realmente precisavam delas, os maníacos homicidas e os puladores de pontes. Eu realmente ainda não tinha chegado tão longe.

Mas toda uma gama de novos problemas apareceu em meu primeiro dia de volta a Washington.

Joguei minha bolsa Vera Bradley no chão e tomei um banho. Acho que os ruídos no banheiro alertaram os senhorios de que eu estava em casa, porque segundos mais tarde eles estavam batendo em minha porta da frente.

Nem Fred nem Phillip haviam pago o aluguel do último mês, então eles estavam querendo tirar satisfações comigo. Eu só tinha uns seiscentos dólares em minha conta naquele momento, nem de perto do suficiente para cobrir os dois meses de aluguel que devia, e eles estavam furiosos.

— Estamos muito insatisfeitos com você como inquilina — um deles me disse. — Sua falha em pagar o aluguel em dia, além do fato de que você estava fazendo um bordel em nosso porão, não nos dá escolha a não ser despejá-la.

— Mas não sou eu a responsável pelo aluguel! — protestei. — Meu nome não está no contrato!

— Bem, seu fiador não está retornando nossas ligações — ele me informou. — E se ele é quem nós *pensamos* que é, vai ter um problema.

Eles estavam ameaçando expor Phillip à imprensa?

— Vou conseguir que ele pague a vocês — eu disse. — Tenho certeza de que ele deve ter esquecido.

— Não queremos saber nada sobre sua insana vida pessoal — ele disse —, contanto que você nos dê o dinheiro até o fim da semana.

Ele e sua mulher subiram para sua perfeita casa do Capitólio, enquanto eu fiquei de pé em meu apartamento quase vazio, cheio de garrafas de bebida, enrolada na toalha que eu havia pego para atender a porta. *Vida pessoal insana?*

Acho que o aluguel era tecnicamente um problema meu. Em termos legais, era de responsabilidade de Phillip, mas não importava o nome de quem estava no contrato; se ninguém estava fazendo os cheques, então *eu* é que ia terminar na rua.

Eu não vim a Washington para terminar sem teto, sem dinheiro e desempregada. Encarecidamente esperei que Phillip tivesse apenas esquecido, e que essa não fosse sua maneira doentia de se vingar de mim por expô-lo em meu blog. Mas com meus senhorios ameaçando ir à mídia, ele pagaria o aluguel se soubesse que era bom para ele.

Liguei para o escritório de Phillip, e sua secretária me disse que ele estava passando a semana em sua casa de Palm Springs. Então tentei ligar para o celular, mas ele não atendeu. Deixei uma mensagem totalmente histérica e esperei que ele me ligasse de volta.

Se aquela realmente era a maneira de Phillip de ferrar comigo, por assim dizer, eu não podia deixá-lo seguir em frente com aquilo. Eu tinha de lembrá-lo de que, se ele queria manter sua privacidade, devia pagar por isso. Ele tinha de continuar fazendo os cheques até que *eu* dissesse para parar.

Se pelo menos eu tivesse sido uma mulher honesta, independente e trabalhadora que pagava seu próprio aluguel — e não tivesse de contar com a caridade de seus cavalheiros visitantes para subsidiar um estilo de vida que não podia manter de outra forma...

Mas então eu não teria tantas coisas bonitas; portanto, foda-se isso. Além do mais, você não pode voltar no tempo, pode? Qualquer besteira que você tenha visto Ashton Kutcher conseguir em *O efeito borboleta* não estava acontecendo aqui.

TRÊS HORAS E QUATRO COPOS de Wild Turkey com gelo mais tarde, Phillip finalmente me ligou de volta. Ele me disse que estivera fora de manhã jogando golfe, onde ele havia acabado de fazer um *ten under par*, e aquilo não era simplesmente *fora de série*?

— Phillip, você se esqueceu de pagar meu aluguel antes de sair para Palm Springs — lembrei a ele.

— Querida, desculpe —, ele riu. — Tive um problema e me escapou totalmente. Vou cuidar disso quando voltar.

— Hum, Phillip, você não está voltando esta semana, está? Porque é quando meus senhorios querem o dinheiro que você deve.

— Fodam-se. Eles podem esperar.

— Você não pode simplesmente colocar um cheque no correio ou algo assim? — perguntei. — Quer dizer, isso é tão *difícil*?

Imaginei que era isso o que sua ex-mulher tinha de fazer para conseguir que Phillip pagasse sua pensão. Exatamente como o golfe, mulheres eram um hobby caro.

— Estou de férias agora — Phillip me lembrou. — Vim aqui para relaxar e escapar de tudo aquilo. Você não acha que também estou preocupado? Meu Deus! E tenho três filhos pequenos para proteger.

Então Phillip tinha *três* filhos. Com ele, você aprendia algo novo todos os dias.

— Mas é exatamente por isso que você tem de me mandar o dinheiro hoje — expliquei. — Meus senhorios estão ameaçando dar nome aos bois.

Com isso, Phillip rapidamente concordou em fazer sua secretária mandar um cheque. Crise evitada, até o mês seguinte.

Eu tinha de sair desse lugar, decidi. Quando Phillip voltasse de Palm Springs, eu me mudaria para a casa dele e viveria feliz para sempre.

SAÍ E COMPREI um filhote de cocker spaniel naquela tarde. Eu sempre havia querido um cachorro e já que estava me mudando, poderia fazer o treinamento das necessidades dele no apartamento.

Minha nova psiquiatra, a dra. Klein, tinha dito que arranjar um filhote seria "terapêutico", mas acho que ela tinha um motivo velado. Eu tive de mudar todo o meu estilo de vida quando levei aquele cachorro para casa. Eu não podia mais ficar fora a noite toda, e tinha de me levantar às 7h da manhã para levá-lo para o pipi.

Que trabalho duro! Sem chance de eu algum dia ter um bebê — acho que eu era realmente mais o estilo de uma pessoa com gatos.

A dra. Klein era uma mulher alta e magra com cabelos cinzentos e brilhantes olhos verdes. Ela usava um batom vermelho brilhante que complementava sua tez pálida, e eu podia ver que ela era o tipo de mulher que preferia usar terninhos a saias.

Por mais que eu adorasse falar sobre mim mesma, queria mais do que apenas "terapia da fala". Eu não esperava sair do consultório dela sem uma receita de pílulas da felicidade em minha doce e pequena mão, de modo que fui preparada: parei num Kinkos e fiz uma cópia do artigo do *Washington Post* que falava sobre *moi*.

— Esta sou eu — eu disse a ela, colocando o artigo na sua frente para que ela pudesse ler.

Ela ajustou os óculos no rosto.

Depois de espiar a matéria por alguns segundos, ela perguntou:

— Por que você me mostrou isso?

Eu podia dizer que esta era uma daquelas perguntas cuja resposta ela já sabia, mas apenas queria ouvir minha explicação para poder entender melhor minha mente distorcida.

— Apenas achei que era algo que você devia saber — falei.

— Por que você não explica o que aconteceu com suas próprias palavras?

Eu nem sabia por onde começar, mas assim que comecei a falar, senti a mesma sensação de dor aguda que havia sentido quando minha mãe me disse que estava tendo um caso.

— Sinto muito — eu disse, mas não consegui parar de chorar quando cheguei à parte de Marcus.

— Obviamente isso é algo que realmente a está incomodando — disse a dra. Klein. — Você não consegue nem falar sobre isso sem desmoronar.

— É, eu sei — solucei. — É por isso que não falo sobre isso nunca. Não com minhas amigas nem com ninguém. Não me faz sentir melhor, só me faz sentir pior!

Agarrei um lenço e assoei o nariz.

— Preciso lhe perguntar algo — eu disse quando recuperei um pouco de minha compostura. — Preciso saber o que há de errado comigo, se sou louca ou não.

— Posso lhe dizer agora mesmo: você não é louca — a dra. Klein disse. — Você está lidando com uma situação muito chata em sua vida agora e...

— Quero dizer, antes mesmo que isso acontecesse — interrompi. — Quando eu estava transando por aí e coisas assim.

— Você está falando sobre comportamento promíscuo, o que não é nada incomum. Agora, esse comportamento é algo que você gostaria de mudar ou não?

— Acho que só quero saber se sou ou não normal.

Que pergunta idiota, pensei.

— Parece que você está procurando validação para seu comportamento, o que não é algo que eu seja capaz de lhe dar — disse a dra. Klein. — O que eu *posso* fazer é prescrever algumas pílulas que vão ajudar você a parar de dar importância.

— Perfeito! — falei alegremente.

— Mas vou dá-las a você com uma condição: você tem de começar a ir aos Alcoólicos Anônimos, Jacqueline. Acho que você tem um problema de abuso de substância.

— Tenho?

— Se você ler seu blog, acho que vai começar a ver um padrão em seu comportamento: você tem bebido muito durante todo o tempo em que está aqui.

Ela estava absolutamente certa.

— Então é esse o meu problema? — perguntei. — Sou apenas uma alcoólica?

— Seu problema é que você está deprimida — disse ela.
— E provavelmente você está deprimida desde criança.
— Mesmo? Mas por quê?
— Pelo que você me disse sobre seus pais, provavelmente é hereditário.
— Então eu nasci deprimida? Isso é tão... *deprimente*.
— O que você tem é distimia, melancolia. É um tipo de depressão que é muito comum entre pessoas como escritores e comediantes. Pessoas que têm esta desordem estão constantemente fazendo coisas para *entreter* a si mesmas e aos outros como meio de lidar com sua depressão.

Era como se a dra. Klein tivesse explicado toda a minha vida para mim. Saí de seu consultório, desejando tê-la conhecido antes. Tipo quando eu tinha 5 anos.

APRIL PASSOU EM MINHA CASA quando saiu do trabalho naquele dia para ver o filhote, e nós o levamos ao parque para cachorros na Fifth Street, Southeast.
— Ele já tem um nome? — ela me perguntou.
— Tem, é Biff — respondi. — Olhe, ele é o pior cachorro do parque!

Observamos Biff enquanto ele corria para outro cachorro e começava a tentar transar com ele.
— Biffy! Não! — gritei para ele.
— Ninguém quer brincar com ele — April observou. — Até os *cachorros* em Washington são chatos.
— Como estão as coisas no trabalho? — perguntei a ela. — Como vai Dan?
— Ainda tentando não chamar a atenção. Mas ele nem diz oi para mim porque sabe que ainda sou sua amiga. É tipo a política oficial arrasar você, Jackie.

Revirei os olhos.

— Eles estão todos apenas com raiva porque não pensaram nisso antes e ainda precisam ir para seus empregos horrorosos no Congresso — eu disse. — Sem ofensa.

Eu estava esperando inspirar uma confissão de April, mas tudo o que consegui foi um dar de ombros desconfortável, então recoloquei a coleira em Biff e andamos de volta para meu apartamento.

— Você ouviu alguma coisa sobre Marcus? — perguntei. — Ele não perdeu o emprego, perdeu?

— Acho que não — April disse. — Mas não consigo imaginar que ele queira ficar. Ele provavelmente está procurando algo no setor privado, assim como Dan.

— Espero que sim. Acho que se afastar do Congresso seria bom para ele.

Deixamos o cachorro em casa e fomos para o Georgetown Waterfront para encontrar Laura, que estivera trabalhando numa campanha na Flórida o mês inteiro. April e eu tínhamos de lhe contar tudo o que ela havia perdido.

— Bem, acho que você está fazendo a coisa certa — Laura me disse. — Dê entrevistas, vá à TV e se divirta! De certa forma, eu meio que invejo você!

— Argh! Como você pode dizer isso? — perguntei a ela.

— Eu invejo *você*. Ainda tem seu bom nome.

Olhei em volta para todas as outras garotas no Waterfront. Certamente todas elas estavam fazendo a mesma coisa que eu — provavelmente até pior —, mas ainda tinham sua inocência, e eu jamais teria isso novamente.

Eu invejava todas aquelas outras garotas, até as gordas.

April pediu desculpas para atender um telefonema de Tom.

— Você sabe que foi April, não sabe? — Laura me perguntou. — Ela é sua Linda Tripp.

— Acredite, eu sei — respondi.

— Sabe? E não está furiosa?

— Acho que deveria estar, mas sei que isso a está consumindo por dentro. Ela já se sente mal o suficiente.

— Você acha?

— Sim, é muito óbvio. Ela fica pagando todos os meus drinques.

Caras drogados pararam perto de nossa mesa e pediram para tirar fotos comigo ou o que seja, mas não me admiraram tanto quanto costumavam fazer. Era de alguma forma desalentador perceber que minha má reputação afastava a maioria dos caras de Washington.

— O que há de errado com os homens de Washington? — Laura imaginou. — Achei que você ia conseguir toneladas de encontros em conseqüência disso.

— É, vou precisar me mudar para Nova York se algum dia quiser namorar com algum cara desconhecido de novo — choraminguei.

April voltou à mesa, insistindo para que fôssemos ao Tiki Bar, no Third Edition, onde ela iria encontrar Tom.

Nem uma hora depois que chegamos, um belo rapaz louro sul-africano me convidou para ir ao seu quarto de hotel. Ele estava na cidade para um casamento e ainda vestia o fraque que havia usado para a cerimônia. Alguma filha de diplomata sul-africano havia se casado com o filho de um adido militar ou algo assim — enfim, pareceu adorável e eles estavam todos no Mayflower.

— Você está com fome? — ele perguntou em seu engraçado sotaque sul africano. — Estou faminto.

Eu não estava comendo nada, mas mantive a pose com ele no Julia's Empanadas, na Connecticut Avenue.

— Você é Jacqueline Turner? — perguntou o cara que estava atrás de nós na fila.

Não o reconheci de lugar nenhum, mas assenti.

Depois me lembrei, eu era *aquela* Jacqueline Turner, aquela do blog de sexo: eu não o conhecia, mas ele me conhecia.

— É mesmo? Legal! — disse o cara, me entregando seu cartão. — Me ligue. Nós devíamos sair juntos.

O sul-africano pareceu confuso.

— Como ele conhece você? — ele perguntou.

Imaginei que eu teria de dar muitas explicações dali em diante, mas esta era a primeira vez que explicava tudo para um potencial interesse amoroso. Eu meio que esperava que ele ficasse estranho, mas ele continuou parecendo apenas confuso.

— Não entendo — ele disse. — Qual é o grande problema? Quem liga para isso?

— *Exatamente* — falei. — Também não entendo.

— Americanos de merda — ele ridicularizou.

Voltei para seu quarto de hotel, onde nos enfiamos embaixo dos lençóis e contamos piadas na cama por um tempo. Ele era muito engraçado, e desejei que não fosse voltar para Johannesburgo no dia seguinte.

Finalmente paramos de brincar e ele subiu em mim. Tínhamos tirado nossas roupas cerca de meia hora antes para as prévias, então estávamos cheios de tesão, nos olhando e nos esfregando um no outro na cama.

— Você tem camisinhas? — perguntei.

— Não — ele disse. — Você não tem?

Suspirei e sacudi a cabeça.

— Mas os americanos sempre têm camisinhas — ele disse.

— Temos? — perguntei.

Então por que os caras que eu conhecia pareciam nunca ter uma?

Tivemos uma frustrante e casta sessão de amassos até que meu telefone celular tocou. Era Laura, que estava me ligando do George Washington University Hospital.

Capítulo 33

Passei a noite na sala de espera, prestando atenção em médicos bonitos com Laura até que as enfermeiras nos deixassem entrar na desintoxicação, onde estavam mantendo April.

Tom saiu batendo o pé do quarto; a cara feia.

— Como ela está? — perguntei, mas ele passou voado por mim a caminho da saída.

A enfermeira disse que April estava me chamando, então me levantei da cadeira onde estava enroscada e fui vê-la.

Ela estava deitada num leito com um fluido intravenoso preso ao braço. Seu rosto estava vermelho e inchado, e pude perceber que ela andara chorando.

— Tom acaba de terminar comigo! — soluçou April.

— Ele terminou com você *aqui*? — perguntei.

April assentiu.

— Ele disse que nunca poderia se casar com alguém como eu porque quer concorrer ao Congresso um dia! — ela disse. — Ele diz que eu o envergonho!

Era a coisa mais desagradável que eu já tinha ouvido. Se Tom ligasse para mais alguém além de si mesmo, ele teria tentado *ajudar* April, em vez de jogá-la fora como alguma camisinha usada.

— Eu sou um problema! — ela gritou quando viu as grandes marcas roxas em seus braços do intravenoso.

— Isso é tipo só a opinião dele, April. Acontece com todo mundo — eu disse, tentando confortá-la. — Eu já acordei no hospital um monte de vezes... não é grande coisa.

— Ah, cale a boca! — ela disse. — Para mim é grande coisa! Que tipo de amiga você é afinal?

— Que tipo de amiga *eu* sou? — perguntei. — Como você ousa sequer me fazer esta pergunta? Você, entre todas as pessoas!

— Do que você está falando?

— April, eu *sei* que foi você.

— Hã?

— Foi você que divulgou meu blog. Você arruinou minha vida, será que se dá conta?

— Do que você está falando? — ela perguntou. — Sua vida não está *arruinada*. Você está muito melhor agora do que estava antes.

Provavelmente eu *estava* melhor do que em maio, separando correspondência para um senador que eu secretamente pensava que era um babaca, trepando com caras que eu secretamente pensava que eram babacas também. Mas se eu estava melhor, por que ainda estava com tanta raiva?

Naquele instante, eu queria arrancar o braço dela e bater nela com ele até a morte, com Prozac ou não.
— Não era sua escolha fazer isso — eu finalmente disse. — Você não tinha o direito de fazer o que fez!
— Já estou me sentindo mal o suficiente — April sucumbiu. — Você não pode deixar isso passar?
— Bem, você deve mesmo se sentir mal — eu disse.
— Saia daqui — April disse, virando as costas para mim enquanto rolava no leito. — Talvez eu ligue para você amanhã. Talvez não. Não tenho mais certeza se quero ser sua amiga.

DOLORIDA DE DORMIR nas cadeiras da sala de espera, caí na cama quando cheguei a meu apartamento. Biff estava chorando, tentando subir na cama comigo. Estendi a mão para pegá-lo, mas soltei-o no chão: ele cheirava muito mal.
Biff havia feito pipi em todo o chão da cozinha porque eu não havia vindo para casa na noite passada para levá-lo lá fora. Meu apartamento cheirava como um canil, e seus pratos de comida e água estavam vazios. Eu me senti a pessoa mais incompetente do mundo. Era completamente incapaz de cuidar de qualquer um além de mim mesma.
Adormeci enquanto meu filhote chorava por atenção.
Era preciso tanto para ter um amigo em Washington.
Pulei da cama quando o telefone tocou 5 minutos depois.
— Você pode me explicar por que há uma equipe de televisão no meu jardim da frente?
Era meu pai — e ele parecia estar com raiva.
Eu não tinha contado a ele sobre o blog. Não achava que aquilo tivesse qualquer coisa a ver com meus pais, mas aparentemente os noticiários locais pensavam diferente: eles

queriam saber como meu pai se sentia com o fato de sua garotinha fazer sexo pervertido em troca de dinheiro em DC.

Quando comecei a explicar, ele me interrompeu, para meu alívio.

— Quando você tencionava me contar isso? — ele perguntou.

— Não pensei que...

— Isso está certo — ele disse. — Você *não* pensou.

Subitamente me senti culpada por meu ato "insolente e sem-vergonha". Parecia uma boa estratégia de mídia, mas nunca parei para pensar sobre como meus pais poderiam se sentir a respeito, porque não é isso o que garotas insolentes e sem-vergonha fazem.

— Você é minha filha, Jackie, mas não é mais a minha garotinha — ele me disse. — Não sei o que aconteceu com você, mas não é a jovem que *eu* criei. Acho que você devia passar os feriados com sua mãe de agora em diante.

Passar os feriados com minha mãe era tipo passar para o Lado Negro: eu não queria ser como *ela*, mas era isso o que meu pai vira quando deu com minha foto no jornal: uma garota que era exatamente como a mãe — mentirosa e traidora.

PASSEI OS DIAS SEGUINTES enfiada em meu quarto, chorando no travesseiro, com "Against All Odds", de Phil Collins, tocando repetidamente em meu CD. Era patético. Eu nem sabia por que estava chorando a maior parte do tempo, mas estava me sentindo péssima.

Janet estava certa sobre mim: eu realmente era uma merda. Fingi que era algum tipo de garota glamourosa quando fui para a TV e posei para os fotógrafos, mas a verdade não era tão bonita assim.

"Washingtoniana" era uma garota que sabia que boceta era poder — um Id em movimento com um enorme Ego. Ela era eu, mas eu não era ela. Eu tinha parado de ser aquela garota quando comecei a namorar Marcus.

Quando estava com Marcus, sentia que podia ser eu mesma. Mas se estava mentindo e traindo o tempo todo, o que aquilo significava afinal?

Por isso eu não conseguia parar de chorar: eu não sabia mais *quem* eu era. Eu me sentia a maior enganação de Washington. Como todos aqueles políticos conseguiam?

April finalmente me ligou, no terceiro dia de minha maratona Phil Collins.

— Eu lhe devo desculpas — ela disse. — Desculpe e...

— Não, eu é que devo desculpas a *você* — interrompi. — Você estava no hospital, Tom tinha acabado de terminar com você, e tudo em que eu conseguia pensar era em mim mesma.

— Mas você estava certa! Eu não devia ter feito isso com você. Deus, eu me sinto uma pessoa tão má.

— April, você *não* é uma pessoa má! Não há essa coisa de uma "pessoa má" de qualquer forma. Quer dizer, ninguém é consistente *assim* em seu comportamento. Nós simplesmente nos fodemos, merda... em grande estilo.

— Você tem de saber que eu não queria que nada disso acontecesse. Achei que todo mundo fosse achar seu blog engraçado. Não sabia que as pessoas seriam tão cachorras sobre ele.

— Bem, as pessoas são burras. Que coisa chocante.

— É, eu devia saber. Quer dizer, eu trabalho no Congresso e falo com idiotas no telefone o dia inteiro!

Comecei a rir, e agora éramos duas garotas loucas, rindo de todos os problemas que havíamos causado.

— Então você e Tom terminaram? — perguntei.

— É — April suspirou. — Estou saindo do escritório também. Dan está agindo como um imbecil total comigo, e Tom está tentando me fazer ser demitida. Ele disse ao chefe da equipe que eu usava drogas! Por sorte, meu traficante trabalha no Congresso também, então não havia números suspeitos nos registros dos meus telefonemas porque eles eram todos chamadas internas. Mas ele estava certo. Eu *realmente* tenho um problema. Eu devia ir para o AA ou algo assim.

— É isso o que minha analista diz! Você vem comigo hoje à noite? — implorei. — Realmente preciso sair de casa.

— Você por acaso sabe o que eles fazem você fazer lá? — perguntou April. — Você tem de contar a todo mundo histórias sobre todas as merdas que você fez enquanto estava bêbada.

Com isso, eu ri.

— Isso é fácil! Só preciso passar cópias de todas essas matérias de jornais sobre mim.

— E você sabe o que mais? — April perguntou. — Você tem de reparar os erros com todas as pessoas com quem agiu errado enquanto estava bêbada.

Eu tinha esquecido o Passo Nove dos Doze Passos dos Alcoólicos Anônimos. Imaginei-me ligando para Mike, Dan, o senador. E Marcus.

— Provavelmente eu não devo ir — disse.

— Mas você não quer ver quem mais está lá? — April perguntou. — Mesmo se odiarmos, pelo menos vamos descobrir quem mais nesta cidade chegou ao fundo do poço.

Eu tinha de admitir que estava curiosa.

ENQUANTO SUBÍAMOS AS ESCADAS para a sala de encontros em cima da livraria gay em Dupont Circle, lembrei a April que não podíamos sair para beber depois da reunião.

— Vamos apenas nos sentar em algum lugar e comer alguma coisa — disse-lhe.

— O AA vai nos fazer ficar gordas — ela refletiu.

— Talvez devêssemos simplesmente ir para casa depois — eu disse, enquanto entrávamos numa sala cheia de cadeiras dobráveis.

Então vi algo que me fez virar as costas e ir para casa mais cedo.

Sentado do outro lado da sala estava Marcus.

E ele viu que eu estava fugindo porque April saiu gritando atrás de mim: *Jackie, onde você está indo?*

Eu não sabia que Marcus estava nos Alcoólicos Anônimos e acho que este é o ponto. Quer dizer, eu sabia que ele não bebia; ele apenas nunca tinha me dito que estava em *recuperação*.

Ele me alcançou no pé da escada, agarrando meu braço por trás. Eu sabia que ia chorar se ele começasse a gritar, então reuni toda a minha coragem e me virei para encará-lo.

— Há algo que você deseja me dizer? — perguntei na defensiva.

— Não — ele disse. — Só queria ver você.

Eu sabia que Marcus jamais seria capaz de olhar para mim da mesma forma depois do que havia acontecido. E agora que estávamos ali, de pé face a face de novo, ele *realmente* me olhava diferente, como se estivesse vendo a Jacqueline verdadeira pela primeira vez.

— Por favor, não me olhe — disse eu, recuando e me afastando dele. Ele não me interrompeu desta vez, então empurrei a porta e comecei a descer a rua na direção da estação de metrô.

Marcus estava apenas alguns passos atrás.

Ele estava me seguindo. Isso não significava alguma coisa? Eu tinha de me virar. Mas o que eu podia dizer?

— Você não precisa se desculpar — ele disse, lendo meus pensamentos. — Você quer conversar?

— Quero, mas não sei. — Respondi. — Não quero criar mais problemas para você.

— É, Janet me mataria se soubesse que estou falando com você agora — ele admitiu.

— Você ainda está no escritório? — perguntei. — Como estão as coisas lá?

— Bem caóticas, com você na TV e tudo o mais.

— Você me viu?

— É, você estava bonita.

Fiquei surpresa que ele ainda me achasse atraente — isso significava alguma coisa também. Talvez eu realmente *pudesse* ganhá-lo de volta. Ele tinha sido tão compreensivo sobre a fofoca dos tapas antes; talvez pudesse superar isso também. E se Phillip havia me perdoado, não era impossível que Marcus fizesse o mesmo.

Seu perdão seria a última validação. Percebi que provavelmente era errado ficar tendo essas idéias, mas quando eu estava com ele, não conseguia evitar: eu sempre queria o que não podia ter, e Marcus era o homem mais inatingível do mundo para mim agora.

— Então por que você não me ligou? — perguntei.

— Estava esperando você me ligar — ele respondeu. — Mas conforme os dias passavam, e não tive notícias suas, achei que você não me dava a menor importância.

— Claro que dou! Eu só estava com medo.

— Então por que você foi para a televisão e riu de tudo isso? — ele perguntou. — Você não me pareceu assustada! E se você realmente ligasse, não teria feito isso, não teria feito nada disso!

Estávamos tendo essa discussão no meio da Dupont Circle, e eu tinha medo de que pudéssemos nos tornar um espetáculo.

— Podemos falar sobre isso em minha casa? — perguntei.

Terminamos fazendo o melhor sexo de nossas vidas.

Capítulo 34

Na manhã seguinte, fizemos planos para nos mudarmos para Nova York, onde ambos poderíamos começar de novo. Marcus conseguiria um emprego numa empresa de advocacia, e eu iria... fazer exatamente o que, não sabia.

— Esta é a nossa chance de um novo começo — ele me disse. — Não quero que você corra atrás de nenhum negócio com livros ou filmes nem faça nada relacionado ao blog. Só quero esquecer que isso tudo aconteceu um dia.

— Então o que devo fazer de minha vida? — perguntei. — Não consigo emprego em lugar nenhum; sou alvo de riso! Por que eu não deveria ganhar dinheiro com essa confusão?

Ele então me contou sobre algum episódio de *True Life* que tinha visto na MTV, sobre uma atriz pornô viciada em crack que tinha transformado sua vida ao deixar a indústria de filmes de sacanagem; ela havia voltado a estudar e se tornara uma orientadora para dez prostitutas ou algo assim.

Eu não apreciei a analogia que ele estava fazendo.

— Tudo o que estou dizendo é que você tem outras opções — ele disse.

Já que eu estava desejando fazer qualquer coisa para ter Marcus de volta, concordei em voltar para a escola. Eu não era do tipo de voltar as costas para o amor, mesmo quando sabia que aquilo podia não funcionar.

Minhas amigas ficaram furiosas quando lhes informei sobre minha decisão de não correr atrás dos negócios com a mídia que estavam sendo jogados em meu caminho.

— Você passou por toda essa merda apenas para acabar ficando com *Marcus*? — Diane perguntou incrédula.

— Por que isso é tão difícil de acreditar? — perguntei.

— Só parece que você não está pensando com clareza. Você anda tomando seus remédios?

— *Sim* — respondi firmemente. — Não sou louca, você sabe.

— Jackie, você é a pessoa mais louca que conheço. Por isso Naomi e eu somos suas amigas! Mas você simplesmente não é você mesma agora.

— O que isso quer dizer? — perguntei. — Esta sou eu, sendo eu mesma, e isso é o que eu quero fazer.

— Jackie, não vou permitir que você deixe passar uma oportunidade única na vida! Honestamente, não posso acreditar que você sequer possa considerar isso!

— Mas eu o amo, Di.

— Não quero ver você de coração partido — Diane me alertou. — Você vai terminar sem nada, a não ser arrependimentos. Antes de fazer qualquer coisa, acho que você devia conversar sobre isso com sua médica.

Liguei para April e Naomi, que disseram a mesma coisa que Diane. Achei que elas todas ficariam felizes por mim, mas ao contrário, elas me repreenderam por me desviar do prêmio: a chance de usar minha fama recém-adquirida para me tornar rica e independente.

— Se Marcus a amasse, ele deixaria você fazer isso. Nunca se sabe; ele pode estar brincando com você — Naomi alertou.

— Mas quando estávamos na cama na noite passada... — suspirei. — Não se pode fingir aquilo.

— Você está falando sério? — Naomi gargalhou. — Quantos orgasmos você já fingiu na vida? Meu Deus, não seja tão ingênua.

Fui ao consultório da dra. Klein naquele dia, soluçando sobre como estava confusa.

— Não quero tomar a decisão errada! — chorei. — O que devo fazer?

— Não posso lhe dizer o que fazer — ela respondeu. — Mas posso dizer que você tem sentimentos confusos sobre ir para Nova York com Marcus.

— São minhas amigas, elas me deixaram totalmente confusa!

— Esqueça suas amigas por enquanto. Esqueça Marcus também. Você tem de ser fiel a si mesma, Jackie.

Assenti, mas era óbvio para a dra. Klein que eu era uma pessoa ansiosa. Não conseguia mais confiar em meus próprios instintos porque eles tinham me levado ao desastre.

— Por que é tão importante para você estar com Marcus? Ele não é o último homem na terra — ela me lembrou. No entanto, você parece aterrorizada de perdê-lo. Você pode me dizer o que o torna excepcional?

— Não consigo exatamente *quantificar* isso — respondi. — É só que ele é... *diferente*.

— Por que ele é diferente de outros homens que você conheceu?

Dei de ombros.

— Ele é legal — foi tudo o que consegui dizer.

— E os outros homens não eram legais com você? — a dra. Klein perguntou.

— Não, na verdade, não — respondi. — Muitos deles eram totalmente babacas.

— Talvez isso seja porque você não era muito legal com eles — presumiu a dra. Klein. — Acho que o que está faltando aqui é *respeito*. Você parece ter um profundo desrespeito pelos homens.

— Você quer dizer que *odeio os homens?* — perguntei.

— Acho que você transforma os homens em objetos.

— Sem querer trivializar — eu disse, na defensiva —, mas as pessoas não transformam as outras em objetos o tempo todo?

— É essa a sua percepção?

— Claro que é! A senhora é mulher, dra. Klein. A senhora não sente isso?

— Mas como isso faz *você* se sentir, Jacqueline?

— Eu odeio isso — respondi. — Odeio que as mulheres estejam presas neste planeta com criaturas tão horríveis quanto os homens.

— Então, você acha que é justo tratar os homens com o mesmo desrespeito? Você acha que isso está certo?

Dei de ombros.

— Acho que só estou andando em círculos — admiti.

Peguei um lenço e esperei a resposta da dra. Klein. Ela suspirou e sacudiu a cabeça.

— Então, por que você simplesmente não pára? — ela perguntou. — Dê um tempo dos homens. Se eles são "criaturas tão horríveis" assim, por que não os elimina de sua vida no geral?

— Mas não posso desistir dos homens — respondi. — Quero amor.

Eu odiava admitir isso, mas era a verdade: eu sabia que apenas garotas estúpidas se apaixonavam pelos homens com quem transavam, mas de alguma maneira eu tinha conseguido cometer aquele erro.

Saí do consultório da dra. Klein com uma receita de Zoloft e um ressentimento contra Marcus por querer me fazer escolher entre amor e dinheiro: não havia razão para eu não ter os dois.

VOLTEI PARA MEU APARTAMENTO e fiquei de cara feia por cerca de uma hora antes que houvesse uma batida à porta.

Fui na ponta dos pés até a janela da sala para ver quem era.

— Jacqueline?

Merda!

Ele havia me visto.

Fred estava na minha porta, buscando pela chave em seu bolso.

— Jacqueline, eu preciso falar com você!

— Vá embora! — gritei. — Não quero falar com você! Se você entrar aqui, vou chamar a polícia!

Fugi na direção de meu quarto, onde meu celular estava na mesa-de-cabeceira, mas Fred já estava dentro do apartamento.

Chutei e arranhei Fred quando ele me agarrou, aterrorizada que ele estivesse ali para me estrangular ou cortar meu rosto com uma lâmina de barbear. (Que é o que *eu* teria feito se fosse ele!)

Ele colocou a mão sobre minha boca e pensei: *É isso. É assim que eu vou terminar. Bem, estou pronta. Pode vir.*

Parei de lutar e encarei Fred nos olhos. O que ele estava esperando? *Faça logo.*

— Jacqueline, não vou machucar você — ele disse, mantendo a mão sobre minha boca. — Apenas me escute.

Ele me soltou e nos sentamos no chão da sala. (Eu ainda não tinha nenhum móvel.) Era a primeira vez que eu o via usando "roupas casuais". Ele realmente parecia meio bacana, sentado ali, brincando com meu filhote, que tinha se revelado um péssimo cão de guarda.

— Precisamos conversar — ele disse.

— Por que você não está no trabalho? — perguntei a ele. — Alguém descobriu sobre nós?

— Lá nunca nem surgiu o assunto, mas minha mulher sabe. Ela viu sua foto no *Post* e lembrou que eu tinha seu número no meu BlackBerry.

Eu tinha esquecido isso tudo. Não teria ido em frente se tivesse me lembrado. Mas na época, eu só podia me preocupar comigo mesma.

— Meu Deus, Fred, desculpe — falei. — Mas você tem de saber que eu nunca quis que isso acontecesse.

— Então você não planejou isso? — ele perguntou.

— Você acha que eu *queria* que isso acontecesse?

— Não — ele respondeu. — Eu conheço você. Mas Jill quer o divórcio. Ela provavelmente vai conseguir ficar com tudo.

— Jill é sua mulher?

Ele assentiu. Eu nunca o havia escutado dizer seu nome antes.

— Então o que você vai fazer? — perguntei a ele. — Vai ficar em Washington?

— Quero sair daqui, mas estou esperando para entregar minha demissão. Não seria prudente agir agora, mas se perdermos a eleição este ano, vou perder o emprego de qualquer maneira. E você? Vai sair da cidade?

Dei de ombros.

— Eu realmente não sei o que vou fazer — falei.

— Por que você não se muda para Nova York comigo? — Fred perguntou. — Poderíamos conseguir um apartamento em seu nome e simplesmente *desaparecer*.

Eu não conseguia acreditar que ele estava falando sério.

— E o seu bebê? — perguntei. — Você nunca mais vai vê-lo?

— Na verdade, é uma *menina*. Mas ela não precisa de alguém como eu em sua vida.

Por que eu estava mais preocupada com a família de Fred do que ele? Fred me dava nojo, mas, mais que isso, eu estava com nojo de mim mesma por me colocar naquela situação.

— Fred, nós não podemos fazer isso — eu disse a ele.

— Você *deve* isso a mim — ele disse. — Depois do que você fez a mim e minha família...

— O que *eu* fiz? Você fez isso a si mesmo!

Fred se levantou do chão e ficou de pé acima de mim.

— Você não manteve sua parte do trato — ele disse.

— E daí? Você vai me matar se eu não te der seu dinheiro de volta?

Fred olhou para mim de alto a baixo com cara feia.

— Você não vale isso — ele disse e chutou meu cachorro a caminho da porta.

— Não acredito que o presidente seja amigo de alguém como você! — gritei para ele, que bateu a porta com força suficiente para fazer a sala tremer.

COLOQUEI BIFF EM SEU transportador Kate Spade, vesti meu biquíni e peguei um táxi para o Omni-Shoreham, em Woodley Park, o hotel com a melhor piscina da cidade. (Em dias quentes, as garotas e eu pediríamos aos solteiros desgarrados nos convidarem). Do pórtico, liguei para Laura e perguntei se podia ficar na casa dela por algumas noites.

— Você devia denunciar Fred à polícia — Laura disse — ou mandar o nome dele para a Blogette!

— Não quero deixá-lo irritado! Agora ele não tem nada a perder e tenho medo de que ele volte — eu disse a ela.

— Você pode ficar, mas não tenho muito espaço desde que April se mudou para cá. Ela foi despejada de seu apartamento semana passada porque não conseguia pagar o aluguel.

— Por que ela não me contou? — perguntei.

— Ela não quis pedir nenhum favor a você porque ainda se sente culpada. Mas não se preocupe com April, eu con-

segui um emprego para ela na minha firma — falou Laura.
— É com *você* que me preocupo.
— Você? — perguntei, surpresa por Laura se importar.
— Claro, Jackie! Você é a amiga mais íntima que tenho. Nós fizemos algumas coisas muito loucas juntas, quer dizer, nós nos vimos *nuas*!

Percebi o quanto nós éramos parecidas, garotas de carreira do Capitólio que vinham de inícios miseráveis, sem nada além de nossos truques femininos para nos ajudar a ser bem-sucedidas nesta cidade. Os jogadores conheciam o jogo quando o viam, o que nos fazia primeiro competidoras, depois amigas.

Laura e eu nunca fomos além da política sexual que nos prevenia de ter uma verdadeira amizade, o que era algo de que eu sempre me arrependia: as mulheres podiam perdoar os homens por quase qualquer coisa terrível que eles fizessem, mas quando se tratava uma da outra, nós simplesmente não merecíamos o esforço.

Disse a Laura que ia perguntar a Marcus se podia ficar na casa dele, e ela disse:

— Eu sei que as coisas vão funcionar com ele... eu sabia... ele faria qualquer coisa para fazer você feliz.

Ela me desejou sorte, como se soubesse que nunca voltaríamos a nos falar. Mas que seja, águas passadas são águas passadas.

Então liguei para Marcus no trabalho e contei a ele sobre o que aconteceu com Fred.

— Você está bem? Onde você está agora? — ele perguntou.

— Estou na piscina — respondi. — Alguém aí no escritório consegue ouvir você falando comigo?

— Não, estou aqui sozinho.
— Você está bem? — perguntei.
Ele parecia estranho.
— Recebi um trote de alguma estação de rádio esta manhã — ele me disse.
— Estava no ar?
— Acho que sim.
— Que coisa horrível. O que eles disseram?
— Não lembro. Disseram algo sobre o blog, e então desliguei.
— Você desligou na cara deles? Provavelmente esta foi a *pior* coisa que você poderia ter feito.
— O que eu devia fazer? Conversar com eles ao vivo na rádio enquanto estava no trabalho? Agora não posso nem atender ao telefone.
— Desculpe, Marcus, gostaria que houvesse algo que eu pudesse fazer. Mas está além do meu controle.
— Só quero que isso pare — ele disse. — Mas acho que você quer que continue.
— Não, não quero! — protestei. — Eu odeio isso!
— Então por que você continua alimentando a história? Você dá todas essas entrevistas, atraindo toda a atenção para você e o blog. É como se você *quisesse* que as pessoas lessem!

Marcus estava certo. Minha atitude até esse ponto era "Por que *não* alimentar isso?" Eu não ligava que as pessoas conhecessem meus podres, mas percebi que não era apenas em *meus* podres que as pessoas estavam interessadas. Degradar a mim mesma era uma coisa. Se uma mulher fazia isso consigo mesma, estava sob controle. Mas eu estava humilhando um monte de outras pessoas comigo, na verdade, *vitimizando-as*.

Eu não ligava a mínima para o senador e seu escritório — e acho que nunca liguei desde o início. Mas ainda ligava para Marcus. Se ele queria que eu parasse de abrir a boca para cada repórter que ligava, eu devia a ele pelo menos isso.

— Sabe, meus amigos estão aborrecidos por nós estarmos nos falando — ele me disse. — Eles sabem que ainda tenho sentimentos por você.

— Você contou a alguém sobre a noite passada? — perguntei.

— Não tenho certeza se quero que alguém saiba.

— Marcus, é duro para mim ouvir isso — falei. — Você acha que algum dia vai conseguir me perdoar?

— Jackie, ainda estou ao seu lado, apesar de tudo o que você faz.

Eu queria acreditar que isso era verdade. Queria acreditar muito.

PASSAMOS A NOITE JUNTOS, os dois lendo o blog linha por linha. Foi uma das coisas mais difíceis que eu já fiz, mas ele era um advogado, afinal de contas. Ele me questionou durante horas sobre tudo o que eu havia escrito — quem eram os outros caras, qual a natureza dos relacionamentos, et cetera.

Eu estava exausta quando voltamos ao meu primeiro post, mas, no fim, tudo o que podíamos fazer era rir daquilo.

— Não acredito que você chamou Janet de "alcoviteira". Ela ficou realmente irritada com isso — Marcus me disse.

— Por que você simplesmente não me convidou para sair você mesmo? — perguntei.

— Eu não sabia que ela ia fazer isso!

— Então por que ela fez? Imaginei que diabos estava acontecendo ali.

— Quando você apareceu no escritório a primeira vez, Janet me chamou e disse: "Marcus, você precisa ver a nova garota."

— *O quê?* — eu me recusei a acreditar. — As pessoas fazem isso?

— Então eu fui à sala de correspondência para conferir — Marcus continuou. — Achei que você era atraente, mas eu meio que tirei isso da minha cabeça porque não tinha certeza se devia sair com alguém do escritório.

— Ai, meu Deus — falei.

Eu me senti horrível.

— Então vi você na sala de reunião naquele dia e disse para Janet: "Aquela Jacqueline é muito gata." Então ela resolveu convidar você para sair e tomar uns drinques. Não foi idéia minha.

— Então você nem queria sair comigo? — perguntei.

— Eu provavelmente nunca teria convidado você para sair.

Não consegui deixar de ficar desapontada ao ouvir isso.

— Mas a cada dia eu gostava cada vez mais do que via. No entanto, quando vi *isso* — ele disse, segurando a cópia de meu blog —, senti como se não conhecesse você.

— E eu também não conheço você — eu disse —, motivo pelo qual não posso ir para Nova York com você.

— Você vai ficar em Washington?

— Quero dizer que vou para Nova York. Só não vou com você.

Marcus ficou de pé, agarrou um travesseiro da cama e desceu as escadas para dormir no sofá. Ele saiu para o trabalho na manhã seguinte sem me dizer uma palavra, e eu acordei sozinha em sua casa vazia, me perguntando se tinha cometido outro grande erro.

EU AINDA ESTAVA COM MEDO de voltar para meu apartamento, com Fred ainda à solta. Estava com o aluguel atrasado e realmente não achava que fosse pagá-lo, então liguei para Phillip para perguntar o que ele queria fazer.

— Eu sabia que você me deixaria encrencado com aquele lugar — ele reclamou. — Normalmente, são os de fora que são roubados quando vêm para Washington, não o contrário!

— Desculpe, Phillip, mas não posso mais ficar lá. Você pode ir comigo pegar minhas coisas e eu fico com você até ir para Nova York na quinta-feira?

— Esta não é uma boa semana para mim — ele disse. — Estou com as crianças aqui, e Penelope entraria em guerra se descobrisse que você está ficando na casa com eles.

— Mas achei que você queria que eu morasse com você.

— É, eu estava apenas sendo egoísta, querendo que você ficasse aqui. Mas você e eu sabemos que você é jovem demais para mim. Você acabaria partindo meu coração.

— Então o que devo fazer?

— Você deve ligar para aquele cara do escritório por quem você estava tão apaixonada, aquele do blog.

— Então você não me quer mais? — perguntei. — Achei que você tinha dito que me amava.

— Eu amava você tanto quanto você me amava — ele respondeu. — Não vou fazer você feliz, Jackie. Você está procurando amor verdadeiro, e eu desisti deste conceito há muito tempo atrás. Sou um filho-da-mãe egoísta e só vou fazer você infeliz. Vá encontrar um cara legal para você e, se não funcionar, bem, você sempre tem o meu cartão.

Eu sabia que Phillip estava tentando fazer a coisa certa, mas eu ainda me sentia insultada: ele estava me abandonando *porque* ligava para mim, só que ligava mais para ele mesmo. Obviamente ele estava com medo de ser roubado de novo.

Eu estava ficando desesperada. Quando voltei ao consultório da dra. Klein, disse a ela que não conseguiria continuar a pagar o tratamento.

— Você pediu ajuda financeira a seus pais? — ela perguntou. — Você parece que não anda comendo muito.

— Ah, eu *sempre* pareço assim —falei. — Mas não, não posso pedir ajuda a meus pais. Estamos afastados agora.

— Eles estão aborrecidos com o blog? Alguns pais têm dificuldades de lidar com o fato de que seus filhos têm uma vida sexual.

— *Não* é isso... meus pais são totalmente legais. É só que minha mãe... ela traiu meu pai.

Então eu soltei: lágrimas e muco brotavam de meu rosto, e minha maquiagem ficou arruinada.

— Não sei por que estou chorando! — solucei. — Quer dizer, isso não é nada, as pessoas traem o tempo todo!

— Obviamente, é *alguma coisa*; do contrário, você não estaria desabando agora — replicou a dra. Klein.

— Eu sou louca, não sou? Tem algo muito errado comigo!

— Por que é mais fácil para você acreditar que é louca do que admitir que fez algo errado?

— Eu? Mas eu não...

Tive de me interromper. Percebi que *realmente* havia feito algo errado.

Pode ter parecido muito básico (mentir + trair = ruim), mas a experiência de vida me ensinou de outro jeito. A lição que aprendi foi: *Você pode conseguir o que quiser de graça mentindo e traindo — e nunca há nenhuma conseqüência.*

Quando Mike terminou nosso noivado, a saída de minha situação horrenda foi mentir e trair — e funcionou! Agora eu era uma mentirosa-traidora *famosa* que tinha enganado todo mundo, e era culpa estúpida deles mesmos que tinham feito com que todos fossem enganados tão facilmente por um rostinho bonito.

Mas meu pai era um tolo por amar minha mãe? Não, mas minha mãe tinha o desejo de causar dor a ele de qualquer jeito. Era um grande abuso de poder num mundo cruel e injusto.

Mas este é o mundo em que vivemos, e é com isso que todos temos de conviver.

MINHA MÃE VEIO A Washington para me ajudar a empacotar minhas coisas no apartamento. Era a primeira vez que alguém de minha família vinha me visitar desde que eu havia mudado para cá. Acho que eles presumiram que eu podia cuidar de mim mesma. Eu era filha da minha mãe, afinal de contas.

— Seu pai devia estar ajudando com isso — ela reclamou enquanto levantávamos as caixas com minhas roupas para tirá-las do apartamento.

— Ele ainda está com raiva — falei. — Tentei ligar para ele primeiro, antes de falar com você, mas ele não atendeu.

— Ele é seu pai, o único homem com quem uma mulher pode contar em sua vida. Ele vai superar isso. As pessoas que a amam sempre a amarão, não importa o que aconteça.

Embalamos o máximo de coisas que eu pude colocar na parte de trás de sua caminhonete BMW, e observei-a ir embora de carro com meu cachorro no banco do carona.

Eu sabia o que tinha de fazer.

Não mudei de roupa nem fiz meu cabelo, porque, se ele me amava, sempre me amaria, não importava o que acontecesse. Andei até os prédios do Senado com minhas calças jeans capri e camiseta Patricia Field e entrei na fila atrás dos caras e garotas limpinhos que ainda trabalhavam ali.

Meus saltos ressoaram no chão de mármore enquanto eu caminhava na direção do edifício Russell. A caminho do escritório de Marcus, os caras me encararam e sussurraram, mas não prestei atenção a eles. Eu estava numa missão para conseguir meu homem de volta.

Se você algum dia visitar os prédios dos escritórios do Congresso, deve ficar interessado em saber que muitas dessas solenes portas de madeira estão destrancadas, então se quiser surpreender alguns mimados burocratas, sinta-se livre para experimentar as maçanetas.

Quando abri a porta do escritório de Marcus, ninguém nem levantou os olhos. Todos estavam ocupados olhando para coisas na internet. Marcus estava reclinado em sua cadeira, se espreguiçando, com a Blogette na sua tela do computador.

— Marcus? — eu disse, e ele pulou na cadeira.

Todo mundo no escritório parou e olhou, incertos sobre o que fazer, enquanto Marcus me levava apressado para o corredor.

— Você está louca? — ele perguntou. — O que está fazendo aqui?

Entramos na sala de reunião vazia, onde senti como se estivesse negociando com Marcus para que ele voltasse para mim.

— Estou indo para Nova York — eu disse a ele. — Tipo agora.

— Bem, não posso fugir com você, se foi isso que você veio me pedir — ele disse. — Tenho trabalho a fazer.

— O que você faz exatamente? Sempre fiquei imaginando.

— Quando não estamos atendendo telefonemas de pessoas do rádio e colunistas de fofocas, encontramos tempo para fazer leis aqui, Jackie.

— Mesmo? Uau, isso parece importante.

— É importante, e agora não consigo fazer nada por causa do escândalo.

— Sinto muito sobre os telefonemas, mas está além do meu controle.

— Os últimos rumores dizem que você e suas amigas planejaram isso tudo. É verdade?

— Estava fora do meu controle — era tudo o que eu conseguia dizer, tipo aquele personagem de John Malkovich em *Ligações perigosas*.

— Jackie, eu tenho de me demitir. As coisas estão muito desconfortáveis para mim aqui. Vou voltar para Nova York assim que vender minha casa.

— Ai, meu Deus, arruinei sua vida.

— Apenas faça a coisa certa. Não fique insistindo nisso.

— *A coisa certa?* — repeti. — É certo deixar um monte de *nerds* de blogs arruinarem minha vida também? Não acho.

— Não estou tentando dizer a você o que fazer, Jackie. Obviamente nós temos um conflito de interesses aqui. Eu tenho meus compromissos e você tem os seus. Só que não tenho certeza de quais são os seus exatamente. O que você está fazendo? Não deveria estar deitada numa praia em algum lugar?

— Eu quero você de volta — eu disse a ele —, mas agora vejo que não faz sentido, porque você ainda está com raiva de mim.

— Bem, pare de me jogar de um lado para o outro! Você quer fazer isso ou não?

— Sim, mas temos de fazer do meu jeito.

— Achei que tínhamos concordado em esquecer tudo sobre esse negócio do blog. Você estava mentindo naquela hora ou está mentindo agora?

— Poderíamos ganhar muito dinheiro — argumentei. — E se não pegarmos esta oportunidade agora, tenho medo do que pode nos acontecer mais tarde.

— Por que você está lutando comigo com isso? Eu quero ficar com você, e você torna tudo muito difícil.

— Bem, esta sou eu — eu disse. — Você pode viver com isso ou não?

— Não, acredito que não. Preciso me afastar de você, e você precisa se afastar de mim.

Ele nem tinha precisado pensar no assunto.

— Bem, você é quem está perdendo — falei.

Escrevi o endereço de Naomi num post-it e colei-o na porta da sala de reuniões.

— É aqui que vou morar até encontrar um apartamento — expliquei. — Quando você voltar para Nova York, dê uma passada se estiver perto de Morningside Heights.

— Você quer dizer *Harlem* — ele disse, lendo o endereço.
— Que seja. A casa é sua.

Eu e Marcus nos separamos naqueles corredores de mármore que eram "o lugar perfeito para encontrar rapazes e mostrar minhas roupas", de acordo com o que eu havia escrito no blog. Claro, eu era uma garota muito diferente então, mas apesar de tudo o que havia acontecido comigo, já sentia saudades daquele lugar. Por um breve período, eu tinha sido feliz ali, provavelmente o mais feliz que eu já havia sido em toda a minha vida. E agora eu estava me afastando da única pessoa que ainda significava algo para mim, e ele estava me deixando ir embora.

EU TINHA PERDIDO A CARONA de volta a Nova York com minha mãe, então andei até a Union Station para pegar o Acela. Infelizmente, a estação havia sido evacuada por causa de uma ameaça de bomba logo que cheguei. Então liguei para April para ver se ela queria tomar um café ou algo assim, mas aí me lembrei que ela não trabalhava mais no Congresso.

Ocorreu que eu não tinha mais amigos em Washington, apenas inimigos. Aquele lugar estava terminado para mim — por alguns anos, de qualquer forma. Dois anos, quatro anos, seis anos: sempre haveria carne fresca vindo para a capital de nossa nação durante este tempo. Nosso governo era de leis, não de homens, afinal de contas.

Então eu estava preparada para sair de Washington da mesma forma que viera: sozinha, de coração partido, mas determinada a conseguir o melhor da vida enquanto ainda tinha tempo.

Sentada do lado de fora da Union Station, admirando as terras perfeitamente tratadas me cercando, era difícil não notar que a paisagem estava cheia de dezenas de sem-teto.

— Há tantos! — todos os turistas iriam se maravilhar enquanto saíam de seus ônibus de turismo em frente da estação.

Acho que todo mundo achava que Washington devia ser perfeita porque a *America* devia ser perfeita, mas quem estávamos tentando enganar? Este era o problema de ter muito orgulho: no final, você só está enganando a si mesma.

Eu nunca quis me apaixonar. Só garotas burras se comprometiam daquele jeito, e eu era muito esperta para me vender por tão pouco.

Mas por outro lado, nunca pude resistir à urgência de que estava perdendo alguma coisa. Se realmente havia algo nessa história do amor, eu ia descobrir.

Vou consegui-lo de volta — pensei. — *Não sei como, mas vou.*

Porque tanto quanto eu odiava essas mulheres desesperadas que perseguiam o amor, eu finalmente tinha de admitir que era uma delas.

Mas isso fica apenas entre nós, garotas.

Agradecimentos

Obrigada a minha editora, Kelly Notaras, e meus agentes Michael Carlisle e Pilar Queen, da Inkwell Management. Tive muita sorte de ter vocês ao meu lado, junto com a equipe da Hyperion. Obrigada a todos vocês pela fé e pela paciência.

Meu amor para minha família e minhas amigas, especialmente Michelle e Rachel, e agradecimentos especiais a Richard Leiby, do *Washington Post*. (Não estou mais com raiva.)

Finalmente, mas não necessariamente por último, obrigada a todos os *bloggers* que me deram tanta atenção e publicidade gratuita, e a todos os meus colegas de Washington que mandaram notas. Eu sabia que tudo o que eu tinha de fazer era esperar, e vocês tornariam tudo isso possível.

Este livro foi composto na tipologia Filosofia
Regular, em corpo 12/15,5 e impresso em papel
off-white 80g/m² no Sistema Cameron da Divisão
Gráfica da Distribuidora Record.